Cuando ennegrecen los crepúsculos

Cuando ennegrecen los crepúsculos

Edgar René Negrón Guzmán

www.librosenred.com

Dirección General: Marcelo Perazolo
Diseño de cubierta: Daniela Ferrán
Diagramación de interiores: Flavia Dolce
Fotografía del autor: Ramón E. León
Corrección del texto: Claudio Méndez

Primera edición en español - Impresión bajo demanda

© LibrosEnRed, 2013
Una marca registrada de Amertown International S.A.

ISBN: 978-1-59754-941-7

Para encargar más copias de este libro o conocer otros libros
de esta colección visite www.librosenred.com

Dedicatoria

En primer lugar, quiero agradecer a Dios por el don maravilloso de la vida, por recibir la magnífica oportunidad de existir y ser parte de este Universo. También debo agradecer a mi familia, por el apoyo mostrado en mis momentos de dolor: a mi madre Margarita y mis hermanos Germán, Alexis (con sus respectivas familias) y María Virginia. Definitivamente, ellos forman parte de las líneas de mi existencia, junto a mis dos queridos hijos Aarón Santiago y María Jesús, quienes por el solo hecho de existir me motivaron con sus vidas a no darme jamás por vencido... No quiero que se bajen jamás de mi tren.

A José René Finol Galué, persona cuya vida ha sido útil a todos los que hemos tenido la oportunidad de conocerlo. Desde lo más profundo de mi ser, sólo surgen dos palabras: *¡Gracias, primo!* Espero algún día poder saber que te sientes bien con lo que he hecho con mis días. Siempre estarás a mi lado, porque te llevo conmigo.

A mi querido tío Gonzalo Negrón, mas que gracias quiero darte un abrazo, con tu vida y la de tu familia moldeaste sin saberlo mi manera de actuar, siempre estarás conmigo, eres mi raza, mi estirpe.

A mis queridos compadres, Leonardo Ruiz Cárdenas y su esposa Marioly González de Ruiz, e hijos, sin cuyo sacrificio seguramente mis malos momentos habrían sido aún mucho más duros, pues ellos lograron, a través de sus restricciones, que yo me ganara una segunda oportunidad. Desde el fondo de mi corazón, gracias. Jamás podré olvidar lo que hicieron por mí.

No puedo olvidar tampoco el agradable cobijo de mis primos María Alejandra Romero Negrón y Carlos Trujillo, quienes con su sonrisa y compañía, además del interés demostrado por todas mis cosas, se han ganado un sitial muy especial en mi corazón. Gracias primos.

Le toca el turno de recibir mi reconocimiento ahora a Lorena Margarita Henríquez Negrette, quien con su dedicación ha sido mi mayor sostén en aquellos momentos en los que necesité de un apoyo para poder continuar con mi camino.

A todos y a cuantos sienten que debí nombrarlos en estas líneas, y no lo hice, muchas gracias de todo corazón.

Por último, quiero expresar mi agradecimiento por mis aciertos, pero también por mis errores, pues ambos, en su conjunto, me dieron la oportunidad de escribir éste, mi primer libro.

Quien los quiere,

Edgar René Negrón Guzmán

"Cuando abrazamos convencidos y con fuerza nuestros sueños, el universo infinito no tiene otra opción más que hacerlos realidad en nombre de Dios".

Prólogo

La novela cuenta la historia de un muchacho que, en el transcurso de su vida, se ve sometido a diversas situaciones que ponen a prueba sus convicciones, su formación. En él cada una de sus vivencias le va dejando una enseñanza que le permite fortalecerse a través del tiempo.

En principio, nuestro amigo Eliézer, el protagonista, sucumbe a las muchas tentaciones que lo rodean, sobre todo durante su adolescencia. Sin embargo, en ese camino largo que es la vida, él va consolidando las enseñanzas aprendidas en colegios de educación católica y, a pesar de las dificultades financieras propias de una familia en decadencia económica, es capaz de recomponerse ante las tentaciones y logra dominar sus instintos y debilidades. Con gran madurez, a pesar de su corta edad, él entiende que necesita controlar el presente para lograr un futuro mejor para él y su familia, y para ello, necesariamente, sabe que debe renunciar al camino fácil para lograr los objetivos.

A través de las páginas de *Cuando ennegrecen los crepúsculos*, el lector quedará atrapado por una trama en la cual no faltarán el misterio, la solidaridad, la traición, las intrigas y los miedos, pero donde también encontrará aquellos valores más caros para el género humano, como la amistad, la solidaridad, la sabiduría, la generosidad y el amor, sobre todo el amor.

También descubrirá los sueños, las alegrías, las tristezas y las vivencias de Eliézer, un muchacho como tantos otros que, como ya dijimos, gracias a haberse educado con valores religiosos, no cayó en el delito u otras desviaciones que, durante la pubertad y su primera juventud, pasaban por su puerta vistiendo las ropas de amigos y compañeros de colegio. Esto último es muy importante valorarlo apropiadamente, pues si bien la Iglesia no es perfecta, puesto que el hombre no lo es, sin ella sería imposible el desarrollo social en armonía de nuestros pueblos. Ella es fundamental en la educación de los niños y jóvenes, pues sólo a través de los valores que ella transmite podremos construir sociedades más pacíficas, tolerantes y justas.

Éste es un libro lleno de convicciones, pleno de fortalezas, que nos muestra que, aunque por momentos se nos ofrezcan "gratuitamente" placeres, dinero o la solución rápida a nuestros problemas, nuestra decisión más inteligente es saber a dónde nos lleva ese camino antes de emprenderlo. Y para ayudarnos a tomar una decisión inteligente, sólo tenemos que ver la degradación en que caen aquellos que han decidido tomar la senda del vicio y del delito, para entonces, con decisión y fuerza de voluntad, abandonar inmediatamente ese camino.

Cuando ennegrecen los crepúsculos pretende ser una guía para los padres, pues nos muestra los efectos positivos que tiene la comunicación en el desarrollo de una buena relación entre ellos y sus hijos, al tiempo que nos permite conocer un poco más acerca de cómo piensan y qué cosas están viviendo en el mundo que los rodea. No obstante, para que exista esa comunicación, los padres deberán ganarse su confianza, algo que no lograrán ni siendo amigos ni siendo severos en los castigos. Esa confianza que les permitirá comunicarse mejor con sus hijos, sólo la lograrán de una manera: siendo padres.

Edgar René Negrón G.

Capítulo I. Los descubrimientos

La curiosidad de Eliézer que lo lleva a espiar a Marina y a investigar el incidente en el cuarto del cura.
En aquella mañana de mayo de 1985, escuchaba Eliézer a lo lejos la voz de la profesora de Ciencias de la Tierra. Y aunque ella, Bárbara Neils, se esforzaba por hacer interesante su clase, él no la escuchaba. Era una mujer de tez morena, descendiente de habitantes de la isla de Trinidad y Tobago. Poseía en ese entonces una sonrisa perfecta y transmitía una esencia profunda como ser humano. A pesar de que su presencia lo reconfortaba por el inmenso cariño que le profesaba, su atención sólo estaba centrada en el espectáculo que tenía frente a sus ojos y sobre el cual, de verdad, no quería llamar la atención de nadie más, para así no tener que compartirlo.

Sentado en el tercer piso del colegio, veía a través de las ventanas la sierra de Perijá, que en esa mañana lluviosa se le mostraba majestuosa, imponente y le daba una sensación de calma y paz que hacía tiempo se habían ido de su inquieto corazón. Su festival de azules de diferentes tonos le mostraba una vista tan espectacular que íntimamente sintió que no volvería a tenerla jamás, al menos no en esa magnitud. A lo lejos pudo presenciar la despedida de una bandada de aves de diferentes especies volando en grupos, huyendo de la pertinaz lluvia que bañaba las montañas y arropaba la tierra bajo una densa neblina. Los tonos azules y grisáceos se perdían en la lejanía de su mirada. Sabía que esos instantes se quedarían perpetuados en su memoria por el resto de sus días.

Concentrado como estaba en grabar en los rincones más íntimos de su alma esos atesorados momentos, no supo cuánto tiempo había transcurrido cuando un sonido seco le indicó que la clase había culminado. Esta vez, a diferencia de tantas otras, no fue el primero en salir. Se estiró pesadamente disfrutando del clima que en ese momento había en el pueblo y caminó relajadamente a la salida del aula. Cuando pasó frente a la profesora, ella lo detuvo y le preguntó, visiblemente preocupada, qué le sucedía. Él rehuyó su mirada y no le dijo nada, pero pudo notar que ella sabía que algo le ocurría.

Salió del aula con pasos algo adormecidos. Quería alejarse del colegio, pero no sabía si quería llegar a su casa. Aún la lluvia le bañaba la cara y decidió caminar y sentir el placer de mojarse. Cuando iba más distraído sintió que alguien gritaba su nombre con fuerza. Era Susana que quería que la esperara y caminaran juntos el trayecto hasta que cada uno tomara la dirección para su casa. Su corazón en ese momento empezó a latir como un potro desbocado. Ella se le acercó y le dio un beso en la mejilla y en ese momento él pudo sentir sus senos mojados estrecharse contra su pecho. Él pensaba que ella no lo sabía, pero en esos instantes estuvo a punto de decirle cuánto la amaba. El momento mágico terminó cuando su hermano, inocentemente, interrumpió ese momento tan especial.

Caminaron con pasos apresurados, pero despreocupados. La conversación fluía de sus bocas y la alegría volvió a reinar en su corazón, hasta que su hermano Jesús volvió a interrumpirles la charla. Eliézer no podía evitar mostrarse impaciente cuando el intruso los interrumpía y no los dejaba conversar con la libertad que ambos querían. Se despidieron al llegar al lugar donde cada quien tomaba su camino, pero un guiño escondido de picardía delataba las intenciones de ambos de verse sin tan molesta presencia.

Entrando en la casa, Eliézer vio a su mamá, la señora Isabel, preparando el almuerzo. Él no había desayunado, y no entendía cómo su calidad de vida había disminuido tanto desde hacía un tiempo. Sabía que ya había lujos que la familia no se permitía. Además, para obtener algo de dinero para sus gastos de fin de semana, durante las tardes él limpiaba bares, lo cual hasta hacía muy poco hubiera resultado inconcebible. Su padre había vendido la finca familiar, pero al ser víctima de una estafa se había visto obligado, a pesar de su avanzada edad, a trabajar en otra finca como un empleado más. Desde entonces ganaba muy poco como para mantener con decoro a su familia, o por lo menos a lo que ellos estaban acostumbrados. Su trabajo era en la finca de un familiar acaudalado, a quien el muchacho admiraba, aun sin conocerlo mucho, lo admiraba solo por lo que de el se decía, pero para no herir los sentimientos de su padre había decidido mantener en silencio ese sentimiento. El hombre cada quince días iba a su casa a pasar sólo el fin de semana, por lo que Eliézer con su mamá y hermanos estaban solos el resto del tiempo.

Él sabía que las cosas estaban mal, pero no quería ahondar en estos pensamientos, quizás porque todavía no tenía edad para hacerlo. Sólo tenía cabeza para "su" Susana, la cual le crispaba el corazón con sólo verla, y todas sus ilusiones reposaban en los hombros de aquel amor platónico.

Eliézer era un muchacho pendenciero, tremendo, de tez morena, delgado, pero fuerte, a pesar que de bebé había sido un niño muy enfermizo. Tenía una gran capacidad para meterse en problemas, pero a pesar de todo contaba con un gran sentido de lo que eran el bien y el mal, y cuando este último estaba cerca, sabía apartarse instintivamente de él. Por eso, dentro de todo, su vida transcurría plácidamente, a pesar de las quejas de profesores que se aturdían con sólo escuchar su nombre y uno que otro vecino que gritaba porque en los carnavales le habían roto un huevo en la cabeza. En esos días su madre siempre temía que alguien tocara a la puerta, porque enseguida pensaba que podía ser otra queja por el mal comportamiento de su hijo.

Completaban su familia dos hermanos, Enrique y José, además de una hermanita de dos años de nombre María, que era un motivo de gran alegría para él y, además, era responsable de aquellas ganas y aspiraciones de transformar el mundo que le rodeaba, pues quería entrañablemente a la niñita y deseaba que, en el futuro, ella estuviese orgullosa de él.

Aquella tarde, como tantas otras, se dirigió a los bares donde hacía las labores de limpieza en esos establecimientos para mal vivientes y viciosos. Se encerraba en los mismos, pues no quería que sus compañeros de clase lo vieran realizando dichas labores. Esto, definitivamente, lo avergonzaba, y trataba de realizar la limpieza lo más rápido posible y salir de esa mezcla de detergentes y kerosene que se le quedaba impregnada en el cuerpo. Su padre había perdido todo el patrimonio familiar y eso lo había obligado, con sólo dieciséis años, a realizar estos trabajos que le bajaban su autoestima, pero que él sentía que eran sólo temporales, y por eso, mientras trabajaba, soñaba que estaba en el mundo para cambiarlo, para ser un gran personaje que no se sometía a las reglas de quienes lo rodeaban, puesto que tenía su propia concepción de la vida y del comportamiento que se debía tener ante ella.

Era jueves, y esa tarde estaba emocionado porque le tocaba deporte en el colegio y tenían un partido de fútbol contra los alumnos de quinto año. Aunque sus rivales eran más fuertes físicamente, él y sus compañeros de tercer año tenían un buen equipo y estaban dispuestos a dar la pelea.

Antes del juego, sentado en las bancas contiguas al campo de fútbol, Eliézer estaba conversando alegremente con varios de sus buenos amigos, Pedro Ramos, José Iglesias y Gerardo Lubo, entre otros, cuando se les acercó Rubén mostrando intenciones de formar parte de la tertulia previa al juego.

Eliézer, al darse cuenta de esto, lo miró con rabia y decidió retirarse de la reunión. Este personaje lo sacaba de sus casillas. Rubén era el tipo de muchacho que tenía una cantidad extraordinaria de facultades atléticas, deportivas, académicas y, aunque Eliézer no quisiera reconocerlo, era un muchacho muy bien parecido y muchas chicas querían estar cerca de él. Todos notaron la actitud hostil de Eliézer y algunos lo atribuyeron a que lo envidiaba, entre otras cosas porque Rubén lo estaba desplazando de su posición en el equipo de fútbol. Sin embargo, se equivocaban…

La tarde transcurría bajo un calor abrasador. El juego se desarrollaba con gran intensidad. La defensa del rival hacía agua ante la temible delantera de su equipo, y Eliézer miraba desde la banca al técnico Petit ordenando las estrategias. Indiscutiblemente, si había un héroe en el campo, ése era Rubén. Tenía una capacidad increíble de resistencia, un toque de bola exquisito, definitivamente era un fuera de serie. Todos estaban pendientes de sus jugadas y admiraban la forma en que acariciaba la esférica. Eliézer veía resignado cómo Susana y todas las demás chicas estaban pendientes de Rubén, y murmuraban cosas con morbo sobre él.

Al parecer, el técnico no pensaba meterlo en el campo, y Eliézer miraba cómo el tiempo pasaba, y se sentía frustrado porque no podría demostrar todo lo que se había preparado para ese juego. Sin embargo, estaba consciente de que en el campo estaban los que debían estar, y por eso no tenía sentimientos de envidia en su corazón, a pesar de que el recién llegado lo había despojado de muchas cosas que antes él sentía que le pertenecían.

Pero había cosas de Rubén que Eliézer intuía que no eran normales, mas no hablaba de ellas con nadie, tal vez porque iban a pensar que él le tenía mala voluntad o, peor aún, que sentía celos de sus indiscutidas cualidades físicas.

Faltando diez minutos para terminar el partido, que iban ganando 4 a 2, el técnico le hizo señas a Eliézer para que empezara el precalentamiento, pero éste intuyo que el técnico lo iba a hacer no porque lo necesitara, sino por solidaridad con su anterior delantero. Eliézer lo miró con agradecimiento, pero le dio la espalda, mientras notaba que la algarabía por el juego era tal que no lo dejaba escuchar sus propios pensamientos. Sin que nadie lo notara partió sin rumbo. Mientras tomaba su morral, la nostalgia y un sentimiento de autocompasión se apoderaron de él.

Definitivamente, Eliézer tenía dignidad y no estaba dispuesto a recoger migajas tiradas al piso. Mientras caminaba en dirección a la salida del colegio católico, para hacer aún mayor su desaliento, notó que nadie se había enterado de su partida. Todos estaban concentrados en lo que pasaba en el terreno de juego en medio de una gritería que hubiera ensordecido a cualquiera que estuviese cerca de la muchachada. Eliézer se alejaba rápidamente del campo porque, ciertamente, no quería continuar allí para celebrar una victoria que él sentía no le pertenecía.

Caminó rapidamente en dirección a donde estaba su amigo más fiel, su confidente, el único que abrazaba sus sueños sin importar lo grandes e irrealizables que éstos fueran, y a quien él le contaba sus alegrías, sus tristezas, sus preocupaciones. Era el único que siempre estaba dispuesto a escucharlo, aunque él a veces sentía que su amigo no quería hacerlo. Sin embargo, al pobre no le quedaba otra opción que prestarle su oído.

El amigo de Eliézer era un cedro que estaba en la mitad de un terreno enmontado contiguo a la casa de su abuela. Eliézer caminó con rapidez en dirección al terreno y al llegar se adentró a donde estaba su amigo. Caía la tarde, había un crepúsculo rojo que presagiaba una tensa calma luego que los agobiantes rayos del sol fueron sosegándose. Se trepó lo más rápido que pudo y tomó sus zapatos de jugar fútbol y los colocó a su lado. Se recostó en los brazos de aquel árbol y empezó a ver cómo las aves de distintas especies ya empezaban a guarecerse en sus ramas y formaban un alboroto tremendo. Esto no le impidió empezar a pensar en lo que había ocurrido en la tarde. Recordó cada uno de los hechos acaecidos y pensó que, tal vez, estaba equivocado al darle la espalda a Rubén, al desafiarlo con la mirada, al no aceptarlo. En esos momentos pensó que merecía una oportunidad, y que no debía seguir prejuzgándolo.

No obstante, había algo en Rubén que no le inspiraba confianza, y empezó a recordar los episodios anteriores que tenían que ver con él: su arrogancia, su capacidad para lograr que un grupo de muchachos lo siguieran y protegieran, cosa que había logrado en un lapso relativamente corto de tiempo, puesto que hacía poco que había llegado al colegio de curas proveniente de otro liceo del área. Por supuesto, quienes lo seguían eran muchachos que a Eliézer se le antojaban como mediocres, porque no tenían criterio propio o bien formado, pero eran muy fuertes y una pelea contra esos cuatro personajes: Rubén Martínez, Luis Bolaños, Henry Marín y Ricardo Romero, debía plantearse con mucho valor...

La noche estaba cerca ya y entonces aquel lugar secreto se tornaba muy incómodo por la densa nube de mosquitos que empezaban a arremolinarse alrededor del árbol. Luego de cuarenta y cinco minutos de pensamientos y cavilaciones, Eliézer se bajó de su refugio y emprendió la caminata hasta su casa.

Cuando entró, notó un olor a carne cocinándose que le hizo agua la boca, y fue directamente a la cocina, donde encontró a su mamá preparando la carne con vegetales que a él tanto le gustaba, y las arepas aplanadas que al juntarlas con la carne hacían un exquisito manjar. Entró corriendo al baño, y se desvistió a toda carrera. A pesar de que no había jugado, el agua le cayó en el cuerpo como un elixir que, además, le limpiaba sus decepciones. Salió presuroso, se vistió y se sentó en la mesa que ya estaba servida y disfrutó del exquisito plato. Su madre, en tanto, miraba satisfecha la avidez con la que él engullía la comida.

Recostado sobre la mecedora del patio de su casa cavilaba mirando las estrellas, pensando en su recién descubierta virilidad, ese instinto de hombre que lo tenía todo alborotado y, en ocasiones, no sabía cómo actuar. En las mañanas sentía que la ropa interior se le iba a reventar, y definitivamente había unas muchachas en el colegio de curas que lo volvían loco... con esos senos que a él lo excitaban, y se veían extraordinarios y tenían una magia increíble que lo envolvían y lo transportaban a un mundo donde, al parecer, todo era prohibido.

En esos momentos estaba más retraído, pensando en lo voluptuosas de sus compañeras de clase, entre las cuales había, además, unas sumamente atrevidas que sabían que le estaban enseñando sus partes íntimas y no hacían ningún esfuerzo por cubrirse. Al contrario, hacían poses más provocativas, y aunque fuera en son de juegos, era difícil olvidarlas. Él estaba pensando en sus compañeras más seductoras cuando escuchó la regadera del baño de la casa de al lado, donde vivían tres muchachas bellísimas con unos cuerpazos que a cualquiera sacarían de sus modales avivando sus ansias. Después de meditar un poco, decidió montarse en el techo de su propia casa y mirar por la hendija que quedaba entre el techo de zinc y la pared de sus vecinos para ver a alguna de las jóvenes bañándose.

Con resuelta voluntad se fue al callejón que separaba una casa de otra y se montó en la placa de cemento que correspondía al depósito de su casa, y subrepticiamente se aferró a la pared y al techo y logró montarse en el tejado. Su cuerpo jadeaba por la presión del momento. El sudor le corría a chorros a pesar de haberse duchado hacía sólo unos momentos, y casi no podía respirar, tal vez pensando también en la posibilidad de que lo descubrieran y el escándalo que se armaría en una sociedad donde el sexo en esos años era un tabú, y no sólo eso, sino que las relaciones entre las dos familias no eran las mejores y de ser descubierto seguramente las tornaría aún más difíciles. Cuanto más se acercaba a su objetivo, mayor era la presión en su flujo sanguíneo. Y aunque tenía miedo de que lo descubrieran, sólo la luna clara de aquella noche que le dibujaba su sombra y sus ojos iban a ser testigos de una experiencia única para él.

Una vez en el sitio apropiado, acercó su cuerpo con sumo cuidado a la hendidura entre el techo y la pared. Podía escuchar claramente el sonido del agua cayendo desde la regadera y sentía el olor del jabón de pasta que estaban utilizando. Finalmente, al acercarse lo suficiente para ver lo que la vista panorámica de la hendija le mostraba, ¡quedó maravillado! Ella se duchaba en un baño sin puertas que permitía la entrada a la luz de la luna, la cual dejaba ver una silueta única. Parecía una sombra irreal en medio de la noche, con un toque de misterio. Sus cabellos mojados llegaban a la mitad de su espalda, sus senos de recientes primaveras parecían perfectos en aquel contorno de mujer con un abdomen totalmente plano y unos movimientos sumamente femeninos que hacían de todo el espectáculo un privilegio, y un hecho que le cortaría la respiración por completo a nuestro insigne caballero.

Ella tocaba sus senos con especial delicadeza y sensualidad. Eliézer, sin respiración, no se creía merecedor de lo que percibían sus sentidos. Y en realidad no lo era, porque estaba robándose algo que no le pertenecía. Pero a diferencia de un ladrón, a él nadie le podría arrebatar los momentos vividos que le acompañarían por el resto de sus días, robándole una sonrisa a su bandolero corazón. En una noche clara, pero con matices tan grises como calurosos, a medida que el tiempo fue pasando, él se fue calmando, y aunque su cuerpo sudaba a chorros, ya su respiración se fue normalizando y se quedó observando aquel contorno de mujer que parecía sacado de una pintura de Miguel Ángel o quizás de Edgar Degás o de El Greco.

Este tiempo surrealista había pasado muy plácidamente. Aunque sabía que debería bajar pronto de allí, alargó el momento de su marcha para no perderse ni un detalle de lo que estaba pasando. Marina, que así se llamaba la muchacha en cuestión, ya tenía el cuerpo cubierto con su toalla y empezó a caminar en dirección a la parte interna de la casa, sin percatarse de que había sido observada por su vecino, que procedió a bajarse del techo de la misma forma como se había montado. Cuando ya estaba lavándose las manos en la batea cercana, escuchó la voz de su madre que lo llamaba. Esa noche le costó conciliar el sueño, mientras sus recuerdos no dejaban que su hambre por el sexo se calmara, y a pesar de que le habían dicho que era prohibido, tuvo que masturbarse para dormir mientras la figura de la muchacha desnuda lo perseguía a hurtadillas por los rincones profundos de su mente.

La mañana empezó de manera tranquila, pues había podido desayunar, que era muchas veces su preocupación. Caminó dando vueltas al recodo y luego de unos tramos pasó por donde estaba el cedro, su fiel compañero, que le acompañaba en todas sus vivencias. Mientras pasaba frente al terreno, vio cómo producto de una suave brisa matinal, sus hojas se bamboleaban como danzantes indios en medio de una fiesta; observó también a las aves posarse en sus ramas y eso le dio una sensación de paz que le acompañaría gran parte de la mañana. Pero ese día le depararía momentos que no pensó jamás presenciar.

El colegio de curas es una estructura gigantesca. Sus terrenos están compuestos por casi una manzana completa de un barrio en Machiques de Perijá. Está edificado de forma horizontal con salones repartidos en tres pisos de una fuerte estructura, la cual se ve aún más imponente por el contraste que hace con las casuchas que lo rodean. Su área está delimitada por un cerca de ciclón de metal que lo rodea en toda su dimensión; a esta construcción transversal se une por la parte de atrás, en forma vertical, una construcción de dos pisos en forma de "T" que se une por un corredor y alberga la capilla de la institución y contiguamente a ésta, separados por una puerta, las habitaciones de los curas. Todo esto en el piso de arriba. En la parte de abajo está la dirección del colegio y en la parte de atrás de la dirección, la cocina y otras dependencias de uso propio de los religiosos.

El colegio cuenta también, en diversas áreas, con salones de química, biología y física, un imponente gimnasio y diversas canchas, de básquetbol, fútbol y ping-pong, además de una plaza y una cantina. A decir verdad, posee muchos más servicios de los que la mayoría o gran número de los que allí estudiaban se podían costear. Eso sin contar que brindaba una excelente educación tutelada por profesores sumamente dedicados y con muchos valores de vida. Además del valor innegable de su labor, esos curas, que enseñan a mirar al prójimo como algo vital en su propia forma de vivir, les enseñan a los niños y jóvenes, frases que rezan: *Si no vives para servir, no sirves para vivir,* o los hacen navegantes (pertenecientes a la familia Navegar), y valga agregar que quienes pertenecen a dicho grupo se hacen más sensibles a la vida ajena.

Esa mañana en cuestión, el director de la institución, como tantas otras veces, les regalaba una enseñanza que buscaba armonizar las diferentes naturalezas y posibilidades de los educandos, al expresar que los estudiantes del colegio no eran ni mejores ni peores que sus compañeros, de otras instituciones sólo eran diferentes.

Luego de escuchar tan emotivas palabras de boca del cura Juan Jiménez, por ese entonces director de la institución, Eliézer se sintió más comprometido con su vida y con el destino que le daría a la misma.

De igual manera, los profesores eran excelentes. Eliézer recordaba con mucho cariño y admiración por su vocación de servicio a algunos de ellos: Bárbara Niels, de origen trinitario, con una sonrisa bellísima y un don de gente extraordinario; sensible, además de poseer unos modales sumamente delicados. En algún momento Eliézer se enamoró de ella, pero se sentía cohibido por la situación de ser ella su profesora, y de que ella le profesara un cariño fraternal. Él la contaba dentro de esas personas que lo querían tal como era. Su tez morena y su bello perfil eran para Eliézer un motivo más para ir a clases...

También recordaba a Laura Fabregas, una mujer muy dedicada, que amaba su profesión, pero no mostraba mucha estima por Eliézer, quien la veía como una mujer vanidosa, pero a la que, sin embargo, respetaba... Rosa Vegas, por su parte, era una mujer de un carácter férreo, con una sapiencia única en Historia Universal; era sumamente dedicada y exigente, por lo que Eliézer hoy día, luego de tantos años, aún la quiere... Ramón Suárez, un honesto profesor dedicado y con altos valores morales y académicos, con amplios conocimientos en matemática, física y química, muy exigente, pero muy buen amigo de sus alumnos...

Luz Landaeta merecía que se refiriera a ella de manera especial: se creía una princesa, y tal vez lo era: vestía refinadamente y llamaba tan poderosamente la atención que cuando ella entraba al salón todo el mundo se callaba para poder observarla. Caminaba elegantemente y, de verdad, se preocupaba en extremo por los modales de sus alumnos, tanto es así que les enseñó el uso adecuado de los cubiertos en la mesa, modales, manera de comportarse mientras se come y muchas otras cosas más...

Roger Petit, profesor de educación física, proveniente de una humilde familia, muy numerosa y luchadora, un personaje lleno de buenas enseñanzas... Rosa Macías era una excelente persona y muy buena en biología, y realmente una dama, y María Tingliano que, cuando lo descubría haraganeando, le repetía una letanía que Eliézer jamás olvidaría: "Trabaja Eliézer... Eliézer trabaja".

Todos ellos unidos a unos curas de no menor calidad y dedicación: Juan Jiménez, el director; el cura Ramos o *Rampeto*, como se le conocía; el cura Pedro Vásquez, el cura Vicente Romero y el cura Gregorio Fernández, todos españoles, salvo Gregory, quien era venezolano.

La mañana llegó a la inmensa estructura, y Eliézer subió apresuradamente las escaleras, pero como siempre, llegó algo retrasado a la clase de matemáticas con el profesor Ramón Suárez, quien lo miró con semblante adusto, pero continuó con la lección. Este profesor tenía fama de ser muy estricto con los modales y el comportamiento en el aula de clases, por lo que Eliézer se esforzaba en prestarle atención, pero realmente no entendía mucho la división de polinomios e intuía que esto no le serviría de mucho en lo que estaba por venir en su vida, pensamientos que acrecentaban su desgano.

Luego de un rato sin saber dónde colocar su aburrimiento, empezó a buscar con su mirada a Gustavo Román, un amigo suyo, pendenciero y aún mas inquieto que el mismo Eliézer, pero no lo encontró. Fue entonces cuando decidió, en un momento en que el profesor dio la espalda para escribir en la pizarra, salir furtivamente del salón, ya que en esa clase se había sentado en los últimos puestos, pegado a la puerta de salida. Una vez afuera se dedicó a deambular por las instalaciones del colegio. Bajó hasta el segundo piso, se encontró con dos caminos: el del salón de reuniones en línea recta y girando a la izquierda estaba la capilla de la institución, la que ciertamente en muy pocas oportunidades lo había tenido como huésped. Giró a su izquierda y continuó sus pasos descansados. Probó abrir la puerta, y con un suave jalón pudo hacerlo sin problemas.

A lo lejos escuchaba los murmullos que salían de cada una de las aulas y se juntaban afuera y parecía oír el susurro que se dejaba escuchar en las funerarias con los acompañantes de los dolientes, pero un poco más fuerte. Se adentró en el recinto y empezó a observar todo a su alrededor. Caminó un poco hasta que se sentó en una silla y empezó a detallar las imágenes que allí se encontraban. Estaba ensimismado contemplándolas, tal vez sin pensar en nada, cuando de repente empezó a escuchar unos golpes secos que provenían de la puerta que estaba enfrente de la entrada a la capilla, a la cual se llegaba atravesando la misma. El ruido que hacían los golpes era como el provocado cuando los impactos se estrellan en la humanidad de alguien. Eliézer sintió un profundo miedo, pero también una gran curiosidad que vencía su temor y le impulsaba a caminar en dirección a esa puerta de metal y pintada de rojo, con una cerradura que era como una palanca que, al bajarla, permitía que la puerta se abriera.

Eliézer titubeaba, las manos empezaron a sudarle y su pulso empezó a acelerarse. Sin embargo, estaba decidido a continuar con su propósito de saber de dónde provenían los golpes; tomó aire y aplicó un poco de fuerza a la puerta y la cerradura cedió; la sostuvo así por unos instantes, pero acto seguido empezó a abrirla y las bisagras de la puerta soltaron un chillido ensordecedor, o por lo menos eso le pareció en esas circunstancias, por lo cual imaginó que todo el colegio la había escuchado. Esperó unos segundos, sin atreverse a traspasar el umbral de la puerta, y notó que los golpes seguían sucediéndose unos detrás de otros, por lo cual intuyó, a diferencia de lo que había imaginado inicialmente, que no había sido escuchado...

Levantó entonces lentamente la mirada y se percató de que enfrente tenía un pasillo largo con pisos de granito muy bien pulido y con una serie de puertas de madera, pintadas de gris, una enfrente de la otra, lo que le dio la idea de estar en el pasillo donde se encontraban las habitaciones de los curas. Los golpes ahora se escuchaban de manera más nítida, y ahora sí podía oír los quejidos de la persona que los estaba recibiendo. Eliézer notó que los golpes provenían de la única habitación que tenía la luz encendida, la cual estaba hacia la mitad del pasillo donde podían verse habitaciones de lado y lado, las cuales pensó, esta vez con más certeza, pertenecían a los curas. Se acercó despacio, pero sin dejar de mirar al frente y detrás, temiendo que alguien pudiera descubrirlo.

A medida que se acercaba a su objetivo, el sonido se hacía más claro y los quejidos se escuchaban con mayor intensidad, casi con la misma fuerza con la que latía su corazón, que a él le parecía le iba a estallar. Comenzó a sentir un sudor frío que le recorría la cara, pero aún así continuó aproximándose, con pasos decididos a llegar lo más cerca posible al lugar de donde provenían los horribles gemidos. Los golpes se sucedían ahora con mayor regularidad, y Eliézer ya en esos momentos había perdido la noción de sí mismo. A pesar de ello no estaba dispuesto a retroceder sin lograr descifrar lo que estaba sucediendo. Así, al llegar a la puerta de al lado de donde salían los golpes, se agachó y divisó cómo la sombra de una figura distorsionada se colaba por la hendija debajo de la puerta. Por unos momentos se quedó allí, petrificado por lo que estaba percibiendo que ocurría dentro de aquella habitación; sin embargo, no se dio cuenta de que al dejar abierta la puerta que separaba la capilla del colegio con las habitaciones de los hermanos, se colaba la luz del sol y ésta, a su vez, reflejaba su propia sombra por todo el pasillo.

A pesar de estar ensimismado con lo que ocurría, Eliézer de pronto se percató de que los golpes habían cesado, mas no así los quejidos. Entonces vio debajo de la hendija cómo las sombras dentro de la habitación se movían. Intuyó entonces que iban a abrir la puerta, por lo que se devolvió de un salto y empezó a probar a ver qué puerta de los cuartos contiguos abría, ya que estaba seguro de que no le daría tiempo a llegar a la puerta de la capilla y cerrarla sin ser visto por las personas que estuviesen en el cuarto, mudo testigo de lo que ocurría, pero que a él se le antojaba siniestro y misterioso.

Preso de la desesperación, probó entonces a abrir dos puertas del lado izquierdo y dos del lado derecho, pero ninguna abrió.

Cuando intentó con la quinta puerta que estaba situada del lado derecho, ésta cedió e inmediatamente Eliézer entró en ella. La habitación estaba con la luz apagada, que él dejó así, y a tientas, mientras sus ojos se acostumbraban a la oscuridad, se metió en un clóset que permanecía entreabierto, no sin antes haber cerrado con seguro aquel aposento. Desde su escondite él sentía los pasos de una persona caminando por el pasillo y por una hendija del clóset percibía las sombras que se dibujaban en el pasillo por debajo de la puerta de la habitación donde se escondía. Escuchó también cómo iban abriendo cada una de las puertas de los cuartos contiguos.

Sintió en ese momento que le faltaba el aire y la respiración se le cortaba al observar que los siniestros personajes se acercaban a la puerta de la habitación que lo resguardaba. La angustia parecía eterna, mientras su respiración entrecortada denotaba el pulso acelerado de su corazón. De pronto, sintió que se abría la puerta, limpiamente, sin ruidos, y desde su escondite vio dos sombras a través de la hendija que había en las puertas del armario, que en estas circunstancias a él parecieron gigantescas. Sin embargo, no lograba distinguir a los personajes, ya que estaba enceguecido por la luz que ahora plenaba el aposento. El cuerpo celeste empezó a revisar detrás de la puerta, debajo de un catre e intentó abrir la puerta del clóset donde se encontraba Eliézer, y por más que lo hizo sin inconvenientes, no alcanzó a divisar a nuestro atribulado amigo, ya que éste se había metido en lo más profundo de su escondite salvador y oportuno y, tras quitarse la camisa, se había echado un montón de ropa sucia encima.

Seguidamente, las sombras salieron del cuarto sin pronunciar palabras, y Eliézer sintió cómo se alejaban en sentido de la cocina y bajaban las escaleras al comedor de los curas, que estaba en la planta baja de dicho edificio. Cuando su respiración empezó a normalizarse, rápidamente se quitó la ropa asquerosa que lo cubría, y saltó fuera del clóset donde se había resguardado, se puso su chemise azul y se dirigió a la puerta de entrada de su refugio. Intuyendo que no tenía tiempo que perder, salió velozmente de la habitación y aún con la vista borrosa por la luz y sudando a chorros, se dirigió a toda velocidad a la puerta por donde había entrado, y en un momento atravesó nuevamente la capilla, abrió la segunda puerta que daba al pasillo de los salones y sintió en ese momento la luz del sol penetrarle como saetas ardientes en sus ojos, tan fuerte que parecían herirle sus pupilas.

Caminó presuroso, sin poder abrir sus ojos del todo y aún sin atreverse a voltear. A estas alturas, su valor estaba muy menguado y sentía que su corazón ya no aguantaba más emociones aquella mañana. Pasó como una exhalación por el pasillo, dobló a la derecha y subió posteriormente las escaleras que daban al tercer piso donde estaba su salón que era el tercero "C". Entró y se sentó en el momento en que el profesor Ramón Suárez escribía en el pizarrón unas fórmulas.

Aunque algunos alumnos lo habían visto salir, por solidaridad con el compañero no le habían dicho nada al profesor, y éste aparentemente no se había dado cuenta de su ausencia o, probablemente, prefería dar su clase sin el molesto pupilo. El cuerpo de Eliézer seguía sudando profusamente y su corazón latía de forma agitada. Escuchaba a lo lejos el susurro de las voces del aula, pero se encontraba envuelto en los últimos acontecimientos de su vida. Al parecer no tenía cabeza para pensar en nada más que en las sombras subrepticias que habían transfigurado su vida esa mañana, mientras su respiración se calmaba sin darse cuenta.

Pocos minutos después, el timbre sonó ensordecedor y los alumnos, en medio de una alegre gritería, salieron arremolinados y en forma tumultuosa de cada aula. Algunos jóvenes disfrutaban de sus meriendas, mientras otros, dispersados por toda el área, jugaban en las canchas de básquet, en las mesas de ping-pong o en el campo de fútbol. Todo parecía normal en el paisaje de muchachos. Sólo para Eliézer el tiempo se había detenido. Se sentó entonces en una de las bancas contiguas a la cancha de básquet y ese día obvió su desayuno. Mientras trataba de analizar lo ocurrido, su mente no podía pensar en otra cosa que en los acontecimientos que de alguna manera había presenciado.

La tarde caía llena de presagios, y en la brisa fría se colaba el olor de la carne que freía la madre de Eliézer. Él estaba en el patio de la casa, que era inmenso y estaba surcado por la cañada del pueblo, la cual lo dividía en dos. Reunido con sus amigos en su casa, charlaban de lo bellas que estaban algunas de las chicas del colegio, y cuál era el amor de cada uno. Como era característico en él, Eliézer pensaba en una cosa diferente a lo que se conversaba entre amigos, mientras el crepúsculo de la tarde se iba ennegreciendo y daba entrada a la noche cargada de sombras, llenas de misterio y de preguntas sin respuestas.

Eliézer, acostado en su cama, miraba el techo y escuchaba cómo la lluvia golpeaba con fuerza las planchas de zinc impermeabilizadas de su casa. En condiciones normales, ese ruido le producía una sensación de placidez muy propicia para dormir, pero no esa noche. Sentía cómo la ansiedad le rasgaba el pecho a pedazos como si fuese un afilado puñal y no encontraba la calma. La paz se había esfumado de su corazón y no hacía más que pensar en los hechos que desde hacía apenas unas horas perturbaban su vida y le habían removido las más profundas células de su ser, pues todo se convertía en dudas e interrogantes que simplemente no podía responder. Por ejemplo, *¿quiénes eran los personajes en el cuarto?... ¿A quien golpeaban y por qué?... ¿Quién era Rubén?* Aparte de esa condición física tan tremenda, *¿por qué ejercía tanto poder sobre los otros muchachos?*, y más difícil aún era saber, *¿basándose en qué intuía él que todo pudiera estar relacionado?*

Mientras el tiempo transcurría inexorablemente, él no podía desprenderse de todo lo ocurrido, y por eso no supo en qué momento se había quedado dormido. Sin embargo, debió ser muy tarde, ya que cuando su mamá lo despertó en la mañana, aún tenía mucho sueño y le costó mucho levantarse en ese viernes del mes de junio próximo a finalizar el curso de tercer año de bachillerato. Todavía con el sueño pegado al cuerpo, se estiró y caminó pesadamente en dirección al baño, pero con una resolución: estaría más pendiente de lo que lo rodeaba y se fijaría en todo, tratando de despejar todas las incógnitas que lo asediaban y no lo habían dejado descansar la noche anterior.

Por más pendiente que estuvo, ese día en particular no notó nada anormal en la conducta de Rubén y sus condiscípulos. Por más que analizaba la situación, sólo había una conclusión que él tomaba como cierta: entre las personas que se estaban golpeando en la habitación de los curas (seguidores de María), uno debía ser cura, puesto que los golpes y quejidos ocurrieron en la habitación de uno de ellos, y aunque no sabía a quién pertenecía, intuía por deducción lógica que por lo menos uno estaba implicado en lo ocurrido.

En el receso se juntó a compartir un rato con su amigo Valmore, que era un sordomudo de pocas primaveras que vivía en las dependencias del colegio y a quien Eliézer le tenía gran aprecio, puesto que le inspiraba un sincero afecto. Generalmente, Valmore le contaba, con su lenguaje de señas, cosas sin importancia que ocurrían en la institución. También se encargaba, durante los recesos, de separar a los muchachos de la cerca de ciclón del colegio, para evitar que compraran a los vendedores ambulantes que se apostaban a las orillas de dicha cerca. Con señas, el sordomudo les hacía entender que era para evitarles enfermedades, pero la verdad es que por este servicio el encargado de la cantina interna le brindaba un buen desayuno y a veces hasta un almuerzo.

Sabiendo Eliézer que Valmore tenía acceso a todas las dependencias del colegio, le preguntó, escribiendo en un cuaderno, a quién pertenecía el tercer cuarto de los curas que estaba situado del lado derecho entrando por la capilla, a lo cual, desconfiado, Valmore respondió que no sabía. Sin embargo, en su rostro se notó que la pregunta lo había dejado intrigado... *Cómo para qué querría Eliézer saber quién era el dueño de ese cuarto...* Y seguidamente se alejó sin responderle la pregunta, pero volteando la cara mientras caminaba y lo miraba con el rabillo del ojo.

Cuando Valmore se marchó, Eliézer caminó a donde estaban Williams, José, Mario y Samuel, que estaban reunidos conversando amenamente de una fiesta o guerra de minitecas que se iba a realizar el siguiente sábado entre Sonomóvil y Soultrain, dos minitecas que amenizaban las fiestas de los jóvenes en la década de los años ochenta. La velada tendría lugar en el Club de los Ganaderos de Machiques (Gadema), y sus amigos estaban seguros de que asistirían las muchachas más lindas de la región, por lo que todos coincidían en que debían preparar las mejores ropas para asistir. Estaban en eso, cuando Mario, hijo de un acaudalado ganadero de la zona, se acercó a ellos y los invitó a su casa el sábado en la mañana, para que dieran un paseo a una de sus fincas, El Porvenir. A Eliézer le extrañó sobremanera el convite, puesto que la de Mario tenía fama de ser una de las familias más miserables en la zona.

Al término de las clases de ese día, Eliézer caminaba sin pensar hacia su hogar, cuando se detuvo en el frente de la casa de su abuela. Tras conversar un rato con ella, prosiguió su camino en dirección a la suya y cuando vio el terreno cercano al cedro de sus amores, de sus vivencias, de sus melancolías y pensamientos, y cuyas ramas y hojas se mecían a merced del viento, sintió como si lo invitara a visitarlo, como si tuviera mucho que contarle. Eliézer caminó presuroso, puesto que sabía que no podía detenerse, pero tácitamente aceptó la invitación que el árbol le extendía en silencio para otra ocasión.

Ese viernes, tras el almuerzo, fue a limpiar los bares. Al final de la tarde llegó a su casa hediondo a kerosene y se metió a bañar de inmediato, tratando de olvidar toda la inmundicia que había limpiado. En esos momentos pensó que no merecía semejantes experiencias en su vida, pero qué carajo, debía tener algo de dinero para sus cosas personales. Absorto en estos pensamientos mientras se duchaba, no se daba cuenta de que había cosas que estaba perdiendo, cosas propias de su personalidad, y que aunque con el correr del tiempo descubriera cuáles eran, quizás nunca podría recuperarlas.

En cuanto salió del baño, se vistió y empezó a jugar con su hermanita. La niña estaba gordita y se veía muy linda con sus rizos de oro y un perfil precioso. Tras varias horas jugando con ella, se acostaron en el piso a ver televisión, donde la pequeña se quedó dormida. Tras acostarla en su cuna, Eliézer se fue al patio de la casa, se sentó en las sillas de metal del patio y se recostó. Conversó alegremente durante un rato con sus hermanos hasta aproximadamente las nueve de la noche, cuando los dos se retiraron al cuarto, no para dormir, sino para ver la novela. Eliézer se quedó solo allí, sentado, pensando en el paseo del día siguiente a la finca de Mario y su familia. Mientras meditaba en las posibilidades de dicho paseo, volvió a escuchar la regadera de la casa de al lado. Instintivamente se puso de pie y su cuerpo empezó a reaccionar a ese estímulo. Empezó a imaginar cuál de las mujeres de esa casa se estaría bañando… *¿Sería Marina, o alguna de sus hermanas, Rubiera o Carmen…? ¿Cual de las esplendorosas mujeres estaría enjabonándose su cuerpo?*, se preguntaba, mientras sus hormonas alcanzaban niveles altísimos.

Tras dudar por unos minutos, decidió averiguarlo. Se dirigió al lugar por donde se encaramaba para ver las damas que lavaban sus cuerpos de Venus de Milo en la pocilga de baño de esa casa. Se fue trepando cuidadosamente sin hacer ruido, y mientras más avanzaba, podía escuchar con mayor claridad el rumor de la regadera y hasta empezó a sentir el olor del jabón que le llegaba a su nariz. Su tensión iba en aumento y su ansiedad crecía por saber cuál de las voluptuosas doncellas se estaba bañando en esa noche clara, la cual a Eliézer se le antojaba especial para poder ver la silueta de la dama que se estuviese duchando.

A medida que subía, su corazón se comportaba de tal manera que no podía domar sus emociones; sus hormonas estaban en plena ebullición y ante el espectáculo que ya imaginaba, su pene parecía una piedra y no le cabía dentro de su *short*. Cuando llegó arriba se acomodó de la manera más confortable que pudo antes de mirar por primera vez la silueta de la persona que se bañaba. Cuando por fin se volteó para mirar... ¡qué desastre, que decepción!: ahí estaba, el padre de ellas con un barrigón que la luna no podía iluminar completamente y aunque no quisiera, inevitablemente también le vio el pene gigantesco que tenía aquel hombre mestizo al que él siempre había visto como una persona malintencionada.

Y así, mientras el viejo se enjuagaba su "animal", Eliézer se convirtió en espectador indeseado, pues no podía moverse por temor a que la luz, al quitarse, entrase completamente en el baño y lo dejara al descubierto. Tuvo entonces que permanecer allí viendo aquel espectáculo que se le antojó grotesco.

Luego de que el viejo salió del baño, como pudo se bajó de su escondite, pero cuando se lanzó al piso, a causa del limo que había en el callejón, resbaló y cayó sentado de nalgas llenándose toda la ropa de barro. Definitivamente, la de esa noche había sido una experiencia desastrosa, y lo peor de todo fue que el viejo huraño y malintencionado le había bajado el orgullo que tenía con el tamaño de su miembro... Luego de ver el pene del viejo, el suyo le empezó a parecer bastante convencional.

Esa noche, cuando se fue a dormir luego de bañarse, no dejó de rabiar recordando las desafortunadas situaciones vividas.

Cuando despertó a la mañana siguiente, Eliézer se estiró pesadamente, convencido de que había cosas en su vida que jamás contaría. Acto seguido le dijo a su mamá que iría a la finca de Mario y que, tal vez, volvería tarde a la casa. Su madre le dijo que le pidiera la bendición y luego de desayunar y asearse, salió velozmente a la casa de su compañero de clases, cuya invitación seguía intrigándole... Por un momento pensó que Mario podía tenerle más estima de la que imaginaba, pero aun cuando él dudaba de esto, había decidido ir porque le atraía la idea de conocer esa finca, que era famosa por ser muy linda, ordenada y productiva, además de que se decía que tenía muchas comodidades.

Cuando llegó a la casa de Mario, éste abrió la imponente puerta. Lo invitó a pasar con una sonrisa que a Eliézer se le antojó falsa, pues intuyó que él lo que realmente quería era sentirse envidiado por sus compañeros. El vanidoso muchacho se sentía orgulloso de lo que tenía para mostrar a todos y con su actitud no perdía la oportunidad de jactarse de las cosas materiales que tenía. Sin embargo, ya estaba allí, y aunque sintió ganas de regresarse a su casa, por una mezcla de educación y curiosidad no lo hizo.

Lo ostentosa de la casa de Mario lo deslumbró. Era, sin duda, una de las más lujosas que hubiese visto jamás, y mientras caminaba detrás de él, lo hacía con cuidado de no tropezar con los muebles caros y delicados que allí había. Atravesaron la casa y llegaron a la cocina, la cual, estaba seguro, era con la cual siempre había soñado su madre.

Se dirigieron luego al patio, y Eliézer no supo en qué momento, dos perros gigantescos lo rodearon en el patio trasero. Su cuerpo se puso helado por la impresión, mientras Mario, gracias a Dios —su reacción despreocupada indicaba que la situación estaba bajo su control—, se reía a carcajadas al ver la cara de terror que tenía Eliézer por el tamaño de los animales. Eran un gran danés y un bulldog, que ahora le lamían la cara y el cuerpo con sus lenguas ásperas como lijas. Luego, el susto le fue pasando y empezó a verlos con otra cara. El gran danés de nombre *Scooby* y el bulldog de nombre *Bull,* eran tremendos, imponentes, pero muy juguetones. Estaban muy gordos y Mario comenzó a explicarle entonces los cuidados que recibían.

Eliézer caminó luego por el patio y llegó hasta donde estaba la casa de los perros, perfectamente pintada, con una cama para cada uno, a la que, cada dos o tres días, les cambiaban las sabanas, lo cual a nuestro amigo le pareció un poco exagerado. En la casa de los perros, pudo ver, además, qué día se le habían colocado las vacunas y cuándo les tocaban las próximas, los días que les tocaba ser desparasitados, y sabe Dios cuántos otros detalles que no continuó leyendo, porque le parecieron muy frívolos los cuidados que esos animales recibían. Seguidamente, su asombro fue aún mayor, cuando vio a la mujer de servicio de la casa que le ponía a cada uno, cuatro muslos de pollos cocidos en sus platos, a una temperatura que no les quemaran el hocico. Los perros se acercaron a la comida, la mordisquearon un poco y la dejaron abandonada. Los muslos de pollo estaban tan apetitosos que a Eliézer se le hizo agua la boca, pero no dijo nada. Sólo observó, y se quedó viendo cómo Mario y su padre los acariciaban y les hablaban a los perros como si fuesen personas muy queridas en la familia.

Uno a uno fueron llegando el resto de los amigos y se reunieron en la parte trasera de la casa. Había compañeros de clases, y familiares de Mario que se iban amontonando en el patio, mientras los saludos de bienvenida no se hacían esperar. Hubo una bonita tertulia entre los participantes que estaban por iniciar el paseo, en su mayoría muy bien vestidos para la ocasión. Entre todos sobresalían unas bellas primas del anfitrión, a las cuales Eliézer sólo se atrevía a mirar cuando ellas no lo veían, pues se sentía cohibido con la belleza de las damas, que debían tener entre veinte y veintidós años, es decir, mayores que él por un lustro aproximadamente. Cuando estaba haciendo esos cálculos, el papá del anfitrión les pidió que se montaran en su camioneta, que ya el paseo estaba por empezar. Las diez personas que estaban allí se acomodaron en el cajón del vehículo, dejando que las chicas se montasen en la cabina de la misma al lado del dueño.

El viaje fue corto y tranquilo. En cuarenta y cinco minutos ya estaban en la Finca El Porvenir. Era impactante la belleza de las tierras trabajadas con tanta inversión y esmero. Además, a todos los que no la conocían, les pareció extraordinaria la quinta, muy cómoda y mejor que todas las casas de habitación de los que allí estaban, incluyendo la de Eliézer, que de por sí era una casa sin grandes comodidades. Les impresionó también lo bien construida que estaba, lo linda que era, con un confort que sólo podía verse en el Country Club de Maracaibo de los años ochenta. Contaba con una laguna artificial, donde había unas bicicletas de agua para pasear, una bella piscina y cerca estaba una caballeriza que albergaba sementales preciosos, todos importados y de una belleza indescriptible. Nada parecía desentonar en ese sitio: todo era digno de un edén, un paraíso, pero de una ostentación única.

Al llegar se pusieron los trajes de baño y Eliézer pudo ver entonces los cuerpos esculturales de las muchachas que parecían sacados de una novela mexicana.

De momento él no se metió al agua, se quedó conversando con el señor Francisco, el dueño de la propiedad. Nuestro amigo lo escuchaba deslumbrado su relato de cómo había llegado a Venezuela después de la segunda guerra mundial. Habló de sus inicios en la construcción y en la industria petrolera y cómo, con mucho esfuerzo, fue ganando un capital con el que adquirió las dos mil hectáreas que había convertido en tierra productiva, ya que originalmente eran pura montaña.

El hombre siguió hablando, pero Eliézer ya no lo escuchaba. Ensimismado, pensaba en su padre que de haber nacido con riquezas y educación, ahora no tenía nada. En cambio, este hombre que estaba a su lado, había venido sin nada y ahora tenía de todo.

En ese tiempo, Eliézer juzgaba con demasiada dureza a su padre, pues sentía que no los había protegido. Estaba en esas cavilaciones, cuando el capataz de la hacienda irrumpió en la estancia y le dijo a su patrón que quería decirle algo, y éste le dijo que lo escuchaba, obligándolo entonces a hablar delante de los presentes. El buen hombre, algo avergonzado, le dijo a su patrón que necesitaba un préstamo de mil bolívares, para que se los fuera descontando de sus quincenas, ya que su hijo de diez años se había caído de un árbol y se había partido el brazo izquierdo, por lo que tenía que viajar con él a Machiques para que lo curaran.

El europeo, con sorna y sin dejar de fumar tranquilamente su costoso tabaco, le respondió al labriego que él no había mandado al muchacho a montarse en árboles y que eso era su culpa por no educar a su hijo como era debido... "y no quiero saber nada más del asunto". Tanto al trabajador como a Eliézer, la cara se les transfiguró por la ira y la impotencia. El humilde hombre sólo atino a dar media vuelta y caminó presuroso donde estaba su muchacho en la casa de los labriegos. Eliézer miró despectivamente al hombre que en principio admiraba, y con una cara donde había cambiado su gesto se dirigió al sitio donde estaba el niño.

El dueño de las tierras lo vio alejarse, y con el ademán realizado por el muchacho se sintió despreciado, y realmente así había sido. Cuando salió de la quinta de los dueños y se fue donde estaban los trabajadores, Eliézer notó las condiciones deplorables en las que laboraban, vivían y descansaban aquellos cuerpos explotados por la miseria y la ignorancia. Antes de entrar pudo ver la presencia de otros niños más pequeños, hijos de labriegos de la hacienda, barrigones, a todas luces llenos de parásitos, mal nutridos, mal alimentados.

La mamá del niño lastimado yacía sobre él tratando de consolarlo, pero el niño no paraba de llorar de dolor. En ese momento el padre del pequeño le dio rienda suelta a su rabia:

—¡Hasta hoy le trabajamos a este hijo de puta miserable!

Cuando terminó de pronunciar esa frase se dio cuenta de que Eliézer estaba detrás de él, lo que lo asustó, pero el joven lo tranquilizó con un guiño de ojo y le dijo que él pensaba lo mismo. Nuestro amigo notó igualmente que el niño estaba mal alimentado y que su barriga también era muy pronunciada por la parasitosis. Seguidamente, le dijo al labriego y a su mujer que iba a hablar con su anfitrión para que, por lo menos, les facilitara el transporte para trasladar al niño accidentado a Machiques y el pequeño pudiera ser atendido.

Cuando salió del lúgubre lugar, ya el imponente europeo venía caminando despreocupado hacia el sitio donde se encontraban. Al cruzarse con él, Eliézer, sin mirarlo a la cara, le dijo que al niño había que llevarlo al pueblo porque estaba muy mal y sumamente adolorido. Luego de escucharlo, el hombre continuó caminando sin pronunciar palabra hasta el sitio donde estaba el infante. Una vez cerca de los padres de la criatura, dijo con voz llena de impaciencia:

—Dile al chofer que los lleve a Machiques, y toma, Juan, aquí tienes cien bolívares, que te los descontaré en su momento.

El campesino, humillado por tener que cogerlos para satisfacer las necesidades de su hijo, tomó el dinero, pero dejó ver una mueca de rabia.

Eliézer no podía creer lo que veían sus ojos.

Después de lo ocurrido, el señor Francisco notó la ira infinita con que Eliézer lo miraba, y también lo miró fijamente, de manera desafiante y con sorna. Después de ese intercambio de miradas, nuestro amigo intuyó que lo mejor era irse de la propiedad del detestable personaje. Salió junto a los padres del niño en dirección a la camioneta, pero dio una última mirada a los pequeños menesterosos que allí se quedaban y que lo miraban con ojos de desesperanza que merecían ser recordados. Eliézer intuyó que a sus escasos ocho o diez años, ya esos niños trabajaban y que nada de lo que recibían, en comida y vivienda, les era regalado.

Sin despedirse de sus compañeros de paseo, Eliézer se montó en la camioneta y cuando el vehículo arrancó a toda prisa volvió a ver la bella quinta a la que nunca más volvería. Percibió en ese momento que ninguno de los muchachos se daría cuenta de su partida, salvo el dueño de la finca, puesto que todos estaban en la piscina y él sólo los veía a la distancia. Mientras se alejaba, los observó disfrutar de su estadía en aquel paraíso.

En el trayecto hacia Machiques iba solo en el cajón de la camioneta, ya que los padres y el niño iban dentro de la cabina junto al chofer del vehículo. Sin percatarse de ello, sus pensamientos giraron en torno a todo lo que había vivido ese día. Las enseñanzas y certezas que había obtenido como leyes de vida por el tiempo que permaneciera en este mundo. Recordó la casa que tenían disponible los perros y su manera de vida en la casa de su anfitrión, cómo estaban escritos los días que les tocaban las vacunas o los desparasitantes, recordó lo gordos y saludables que se mostraban y la calidad y cantidad de las raciones de comida que estos animales recibían y, acto seguido, pensó en los trabajadores y sus hijos en la hacienda del mismo hombre. La inmundicia en la que vivían, el arroz de mala calidad revuelto con sardinas que comían, el ejército de moscas que rodeaba a los niños, sus barrigas sobresaliendo de la parasitosis que cada uno tenía, el miedo que reflejaban en sus caras cuando aquel patán se había acercado a ellos. La impotencia en los rostros de los padres, desesperados por la adversidad sufrida. Decidió entonces, como ley de vida, *apartarse por completo de la gente que trata a los perros como gente, y luego va a tratar a la gente como perros; Eliezer se apartaría de esa gente.*

La camioneta viajaba a una alta velocidad y no hubo muchos contratiempos para llegar al pueblo. En la entrada del mismo estaba el hospital y los padres del niño se bajaron presurosos con el pequeño y se encontraron con un familiar que los estaba aguardando. Eliézer no supo cómo avisaron a su familia, pero gracias a Dios también había ambulancia y el niño recibió los primeros auxilios y después lo trasladaron a Maracaibo para ser atendido.

Ensimismado en sus pensamientos y en todo lo vivido, Eliézer concluyó que su papá tenía una gran virtud: no era un miserable, y en esos momentos se sintió orgulloso de él y, como otra lección de vida, supo que *si para hacer dinero y obtener calidad de vida y bienes materiales, él debía convertirse en un miserable, prefería morir sin bienes.*

Su madre se extrañó mucho cuando lo vio llegar, pues no lo esperaba hasta la noche. Le preguntó la razón de que se hubiese regresado tan temprano, y Eliézer sólo le contó lo del accidente del niño y le dijo que había decidido acompañarlos. Con voz resignada, su mamá sólo le dijo:

—Igualito a tu padre.

Él, desde lo profundo de su corazón, se sintió orgulloso por ser quien era.

Capítulo II. Las injusticias, las pasiones despiertas

El ultraje de la compañera de estudios y la expulsión de Valmore. El fisgón recibe el premio mayor con Marina.

El lunes llegó muy rápido. Eliézer, sentado en una de las bancas apostadas frente a la dirección del colegio, conversaba con el director de la institución, Juan Jiménez. Para Eliézer éste era un hombre excelente, dedicado a educar con altos valores morales. Tenía un gran parecido a *Pedro Picapiedras,* que a él le resultaba gracioso, pero guardaba su sonrisa, pues él le aconsejaba en ese momento que fuese más dedicado y le preguntaba por qué le costaba tanto concentrar su atención en la clase. Eliézer, sin saberlo le daba la razón al religioso, pues en ese momento que el cura le hablaba, sólo pensaba en los acontecimientos ocurridos la semana anterior en el cuarto y estaba deliberando internamente si le contaba al director lo que había descubierto. Sólo que le atacaban las dudas, y se preguntaba, *¿acaso el director estaría implicado en los acontecimientos?* O, aun no estando implicado, *¿serían estos hechos de su conocimiento?* Prefirió entonces guardar silencio.

Estaba en esas cavilaciones, cuando unos gritos ensordecedores le hicieron voltear a su izquierda para ver con estupefacción a Valmore, el sordomudo, convertido en una fiera. En principio se quedó petrificado, observando cómo alguien absolutamente apacible estaba fuera de sí, y era sacado a la fuerza por tres personas del área de la dirección. Eliézer, al ver que la puerta que se bamboleaba era la que dividía la dirección del estar y comedor de los hermanos, concluyó que lo traían de la parte del comedor de los hermanos. El director preguntaba con voz fuerte: "¿Qué pasa?, ¿qué pasa?", pero nadie le sabía dar razón de los motivos de la ira del hasta entonces inofensivo muchacho.

Finalmente, entre varias personas lo sacaron de las instalaciones del colegio y esperaron a que llegara una patrulla de la policía, que ya había sido llamada. Eliézer notó en ese momento que las tres personas que habían sacado a Valmore del recinto eran *el Pequeño Juan* (apodo que se le colocó a Félix Marcano, por su corpulencia, tamaño y fuerza), el profesor Roger Petit, de educación física, y el cura Gregorio Fernández, que también era un hombre muy fornido. Los muchachos se habían amontonado en la entrada de la dirección, y sólo se escuchaba el murmullo fuerte de los estudiantes, preguntándose qué había ocurrido para que Valmore fuese sacado por la fuerza de las instalaciones que hasta ahora habían sido su hogar. Sobre todo porque la gran mayoría de la comunidad estudiantil apreciaba mucho al sordomudo.

Alguien que Eliézer no llegó a saber quién fue, dejó escapar el rumor de que Valmore había intentado violar a una estudiante. Sin embargo, a Eliézer y al resto del estudiantado les costaba creer que el afable joven fuese capaz de un acto así, precisamente por el carácter bonachón y lleno de inocencia del singular Valmore. Sin embargo, a medida que pasó el tiempo, la duda fue ganando terreno en las conciencias de la comunidad estudiantil.

A nuestro amigo todo lo sucedido le había parecido muy confuso, y su cabeza se llenó aún más de interrogantes. Él se preguntaba, *¿por qué toda la fuerza del apacible Valmore iba dirigida contra el hermano Gregorio?... ¿Por qué todos sus golpes y empellones buscaban causarle daño a ese cura?* Se sentía envuelto en una nube de preguntas sin respuestas, cuando una nueva interrogante asaltó su pensamiento,

¿acaso todos los hechos sucedidos en los últimos días estaban relacionados?

Él meditaba sentado en las ramas de su cedro preferido, lugar al que había ido a reflexionar después de tan confusos acontecimientos. Recostado pesadamente sobre sus anchas ramas, se perdía en la profundidad de sus reflexiones. Pensaba también en ese excéntrico personaje, Rubén, y se preguntaba nuevamente, *¿cómo era posible que, recién llegado, ya contara con estos muchachos que, sinceramente, parecían su guardia pretoriana?* Le intrigaba cómo ellos se habían desvinculado de su propia personalidad, por seguir a quien se le antojaba sólo un enigmático muchacho. Los acontecimientos estaban envueltos en una densa niebla que no le permitía ver con claridad la realidad. Además, estaba la ira que sentía contra Rubén, aparentemente sin motivo, inclusive para él mismo. Sin embargo, intuía que había algo que estaba detrás de todo el manto oscuro que no dejaba ver nada, pero él estaba dispuesto a descubrirlo. Vislumbró que el precio por descubrir el trasfondo de estas situaciones sería alto, pero estaba dispuesto a pagarlo.

Siguió recostado plácidamente y comenzó a tratar de sacarle formas a las nubes esa tarde, mientras recordaba a "su" Susana. Pensaba en sus labios, en su piel blanca con unas pequitas en la espalda y unos lunares cerca de sus bellos senos. En esos preciados instantes de reposo, estaba recordando lo lindos y provocativos de sus pezones rosados, puesto que en algún momento de descuido en días pasados se los había dejado ver. Soñaba que serían de él y que todo lo que ella era podría disfrutarlo algún día. Mientras soñaba despierto, sentía, en su viril cuerpo, cómo sus ansias estaban como un potro desbocado que saltaba las bardas del corral y no podía ser controlado.

Cuando estaba más absorto en sus pensamientos, un ave le defecó en la cara, trayéndolo a la realidad nuevamente y despertándolo de su sueño. Se dio cuenta, entonces, de que la tarde estaba cayendo, y un crepúsculo rojizo dibujaba sus tonos y figuras mientras languidecían las últimas muestras del sol con el paso del tiempo. Se apresuró a retirarse, no sin antes mirar arriba y notar la belleza de su amigo: observó cómo sus hojas se batían suavemente con la tenue brisa que golpeaba sus ramas y empezaba a ver cómo las aves de distintas clases se iban amontonando en su copa para pasar la noche.

Todo se iba tornando en una algarabía, y mientras bajaba notó que la cantidad de excrementos de las aves había aumentado considerablemente en corto tiempo. Cuando ya estaba en el suelo, caminó rápidamente para salir del terreno enmontado y tomó la vía a su casa. Mientras se marchaba, internamente le daba gracias a Dios por haberle guardado tan excelente amigo y tan plácido lugar para relajar su vida y darle espacio a sus cavilaciones.

Cuando llegó a su casa, encontró que su padre había llegado del monte y se alegró mucho de encontrarlo. Entresemana era difícil verlo. Le pidió la bendición y le dio un beso y un abrazo. Su padre le dijo que había venido en un vehículo de la finca a pasar tres días en la casa, mientras reparaban una máquina de la hacienda. Eliézer y sus hermanos estaban complacidos, especialmente su hermanita, que brincaba de contento alrededor de las piernas de su padre, y al vaivén de los brincos sus rizos amarillos se mecían como si también dieran gracias por el raro, pero lindo acontecimiento.

A decir verdad, para Eliézer no había nada más cercano al amor, a la paz, o a la perfección de Dios, que ver a aquellos dos seres humanos juntos: su padre y su hermanita. Sin embargo, no todo era felicidad. Eliézer notó que ya su madre no miraba igual a su padre, y que sólo le dirigía palabras en tono imperativo o con un dejo de fastidio. Sus ademanes para con él eran duros y, en los últimos tiempos, una simple conversación siempre terminaba en una guerra sin cuartel entre ambos. Él sospechaba que su madre había dejado de amar a su padre, y que había cosas que jamás volverían a ser como antes, cuando su progenitor era el patriarca, el que dirigía la familia. Pero, al parecer, con la pérdida del patrimonio familiar, también había perdido el respeto de su madre y muchas de las consideraciones y amor que ésta le profesaba hasta entonces.

El padre y los tres hijos estuvieron reunidos en el cuarto matrimonial. Allí durante largo rato su hermano Enrique no dejó de insistirle a su papá para que le trajera un caballo para la feria agropecuaria que se avecinaba. A sus doce años, su hermano no alcanzaba a entender que todo lo habían perdido, y que lo que en otros tiempos era fácil de hacer, ahora era algo que ya no podían permitirse. Enrique tampoco comprendía que al enfrascarse en su insistencia, cobijada en la inocencia que aún poseía, hacía que su padre sufriera. Más aún tratándose de él, puesto que Eliézer siempre había sospechado que de los varones era a él a quien estaba más unido, hecho que algún día, en una situación muy dolorosa, iba a tener la oportunidad de corroborar.

Durante la cena de esa noche, su padre y él se sentaron a ver un juego de béisbol de grandes ligas entre los Dodgers y los Gigantes de San Francisco. Habían apostado cinco bolívares. Nuestro amigo iba a los Gigantes y su padre iba a los Dodgers de Los Ángeles. Sentados en una mecedora, los dos observaban el desarrollo del juego donde, llegado el cierre del noveno acto, los Gigantes ganaban 2 x 0, con dos outs y dos hombres en base. Pitcheaba el cerrador Lee Smith y bateaba un hombre a quien nuestro amigo no olvidaría jamás, Dusty Baker, pues en cuenta de tres bolas y un *strike,* depositó la bola en las gradas. Y mientras escuchaban la voz de Delio Amado León, comentarista en ese entonces de la televisora Venevisión, su padre no dejaba de brincar. Seguramente no por haber ganado la apuesta, sino por haber compartido con su hijo ese momento que para ambos se convertiría en inolvidable.

Luego de que terminó el juego, su padre se retiró a su alcoba con su madre y su hermanita. Ya Enrique y José dormían profundamente, pero Eliézer se dirigió al patio de la casa y se acostó en el puente que unía el patio. Se puso a mirar las estrellas, pensando en que el miércoles primero de julio arribaría a los dieciséis años e imaginando qué haría para festejar el grato acontecimiento. A decir verdad, entre tanta gente, él se sentía solo, triste y viendo cómo muchas cosas a su alrededor se desmoronaban, en especial su familia. Sentía la ausencia de algo... había un espacio en su vida que estaba vacío, que no podía llenar, pero su soledad estaba demasiado concurrida con los recuerdos felices de su infancia: la hacienda, los caballos... una vida que, indudablemente, ahora había cambiado y estaba llena de incertidumbres, interrogantes, inseguridades...

Nuevamente el sonido de la regadera de la casa de al lado vino a sacarlo de sus tristezas. Aunque siguió mirando las estrellas, ya no pensaba en ellas, sólo pensaba en la regadera abierta que derramaba el vital líquido y lo que eso significaba para él. Lo ocurrido la última vez que se había asomado por la hendija, lo hacía dudar entre dirigirse a aquel lugar secreto para poder fisgonear a la persona que se estaba bañando o irse tranquilo a dormir. La última vez había sido, definitivamente, una experiencia frustrante y desalentadora para él, pero internamente se reía al recordar la figura poco atlética de aquel mestizo.

El ruido del agua era constante y era como si éste le hiciese una invitación que no podía rechazar a pesar de la mala experiencia pasada...

Olvidándose de que su papá se encontraba en la casa, se dirigió al callejón que dividía las viviendas vecinas y, montándose con mayor velocidad y sigilo que la primera vez, se posó de tal manera que no podía perderse ni un detalle del espectáculo que disfrutaría en primera fila. Su alma aventurera le hacía vencer los obstáculos, y en ese instante, al asomarse, observó bajo la noche clara, los cristales en los que la oscuridad y los reflejos de la luna envolvían la silueta de la muchacha de aproximadamente veinte años, quien restregaba sus firmes nalgas y senos con una delicadeza marcada por la dureza de todo su cuerpo... Qué perfección en aquel contorno de mujer, pensaba Eliézer. El agua chorreaba por ese cuerpo que parecía pertenecer a una diosa. Su cabello largo y mojado echado hacia atrás y su cabeza mirando arriba en dirección del chorro del agua, tenían a Eliézer con una excitación inusitada que no era comparable a ninguna otra que hubiese experimentado en su corta vida sexual (hasta ese momento era virgen)...

Pero todavía le faltaba mucho por ver al muchacho, y sus ojos amenazaban con salirse de sus órbitas cuando ella le dio la espalda y se empezó a pasar las manos enjuagándose su vagina de oro sin trabajar, y sus nalgas que, como lomas perfectas, mostraban el firmamento del placer en un horizonte que no estaba marcado por la lejanía. Seguidamente, se puso de frente. Eliézer no respiraba ni se movía mientras Marina restregaba sus senos, que parecían dos perfectas cumbres que se bamboleaban al tacto de su dueña. En esos momentos ella estaba mirando arriba propiciando que el agua le cayera directamente en la cara, cuando de repente sacó la cabeza del chorro y sus ojos apuntaron en dirección a donde estaba él... Eliézer se quedó petrificado, pero sin poder dejar de mirarla. Sabía que si se quitaba sería descubierto, si es que no lo habían descubierto ya, y esto ocurriría al entrar la luz de lleno por la hendija: aquella abertura que mostraba al mortal ladrón, sus virtudes, sus glamorosas dimensiones, que se perdían en el umbral de lo perfecto y el deseo.

Mientras sus miradas parecían descubrirse, o encontrarse cada una en su propia frecuencia, esos instantes le parecieron eternos a Eliézer, y comenzó a sentir una tensión que parecía que lo iba a hacer reventar. Esos largos segundos cortaban su respiración, amarrándole el alma en un suspiro contenido. El alivio no llegaba, mientras los instantes de incertidumbre se eternizaban... Con una expresión donde se confundían la curiosidad y el miedo, ella estaba mirando hacia donde estaba la hendija y Eliézer debía mantener la mirada, puesto que no sabía si había sido descubierto.

Pasaron unos minutos que a Eliézer le parecieron años en un reloj de arena y ella continuaba mirando en dirección a donde estaba la cara de él, con sus ojos semejando a los de una gata en la oscuridad... Pero ya la expresión de asombro había desaparecido de su rostro, y lejos de endurecerse por la ira, o mostrar miedo, se volteó, y mientras aún Eliézer no respiraba, continuó el ritual que a nuestro amigo se le antojaba profundo y misterioso. La respiración de él, poco a poco, volvió a tomar su ritmo, mientras ella continuaba bañándose, aunque a Eliézer, en realidad, le parecía que estaba acariciando su cuerpo para él.

Nuestro amigo no sabía si había sido descubierto, si su escondite había sido vulnerado. No hallaba qué hacer, pues ella continuaba como si nada hubiese pasado, pero de vez en cuando, mientras disfrutaba del agua, notó que miraba con mayor regularidad a la hendija en cuestión. A partir de la primera mirada, el tiempo transcurrió mucho más lentamente para él, y aunque el espectáculo continuaba, en su nerviosismo y cobardía quería desembarazarse de esa situación lo más rápido posible.

En ese momento, Eliézer no imaginaba que todas sus interrogantes se iban a develar en apenas unos minutos. Ella procedió entonces a cerrar la llave y a secar su cuerpo, lenta y sensualmente, con una toalla. Mientras se secaba, en punta de pies empezó a mirar en dirección al frente de su casa, previendo que los moros en sus andares no reposaran en su atalaya. Cuando se cercioró de que no había nadie que entorpeciera sus planes, volteó de repente hacia donde se encontraba el fisgón y con su mano le hizo señas para que saltara el bahareque. Él, a estas alturas, estaba petrificado y no creía lo que le ocurría. Los ademanes y señas, definitivamente eran para él, puesto que salvo las estrellas no había nadie más allí. Sin embargo, no sabía qué hacer ante esa nueva situación. Allí estaba aquella muchacha, con su cuerpo escultural, haciéndole repetidas señas para que saltara el bahareque y él aún sin poder moverse.

No tenía la certeza en ese momento de si había sido reconocido, pero los hechos después le demostrarían que había sido así. Como pudo, se armó de valor y le hizo señas de que estaba dispuesto a aceptar la invitación. Bajó lanzándose al callejón y puso una escalera pequeña para saltar. Cuando llegó a la cima, ya ella lo estaba viendo en el portal del patio de su casa y nuestro muchacho se impulsó con mucha fuerza y con una agilidad que emulaba las hazañas de un gato en celo. Saltó el obstáculo y cayó en el patio. Ella le seguía haciendo señas para que se le acercara y él no podía creer lo que estaba ocurriendo en su vida ni tenía conciencia de nada de lo que sucedía a su alrededor.

Seguidamente, la muchacha tomó suavemente la mano del excitado muchacho y lo condujo hasta una de las habitaciones. Él le pregunto si había alguien en la casa, y ella le contestó que no, e inmediatamente dejó caer su toalla, mostrando su voluptuoso cuerpo a nuestro amigo que, desesperado, empezó a desvestirse y muy rápidamente se despojo de sus escasas prendas de vestir que se componían de un *short*, una franela y sus gomas, pues no tenía medias. Todo se lo quitó violentamente, dejando a la vista su cuerpo delgado, pero fuerte, sin otra protección que la fogosidad que llevaba en sus venas. Su pene ya estaba erecto como una espada dispuesta a la batalla, que esta samaritana no estaba dispuesta a dejar pasar.

A pesar de la escasa luz en la habitación, ella se las arregló para guiarlo hasta un camastro maloliente, donde lo recostó. Él le acarició la cara torpemente, con desespero, con desenfreno, sin saber besar, sin saber amar, aún sin saber vivir, y buscó sus senos con sus labios, y empezó a besarlos desesperadamente. Ella, mientras tanto, con el paso de los minutos había encontrado un poco la calma, y con sus manos iba aplacando también el desenfreno de Eliézer, marcando el compás en el que debía desarrollarse el encuentro amoroso.

Poco a poco ella fue calmándolo, y dándole el toque de serenidad que necesitaban ambos para continuar esa velada que llenaría de envidia a cualquiera que no participase en esos momentos tan llenos de erotismo. La calma lograda le permitió a ella vencer el ímpetu de su amante furtivo, y Eliézer entonces comenzó a dejarse llevar ante la maestría con la que era conducido, y empezó a sentir por primera vez las mieles del sexo, la lujuria, y se vio por primera vez dentro de una mujer, la cual se contorneaba salvajemente ante el empuje del joven principiante, torpe, pero con una vitalidad inusitada. Fue luego de un coito fuerte y largo cuando las olas de su vida llegaron a la playa de la mujer bella y joven. Sus cuerpos sudados yacían sobre el catre, y él sintió haber llegado a lo más alto del placer: una sensación jamás experimentada. La experiencia le llenaba la vida y le hacía sentirse orgulloso de sí mismo. Miró en aquellos momentos a la mujer y veía cómo ella aún estaba sudorosa y con su cara plácida dibujando el deleite alcanzado en hacía apenas unos momentos, y que con toda la experiencia que podría haber acumulado, parecía que lo había disfrutado como nunca antes.

Cuando estaba descansando y recuperándose para la segunda avanzada, escuchó la voz de su mamá que lo llamaba. Y su timbre de voz le resultó tan odioso como el timbre del colegio al cual asistía, pero mucho, mucho más inoportuno. Primero la escuchó como en sueños, y no lo podía creer, pero luego se fue haciendo más fuerte el llamado hasta hacerse una realidad que no podían obviar ninguno de los dos. Ella se levantó de la cama y se asomó mirando desde el fondo al frente de la casa y lo conminó a que se pusiera rápido la ropa, y saliera raudamente por el frente de la casa, aprovechando que, como ya le había dicho, en su casa no había nadie en el momento. Él salió del cuarto y dándole un beso en la mejilla se dirigió al frente de la casa mientras escuchaba con insistencia los gritos de su madre. En ese momento prácticamente huía de aquella casa cuyo calor asfixiaba e impregnaba todas las áreas de la misma con un olor a rancio, a cosa sucia, a desaseo, pero que le había proporcionado su primera experiencia sexual, puesto que si bien ya se había masturbado en múltiples oportunidades, nada se comparaba con la experiencia vivida con una mujer.

Cuando salió del lugar, caminó aceleradamente para llegar a su casa, entró por el frente de la misma y se fue al patio donde estaba su madre llamándolo. Cuando ella lo vio le preguntó dónde estaba. Él le respondió que en la tienda. Como lo vio sudado, su madre pensó que era verdad, y que se había venido corriendo de la misma. Ella le dijo que se duchara y se preparara para cenar. Con mucho gusto él obedeció las instrucciones que le venían como anillo al dedo, caminó presuroso entonces al baño y se quitó la ropa y dejó que la regadera le mojara los momentos vividos. ¡Qué plácido le resultaba aquel chorro de agua que le caía en la cara! Además, se sentía sumamente orgulloso de su virilidad, de cómo había funcionado en su primera vez.

El agua le chorreaba por el cuerpo y le refrescaba la vida, pero notó entonces que tenía un hambre increíble, y terminó relativamente rápido el baño, salió, se cambió y ya estaba servida la comida. Su padre, que también estaba en la mesa, comenzó a hablarle de su trabajo, de lo que hacía, de cómo vivía, pero él no lo escuchaba. Simulaba estar prestándole atención a sus palabras, pero la realidad era que estaba pensando en lo que le había sucedido hacía apenas unos minutos. No podría olvidar aquella noche, e intuía que dormiría placenteramente.

En las clases, al día siguiente, se hablaba del final del curso que ya estaba próximo. Él sabía que sus notas no habían sido satisfactorias, pero qué otra opción le quedaba sino que ir a reparación con las cinco materias que le habían quedado, hecho que, por supuesto, lo guardaba en secreto en su casa para no precipitar los castigos que iban a venir, tanto físicos como verbales, además de la suspensión de las salidas a fiestas. Fue entonces, mientras caminaba por los pasillos del colegio en el tercer piso, cuando divisó a lo lejos la silueta endeble de Valmore en la calle contigua al colegio por la parte de atrás de la cancha de fútbol. El sordomudo caminaba pesadamente, como sin rumbo fijo, pero no apartaba la mirada de la estructura imponente del colegio, como si ésta le provocara una atracción contra la cual le era imposible luchar.

Eliézer bajó presurosamente las escaleras a la mayor velocidad que le permitían sus delgadas, pero fuertes piernas, y en un momento ya estaba atravesando las canchas de básquetbol, en dirección al campo de fútbol. Aunque ya se sentía un poco cansado, siguió corriendo y a mitad del terreno en cuestión, saltó la barda y cayó en la calle contigua a la cancha. Se dirigió a donde estaba su ahora enigmático amigo.

A medida que se acercaba, siguiendo la costumbre de cuando se quiere llamar la atención de alguien, empezó a gritarle, pero por supuesto Valmore no lo escuchaba. Sin embargo, una persona que venía en dirección contraria al sordomudo le hizo señas para que éste volteara. A lo que lo vio, Valmore detuvo su paso y lo esperó, y tras esperar que Eliézer tomara aire por un buen tiempo, lo abrazó con afecto y le hizo un ademán para que se colocaran bajo la sombra de un Acacio cercano, para que allí pudieran conversar de los acontecimientos sucedidos en el colegio la semana anterior, por supuesto todo a través de señas. El sordomudo sabía que eso era lo que Eliézer le quería preguntar y a decir verdad también él se mostraba ansioso por referir lo ocurrido.

Cuando Valmore empezó a contar su historia de la mejor manera que pudo, Eliézer no le perdía ni un minuto de atención a todos y cada uno de sus gestos y movimientos. Y cuando no le entendía alguna parte, lo hacía retroceder en su explicación y le pedía que le aclarara algunos aspectos. A veces no entendía el "carnaval" de muecas y gestos de Valmore, y entonces el sordomudo se enojaba y con señas le decía que era un bruto. Lejos de enojarse, Eliézer se reía y lo hacía continuar, porque sentía que los acontecimientos ocurridos merecían la pena conocerse para empezar a desenredar la madeja de hechos que, muy a pesar de Eliézer, tardarían en descifrarse, pero él estaba seguro de que terminarían resolviéndose.

Esta "conversación" tan singular tendría una importancia vital en el curso de los acontecimientos postreros. Sin embargo, para bien de aquel intercambio de gesticulaciones, ellos no notaron que la misma tenía espectadores, pues cuando las demás personas pasaban por el lugar se quedaban mirándolos. Algunos se reían, otros miraban extrañados y también estaban los que se detenían para observarlos a ambos, que semejaban directores de orquesta en pleno concierto. Sólo en el momento en el que un vehículo Malibú, azul oscuro y con vidrios ahumados, pasó lentamente por el sitio donde conversaban, fue cuando nuestro amigo notó un cambio excepcional en el ánimo de su interlocutor, pues el color de la tez de Valmore cambió, se puso pálido, su respiración se aceleró por completo y Eliézer pudo contemplar en su rostro una expresión de pánico que jamás hasta ese momento le había visto.

El muchacho intentó alargar la "conversación", pero ya su inocente amigo parecía haber perdido la capacidad de realizar movimientos. Pronto tuvo que comprender Eliézer que el diálogo de señas se había roto, y aunque intentaba calmar a su interlocutor, la tarea resultaba imposible dado el estado de exaltación que demostraba el sordomudo. Al voltear nuestro amigo instintivamente para ver con más claridad lo que había provocado su turbación, el vehículo ya iba cruzando la esquina y por ello no alcanzó a tomar nota de la placa del auto de los intrusos que habían alterado tanto el ánimo a Valmore con su presencia y que obligaron a que la singular conversación terminara tan abruptamente.

Eliézer logró averiguar muchas cosas que sabía su singular interlocutor, pero quedó intrigado con lo que no le había podido decir a consecuencia de la inesperada aparición del automóvil, y de la cual sacó como conclusión que al adolescente muchacho le estaban siguiendo los pasos a causa de lo que sabía o había visto. Meditando un poco, concluyó que el hecho de que lo vieran hablando con él podía traerle consecuencias a su vida, seguramente no muy buenas si definitivamente decidía interferir en esos hechos. Valmore, finalmente, le estrechó las manos de una manera rápida y nerviosa y empezó a caminar presurosamente en dirección contraria a la que había tomado el siniestro vehículo.

Eliézer no tuvo valor de confrontarlo con lo que en el colegio se decía de él, y estaba satisfecho de no haberlo hecho, porque ahora más que nunca estaba convencido de su inocencia y no tenía caso intranquilizarlo con un comentario que, además, tal vez él ya conocía.

El timbre que indicaba el final de las clases encontró a Eliézer cavilando acerca de la "conversación" sostenida con aquel personaje, y lo separó de sus pensamientos con el chirrido de ese ruido ensordecedor. Tras la salida, pensó que tal vez estos secretos eran demasiado para él solo y que quizás debería compartirlos con alguien. También abrazó la posibilidad de dejar todo tal cual estaba, que a decir verdad para cualquiera habría sido la elección más sensata.

Susana se encontraba al pie de la escalera en la planta baja, como si le estuviese esperando, por lo menos eso sintió desde el momento en que la vio parada allí, y más aún cuando con una sonrisa lo invitó a que se acompañasen en el camino de regreso a sus casas.

Él empezó a sentir y notar las diferencias entre el amor y el resto de sentimientos comunes en los seres humanos, como la lujuria, la amistad, el gusto, la comprensión, la solidaridad y tantos otros, y pronto entendería también que el amor los comprende a todos, y todos forman parte del amor. Caminaban confundidos en un aura que los envolvía y les hacía sentir que no existía nadie más en este mundo. Sólo se distrajo un poco de ella cuando, pasando por donde estaba su amigo preferido, volteó a saludarlo y notó que sus hojas bamboleando por la fuerza del viento, casi le gritaban que debía pasar por allá. Cuando ella notó su distracción momentánea, él le explicó lo bien que se sentía al estar en aquel lugar protegido por las ramas fuertes del más fiel de los amigos. Ella pareció no interesarse en el tema y continuaron su plática hablando de otros temas.

Sus manos, aunque no se tomaban, se rozaban al caminar y esto le bastaba a él por los momentos. La conversación fluía naturalmente, como un manantial de aguas cristalinas que no se terminaba, y a Eliézer le pareció que el tiempo más bien era demasiado corto para lo que estaban conversando, puesto que ya estaban llegando a la esquina donde debían separarse. Él la tomó de la mano y le dio un beso en la mejilla y ella lo invitó a pasar en la tarde por su casa para cenar juntos. Él asintió con un *okey,* y continuó su camino para llegar a su casa. Mientras caminaba notó que lo embargaba un sentimiento de alegría que lo hacía sentirse un ganador, un hombre que podría cambiar el mundo si se lo proponía, y que no habría nadie que detuviera su andar hasta lograr sus objetivos en la vida.

Su padre ya se había ido, y de no haber tenido que regresar a su trabajo, Eliézer le hubiera contado ese día los acontecimientos que estaba viviendo. Pero al haberse marchado ya, nuevamente tendría que lidiar solo contra lo que sabía que estaba mal. Se sentía dubitativo y esto lo llevaba a explorar caminos totalmente opuestos buscando lo mejor para sí mismo. *¿Debía,* *pues, interceder en ellos? o ¿dejar tal vez que continuaran suce-diendo?* Entonces comprendió que sólo encontraría las respuestas dentro de sí mismo, de su valor, de sus vivencias y de su determinación. De lo único que en sus intranquilos momentos estaba seguro, era de su inclinación por hacer lo correcto, pero definitivamente titubeaba, pues no siempre sabía qué era lo correcto. Por lo menos no en ese momento.

Luego de almorzar y tratar de mantener a raya a su inquieta hermanita, se recostó en su cuarto, pero no pudo descansar tranquilo, pues no podía apartar de su recuerdo la conversación tenida con el sordomudo y los descubrimientos que había hecho. En el diálogo, él le había dicho que ese día, cuando se disponía a barrer y asear el edificio donde pernoctaban los hermanos maristas, había entrado a una de las habitaciones y se encontró con uno de los hermanos obligando a golpes a tener relaciones sexuales a una muchacha de tercer año del colegio que él había visto entrar a la dirección con otro de los alumnos. Él contaba, con su lenguaje de señas, que cuando se percató de esto, se abalanzó con toda su fuerza contra el cura en cuestión. Le lanzó varios golpes, pero el cura era un hombre fuerte y ágil, y esquivó los golpes.

Mientras esto sucedía, después de vestirse y sin dejar de llorar nerviosamente, la muchacha salió despavorida del lugar. Fue entonces cuando llegaron los otros, y lo sacaron por la fuerza de la habitación. Eliézer recordó entonces que por la puerta de la dirección se llegaba hasta el comedor de los curas, y a su vez a la escalera que daba al piso contiguo donde estaban las habitaciones de los "misioneros de Dios".

En esos momentos, Eliézer sacó como conclusión que si la muchacha lloraba o pedía auxilio, el sordomudo no habría podido escuchar sus lamentos por razones obvias, y fue sólo la casualidad lo que lo llevó a la alcoba mientras esto sucedía. Pero cuando él le preguntó a su sordomudo amigo, quién era el cura y la alumna en cuestión, fue en ese preciso instante en el que hizo su aparición el vehículo siniestro, que sacó al muchacho impedido de su estado normal de ánimo y provocó que luego de tan indeseada presencia, ya éste decidiera no comunicarle nada más.

Aunque ya sabía un poco más de lo sucedido, sentía que le faltaba conocer lo más importante. Por ejemplo, los nombres de los responsables de aquellos hechos aún permanecían ocultos para él. Recordó entonces la manera nerviosa en que el sordomudo se negó a decirle quiénes eran los malvados personajes, señalándole en su idioma de mímicas que ese hombre era muy peligroso y que podría hacerle mucho daño, que no se fiara de los curas y que tuviera mucho cuidado. Todo esto mientras el auto azul hacía su aparición. En cambio sí le había explicado con detalles quién era la muchacha. Eliézer la recordaba muy bien, y tendría que buscarla si, en definitiva, decidía inmiscuirse en la situación. El nombre de la joven era Laura. No sabía su apellido, pero sí dónde vivía, y recordó además que luego de lo ocurrido no la había vuelto a ver en el colegio.

De la narración de estos hechos sacó las conclusiones que tuvo a la mano. Por ejemplo, sabía que uno de los curas estaba descartado de haber cometido físicamente el delito en ese momento: el director, pues en ese momento conversaba con Eliézer. El cura Gregorio estuvo entre las personas que lo dominaron y lo maniataron para sacarlo del recinto, pero Eliézer se preguntaba, *¿por qué Valmore, mientras forcejeaba con los que lo estaban sacando, dirigía toda su fuerza y rabia hacia el padre Gregorio? ¿Acaso era él el culpable de lo que había ocurrido?*, o *¿el sordomudo lo atacaba porque lo estaba lastimando?* Ahora imaginó que el cura culpable de aquella acción le habrá mentido a los que llegaron para que lo libraran de la ira del sordomudo primero, y luego, aún más importante, hacer que lo echaran del recinto. También pensó que los que llegaron posteriormente no vieron a la muchacha en la alcoba y, por supuesto, la versión del cura fue la más creíble, puesto que por su condición, el sordomudo no tuvo derecho ni espacio para manifestar por ningún medio lo acontecido esa mañana.

Sumido en sus pensamientos, el sueño lo terminó venciendo y no tuvo nada más que hacer, ante el cansancio que sentía, que dejarse caer en los brazos de Morfeo. No había pasado mucho tiempo cuando, entre dormido, recordó la cita con su amada.

Se puso en pie de un salto, se metió al baño y se duchó. Notó por la oscuridad que se percibía en la ventanita, que ya era tarde, por lo menos para cenar. Se vistió en un segundo, y salió del cuarto. Le preguntó a su madre la hora y ella le respondió que eran las ocho y media. Sin perder más tiempo, salió en dirección a la casa de Susana, pero cuando Salio al frente de la casa, diviso que al lado, sentada despreocupadamente estaba Marina conversando con sus hermanas. Él las saludó a todas de una forma general y fría, les dio la espalda y siguió el camino que se había trazado con anterioridad. Cada vez que veía a Marina, la lujuria entraba en sus pensamientos, pero dominaba sus impulsos, pues sentía, y no se equivocaba en sus razonamientos, que esos encuentros se repetirían, en cambio a "su" Susana tendría que ganársela, y a fin de cuentas era de quien él realmente estaba enamorado.

Entró como un torbellino a la casa de ella y no tocó la puerta del frente, sino que se metió por el garaje hasta el fondo de la misma y allí la encontró lavando los platos luego de que la familia cenara. Se veía hermosa a través de la ventana corrediza de la cocina: su piel de porcelana y su cabello castaño y liso le daban un toque nostálgico a aquel espectáculo que estaba conformado por su cara y por el reflejo de su silueta.

Todos los demás ya se habían retirado a sus habitaciones y ninguno se percató de la llegada de nuestro impuntual amigo. Él se disculpó por la tardanza, pero ella le dio un beso y prosiguió luego a servirle la cena, que consistía en unos lingüinis con camarones. Eliézer se sentó a cenar y ella lo acompañó, mientras le explicaba, a petición de él, cómo había preparado tan exquisito plato, que estaba acompañado de queso parmesano y un poquito de pimienta que le daban un sabor único a esa pasta con sazón de italianos. Detrás del exquisito plato, él percibió, además, que había mucho esmero en su preparación.

Finalizada la cena, los dos se dirigieron a la jardinera del patio trasero que rodeaba un frondoso mango, y se sentaron a conversar despreocupadamente de los sueños de cada uno y de lo que querían hacer con sus vidas. Una brisa fría les rozaba suavemente la cara. En este punto, él estaba extasiado viendo cómo su suave cabello de color castaño claro bailaba al son del viento y, de vez en cuando, le tapaba el rostro.

Aunque ella continuaba hablando, Eliézer ya no la escuchaba. Su atención en esos momentos estaba centrada en su piel de porcelana, en sus ojos negros que contrastaban con el blanco de su piel y en el color miel de su cabello, además del contorno amoroso de su cuerpo, que lo invitaba con cada gesto a que se lanzara tras su verdadero amor. En ese momento sentía que su corazón estaba desbocado, que la respiración le faltaba, y que debía recomponerse, pero tomó aire profundamente y sostuvo su mano suavemente sobre la de ella. Con el contacto, Susana dejó de hablar y le dirigió una mirada dulce, pero nerviosa. Entonces él le tomó las manos completamente y la levantó de su sitio. La muchacha no sabía cómo reaccionar y le hizo señas de que alguien podía salir. Con seguridad, Eliézer la condujo al garaje de la casa y cuando estuvieron allí la acercó a su cuerpo y, dándole una mirada cálida, por fin la besó. Fue un beso suave con el cual le pareció que tocaba el cielo en aquellos atesorados instantes.

Seguidamente, deslizó sus manos por todo su torso, por sus caderas, mientras la besaba, y volviendo a subir con ellas por su barriga le tocó suavemente sus senos, pero ella le agarró las manos y de manera delicada, pero decidida, se las apartó. Su pulso acelerado mostraba las ansias de la vida, por continuar, por multiplicarse, por nunca acabarse, aquella vitalidad que nace del instinto, pero que, perfeccionada por el amor, nos hace romper barreras, saltar cercas, construir vías, cambiar el mundo, fijarnos además en el rocío de las flores en la mañana y convertirnos en ruiseñores y caballeros aunque seamos sapos en un estanque.

Él estaba notando que ella, además de inexperta, estaba sumamente nerviosa por el temor de que alguien de su familia pudiese encontrarlos, y por eso entendió cuando separó sus labios de los de él y colocó sus manos suavemente en su boca, y le dijo que se fuera, que no entendía lo que había pasado y que se verían al día siguiente. Él asintió con la cabeza y, mientras apretaba sus manos, le dio un beso en la mejilla antes de retirarse.

Eliézer caminaba absorto, incrédulo, feliz, de todo lo que había sentido esa noche: las estrellas en ese momento bailaban al son de su corazón y brillaban más que nunca, iluminando con sus fulgores el rostro de nuestro amigo, y éste le dio rienda suelta a su alegría. Se sintió valorado, querido, amado, sentimientos que le eran ajenos en su casa, y que no sabía hasta ese momento cuánta falta le hacían. Los afectos de sus padres le eran extraños. Hacía mucho tiempo que no escuchaba palabras de aliento o una frase de sus seres queridos que le hiciera sentir que era alguien importante, o que su vida tenía un significado valioso para ellos.

Fue esa, definitivamente, una noche que le dio motivos sinceros para vivir, para tener valor, para ir adelante. Aún sentía cómo los olores de ella impregnaban sus manos: su perfume suave, el reflejo de su mirada que no se le borraba de su mente y su sonrisa que se dibujaba suavemente en sus labios cuando lo despedía. Sentía todas estas sensaciones mientras caminaba de regreso a su casa. Sentimientos compartidos que jamás había llevado consigo hasta ese momento, y un aire de felicidad llenaba su pequeño universo. Todo giraba en torneo a ella y parecía como si no hubiera nada más que le importara.

A medida que se fue acercando a su hogar, cerca de las diez de la noche, observó que sólo quedaba Marina en el frente de su casa. Ella le hizo señas para que se detuviera, y él lo hizo casi obligado. Cuando estuvieron lo suficientemente cerca, ella lo tomó de la mano y le dio un beso corto en la boca, que no tuvo tiempo de rechazar, y tal vez tampoco habría tenido fuerza de voluntad para hacerlo. Acto seguido le dijo que se fuera por el fondo, que todos estaban acostados ya. Él le respondió que sí, tratando de quitarse de encima el olor a sudor que ella le había dejado impregnado en la ropa, y había desplazado el aroma del cuerpo de Susana que traía consigo suavemente mezclado con su piel.

Eliézer entró a su casa y su mamá ya estaba cerrando todas las puertas de la casa para acostarse a dormir. Él en ese momento la miró y se metió al baño a ducharse. Sabía que no asistiría a la cita con Marina. Además de su rancio olor, tenía un motivo para no hacerlo: Susana. Se acostó junto a sus hermanos y no dejaba de pensar en la felicidad que sentía por lo acontecido con el gran amor de sus cortos años.

Ni siquiera en ese momento tan especial, imaginó que ese cariño que sentía por ella iba a acompañarle para siempre.

Capítulo III. Los peligros que encierra la verdad

El descubrimiento de la droga. A punto de ser atrapado por los muchachos viciosos. La doble celebración de su cumpleaños: con la novia y con la amante.

La mañana llegó entonando su canción de verano: los canarios del lugar dejaban escuchar sus trinos y en el camino al colegio se fue por la vía que llevaba a la encrucijada donde, si salían al mismo tiempo, se encontraría con su amada. El pensaba que un encuentro con su amada sería su mejor regalo aquel primero de julio, día de su cumpleaños, pero no fue así, él salió algo tarde de su casa y lo notó puesto que ya quedaban pocos compañeros del colegio caminando por las calles. A pesar de que apretó el paso, se consiguió con que las clases ya habían comenzado y habían cerrado el portón. El viejo portero Eloy le dijo que no le podía abrir, puesto que la última vez que lo había hecho, el hermano director se había puesto muy furioso y lo había amonestado.

Eso significaba que debía volver a su casa. Sin embargo, mientras caminaba con desgano y con los rayos del sol calentándole la cara, se preguntaba a qué se regresaría allá. Se respondió automáticamente: *a escuchar las quejas de su madre.* No podría dormir, puesto que ella apagaba el ventilador que espantaba los zancudos y hacía soportable el calor de la habitación y, en el mejor de los casos, tendría que ayudarla con los quehaceres de la casa. Además, en la tarde adicionalmente tendría que ir como de costumbre a limpiar los bares. Así que resolvió dirigirse a donde estaba su amigo preferido, para conversar consigo mismo mientras dejaba pasar el tiempo hasta que se cumpliera el horario de la escuela.

A partir de su decisión, caminó alegremente por la calle y, a medida que se acercaba donde estaba su amigo preferido, notó que sus ramas estaban quietas, como si estuvieran tranquilas, pero rodeadas de una pesada paz que se le antojó en ese momento como un mal presagio, aunque la mañana estaba extraordinaria para ver pasar el tiempo y tratar de adivinar las figuras que se dibujaban en las nubes en el firmamento. Cuando estuvo frente al terreno se adentró por el camino de siempre, y a medida que se acercaba al árbol, empezó a sentir un fétido olor a excrementos humanos y se dio cuenta de que alguien más había estado compartiendo con su viejo amigo, aunque esta compañía se le antojara desagradable a su cedro querido. Caminó con cuidado para no llenarse los zapatos de excrementos y empezó a notar que en la senda los había con diferentes estados de putrefacción, lo que le hizo intuir que los intrusos, en caso de ser los mismos, habían pernoctado allí en más de una oportunidad.

Hizo caso omiso al asco que le producía el olor y se acercó a su amigo. Cuando estuvo enfrente de él, subió lo más alto que pudo para así escapar del hedor. Empezó entonces a divagar en sus pensamientos. Recordó los episodios ocurridos en las habitaciones de los hermanos, lo que le había hecho saber Valmore en su singular conversación, y la manera cómo había abandonado por completo el seguir hurgando en estos hechos… Pensó en Marina, en su cuerpo escultural y cómo lo restregaba a la luz de la luna en esa noche en que había sido de él, pero también en la furia que estaría sintiendo ella por haberla dejado embarcada la noche anterior. Sin embargo, ya inventaría un buen pretexto para decirle por qué no había podido asistir a la cita.

Tal vez en ese momento, Eliézer estaba comprendiendo mucho más al amor, aunque aún había cosas que no entendía, como por ejemplo: *¿Por qué pasaba mejor su tiempo conversando con Susana, que haciendo el amor con Marina?*, o *¿por qué tuvo el valor de rehusarse a hacer el amor nuevamente con Marina por el solo hecho de haber besado a Susana?* Sumido en todas esas meditaciones, sus pensamientos parecían un saltamontes que iban de un lado a otro sin detenerse por mucho tiempo en un solo sitio.

Seguidamente, recorrió con sus pensamientos los hechos ocurridos desde la llegada de Rubén al colegio y su particular potencial como persona. Pensó que tal vez estaba siendo injusto con este muchacho. Recordó también lo vivido en la finca de Mario, aquel compañero que ahora lo trataba menos y que, definitivamente, las cosas no podrían mejorar entre ellos por lo sucedido el sábado aquel. Pero eso le importaba poco. No se sentía bien, pero la razón era por la cobardía de apartarse de la situación de sombras grises que se plasmaron en las habitaciones de los curas en días pasados. Mientras pernoctaba en estos pensamientos se dio cuenta de que el tiempo había galopado demasiado rápido. Al mirar su reloj ya eran las doce y media y a esa hora podría ya regresar a su casa sin necesidad de dar explicaciones. Además, en ese momento se percató de su seca garganta y de que tenía ganas de orinar.

Comenzó a bajarse del árbol lentamente, pero antes de abrazarse al tronco principal divisó una bolsita plástica en la hendija de una de las ramas de aquel frondoso amigo, por lo que comprendió inmediatamente que alguien más pernoctaba allí, puesto que esta bolsita había sido puesta deliberadamente en ese escondrijo. Iba a continuar descendiendo del árbol, pero la curiosidad lo llevó a girar su cuerpo hacia donde estaba la bolsita plástica y meter la mano en el escondite para tomar aquel envoltorio extraño y ver de qué se trataba. Lo tomó y bajó del árbol, y cuando estaba a corta distancia del suelo se lanzó y cayó sin problemas, pero con la mala suerte de que se le llenaron sus zapatos de excrementos. Una vez en el suelo, haciendo caso omiso al putrefacto olor que, a pesar de limpiarlas con la arena, aún despedían sus botas, se dispuso a abrir aquel extraño envoltorio: era una fina mezcla de hierbas empaquetadas con sumo cuidado, lo que le hizo presumir que era marihuana.

En lo primero que pensó fue en encontrar posibles envoltorios adicionales, por lo que empezó a buscar en las raíces y escondrijos, hasta que encontró uno, y otro, y otro: tres envoltorios parecidos y perfectamente empacados, de tal manera que si llovía no se mojaran. Pensó entonces que podría haber más arriba de las ramas y que debería volver a subir y revisar las ramas contiguas al primer hallazgo, pero sintió temor de que los dueños de esa mercancía sucia llegaran y le hicieran daño. Sin embargo, no se resistió al impulso de destruir el empaque de plástico de cada uno de los envoltorios, por lo que juntó toda aquella porquería y descubrió que jamás en su vida había orinado con tanto placer al descargar toda su vejiga sobre la inmundicia. Sentía que, con sus acciones, el mundo estaba cambiando para bien... que su vida, sólo por ese acto, ya había tenido sentido.

Cuando terminó, se subió el rache del pantalón, y rápidamente se marchó. Trató de salir de la manera más sigilosa posible de su lugar preferido. Cuando estuvo en la carretera volteó a mirar, pasado el mediodía de ese miércoles, y vio a su árbol preferido que se despedía de él volviendo a mecer sus ramas en un estado de éxtasis inusual que le hacía cobrar vida ante lo acontecido esa mañana.

Llegó a su casa jadeante y no se percató cuando su madre se le acercó y le dio un fuerte abrazo, lo cual le extrañó y lo sacó de la automaticidad de sus acciones desde que había salido del terreno. No se explicaba el por qué del extraño, pero sabroso abrazo con beso incluido, y un "te quiero" que hacía tanto que no escuchaba, que casi pensó que nunca antes había sucedido, y escuchó un "feliz cumpleaños" que le cayo como agua refrescante, bajando sus tensiones.

Su cumpleaños lo había agarrado en un momento de incertidumbre y miedos, que sólo fueron aplacados en ese momento por el abrazo tibio y delicado de su hermanita, que lo hacía sentir querido y valorado de verdad. Desde el momento en que llegaba a su casa, él no podía apartar de sí aquella "ladillita" placentera, pero en esos momentos no podía estar pendiente de sus juegos y sus ganas de ver comiquitas tirados en el suelo y ella con su cabecita recostada a su hombro. Los sucesos acontecidos en esa mañana del primero de julio lo tenían totalmente distraído de lo que giraba a su alrededor, del amor que sentía su madre por él, aunque en esos momentos no lo valorara en su exacta dimensión por la situación que lo tenía completamente fuera de sí, algo que nadie más alcanzó a percibir, puesto que se había encerrado solo en el cuarto y no los había dejado entrar.

No quiso contarle a su madre que había llegado tarde al colegio, pero de verdad no hizo falta, pues minutos después llegó Enrique con el cuento, y "con puntos y comas" le refirió a su madre que Eliézer no había entrado a la clase por haber llegado tarde. Enrique estaba en primer año, pero vivía muy pendiente de su hermano, pues le gustaba estar detrás de él todo el tiempo. Su madre lo escuchó y le tocó la puerta. Él la abrió pesadamente, y no respondió ninguna de sus quejas ni la amenaza de que lo haría levantarse más temprano. Sólo se limitó a dirigirle a Enrique una mirada iracunda por haber venido con la historia a su madre y éste interpretó perfectamente dicho gesto.

Mientras limpiaba el Bar Mi Tormento, en un barrio del pueblo cercano a su casa, no dejaba de pensar en los acontecimientos de la mañana anterior. Estaba seguro de que las personas que habían dejado la marihuana allá, volverían pronto y descubrirían lo que les habían hecho, y claro que iban a querer agarrar al autor de ese daño y hacerlo papilla.

Entre los olores que despedían la mezcla del desinfectante Pinolín y el kerosene, él se debatía entre ir a husmear esa tarde de su cumpleaños en el terreno donde estaba su fiel amigo, o dejar pasar un tiempo y tratar de olvidar cuanto sucedía a su alrededor. Y a pesar de que intuía que ellos irían esa tarde a buscar la droga, se armó de una resolución no muy propia para un muchacho de su edad, y decidió volver a donde estaba su árbol preferido, su amigo del alma que, según pensó, en la tarde de su cumpleaños tendría muchas cosas que contarle.

Cuando salía del bar, noto que los vecinos del mismo le miraban complacidos, de que un muchacho como el estuviese limpiando aquellas inmundicias.

Al llegar a las cinco y media de la tarde al terreno, con mucho sigilo se fue acercando a su amigo y antes de llegar observo a lo lejos la marihuana apilada y orinada en el mismo sitio donde la había dejado, y decidió no llegar hasta el árbol que en esos momentos tenía sus hojas quietas, como petrificadas en el tiempo. Había un calor agobiante, que casi no lo dejaba respirar, y escuchaba las aves que ya empezaban a posarse en sus ramas y a hacer un ruido ensordecedor, pues para ese verano del año 1985 así eran los cánticos de pájaros de distintas especies al mezclarse con los chirridos de las chicharras.

Buscó unos matorrales cercanos al árbol donde quedaba bien escondido y divisaba desde allí a su amigo en toda su dimensión. De momento pensó que se había equivocado y que las misteriosas personas no vendrían a buscar su "mercancía". Mientras meditaba en si había hecho lo correcto al venir y estar tirado en la arena, se percató de lo hermoso del crepúsculo de la primera tarde de julio. Él observaba cómo este fenómeno le daba a la tarde un aire melancólico, que concordaba con la llamada "hora triste del monte". Los tonos rojos matizados por la degradación de ellos mismos, ofrecían un espectáculo sencillo, pero que a él, envuelto en la mezcla de sudores y olores a kerosene y creolina, este fenómeno le mostraba la grandeza de Nuestro Señor al crear tanta belleza.

Tras esas reflexiones, se empezó a sentir nuevamente como un tonto, tirado en la arena, mirando a su amigo y sintiendo cómo picaban de duro algunas hormigas que empezaron a montarse en su cuerpo. También notó cómo el crepúsculo se iba ennegreciendo y matizaba con sus sombras oscuras el lugar, borrando sus lienzos y matando el día. Cuando ya casi se disponía a salir de su escondite e irse a su casa, empezó a escuchar pasos que se acercaban a corta distancia de donde estaba escondido. Instintivamente contuvo la respiración y agudizó sus sentidos. Los intrusos pasaron a escasos tres metros de donde él estaba, pero sólo pudo ver de espaldas a las cuatro personas que pasaban por su lado.

En un primer momento no pudo reconocer a ninguno, pero a medida que iban llegando al árbol, su incredulidad no tuvo límites: todos los actores de aquella escena le eran familiares. Comenzó entonces a escuchar sus maldiciones y sus palabrotas producto de la impotencia ante la situación que, definitivamente, los había sacado de sus casillas, dejando a la vista lo peor de su carácter, ya que lo ocurrido les había frustrado sus intenciones.

Eliézer identificó a los personajes que parecían sacados de un lúgubre lugar, dándole aún más un aire asfixiante al medio ambiente. A decir verdad, lejos de alegrarse por descubrir quiénes eran los dueños de la droga, realmente se alegró por descubrir quién era él mismo.

A todo esto, nuestro amigo no se movía en su escondite. A pesar de sentir cómo las hormigas se habían vuelto más constantes en sus ataques, permaneció inmóvil en el matorral que lo protegía por completo de ser descubierto por aquellos muchachos histéricos, y a los cuales escuchaba proferir amenazas contra quien había osado dañarles su droga. Él, desde su subrepticia presencia, pudo reconocer a Rubén Martínez, su odiado compañero de clases y de quien siempre había desconfiado. Ahora entendía de dónde provenía parte de su sobrehumana resistencia y condiciones físicas.

Todo esto lo pensaba, mientras Rubén profería amenazas al viento. Por lo menos, eso era lo que el vicioso muchacho creía, sin saber que, apenas a unos metros, era escuchado nítidamente. También pudo ver con claridad al resto del grupo. Rápidamente comprendió por qué le seguían Henry Marín, Ricardo Romero y Luis Bolaños. Precisamente, este último en esos momentos se montaba en las ramas del árbol a buscar la droga que, seguramente, esperaba encontrar en las ramas y, al ver que no estaba en el sitio donde la había dejado, profería un alarido de rabia.

Pero tras unos momentos de duda, el frustrado Luis Bolaños se dirigió a otra rama contigua y sacando un paquetito que apenas se veía desde donde se encontraba nuestro amigo escondido, lanzaba ahora un grito de victoria, pues se había salvado una porción de ese veneno. Eliézer sintió rabia por no haber revisado bien arriba en las ramas, pero estaba satisfecho con lo que había descubierto en la tarde moribunda de su cumpleaños, que ya hacía deponer sus armas al sol.

Para cuando el crepúsculo se había ennegrecido completamente, Eliézer continuaba observando a los cuatro muchachos cuando "disfrutaban" los pocos pitos que pudieron preparar con lo que les había dejado sano el intruso que, sin saberlo, aún los fisgoneaba.

Eliézer percibía el olor de la hierba cuando se quema, y pensaba que sus siluetas languidecidas por la noche, parecían un cuadro renacentista. En ese momento hubiese querido que un artista hubiese estado allí, para captar con sus pinceles la imagen que él estaba observando en la tarde moribunda. A él le parecía fascinante ver cómo se reflejaban las facciones de las caras de los viciosos cuando se intensificaba la luz con cada chupada que le propinaban a los pitillos del placer y del vicio.

Pensó entonces que los melancólicos personajes, que parecían inmersos en su particular deleite, estarían allí por mucho tiempo y él debía marcharse a su casa, ya que de seguro, por ser su cumpleaños, le estarían esperando. De momento, ya muchas de sus dudas e interrogantes se habían disipado. Intentó retroceder poco a poco para alejarse del lugar, pero en un movimiento indeseado y de cierto modo desesperado, por el constante asedio de las hormigas y el calor, se apoyó con una de sus rodillas sobre una rama seca que hizo un ruido que a él le pareció que se había escuchado en todo el paraje, y no se equivocaba. El sonido había alertado al grupo de viciosos que, aunque no estaban seguros de dónde provenía, abrazaron la posibilidad de que quien conocía sus secretos y peor aún quien les había dañado los pitos, todavía permanecía cerca de ellos.

Rubén empezó entonces a hacerles señas a todos para que "peinaran" el terreno buscando al intruso. Nuestro audaz amigo en ese momento se había quitado la camisa y había regresado a su escondite en la espesura de los arbustos, y se quedó inmóvil allí, mientras la jauría humana, con sed de venganza, empezó a buscarle en cada parte del terreno. Eliézer sabía que se expondría a daños seguros en su humanidad si lo llegaban a descubrir y no quería este tipo de regalos en el día de su cumpleaños. Era muy probable que Rubén, el líder indiscutido de la banda de muchachos descarriados, si descubría el daño que Eliézer les había hecho, quisiera propinarle una buena paliza, y nuestro amigo sabía que no podría con los cuatro. Lo más preocupante era que quizás todo no se quedara en una simple golpiza.

Mientras se hacía todas estas reflexiones, se tiró de lado en la arena reseca y aún caliente por los rayos del sol que recién habían abandonado la tarde, y se encorvó, pudiendo de esta manera divisar a quien estuviese a escasos cinco metros de distancia del lugar donde se encontraba. Pasados algunos minutos, empezó a sentir la proximidad de alguien que se acercaba a su escondite, mientras intentaba por todos los medios quitarse las hormigas de su cuerpo.

El calor era asfixiante, y la noche había tomado casi por completo el firmamento. Los buscadores estaban siendo ayudados por el reflejo de las lámparas de alumbrado público de las calles contiguas al terreno, las cuales empezaban a encenderse al llegar la noche temprana. A medida que la persona se acercaba, Eliézer empezó a sopesar la posibilidad de salir corriendo lo más rápido que le dieran sus piernas y ver si podía refugiarse en la casa de su abuela, pero en ese momento sentía calambres en sus piernas, y comprendió que, de intentarlo, seguramente sería atrapado.

A través de la luz de la calle pudo distinguir finalmente a quien se acercaba peligrosamente a su escondite. Era Rubén, su acérrimo enemigo. A estas alturas, su respiración y pulso estaban excitados, pero analizando el peligro determinó que era mejor relajarse para evitar que su respiración pudiera ser escuchada por su indeseado compañero. Éste se detuvo a escasos dos metros de Eliézer, y desde allí lanzó una mirada a todo el terreno como si estuviera escaneándolo en búsqueda de algún movimiento inusual o indicios que pudieran advertirle dónde estaba escondida la persona que les había hecho tanto daño. Mientras tanto, desde su escondite, nuestro amigo podía ver su contextura atlética y fuerte y cómo sus duras facciones se iluminaban al encender otro pito de marihuana.

A pesar de su crítica situación, Eliézer se sentía relajado y meditaba. En su mirada se veía que estaba valorando internamente lo acontecido esa tarde. En esos momentos ya no sentía miedo. Una gran sensación de paz lo envolvía y, por alguna razón que no alcanzaba a explicarse, se sintió protegido a pesar de estar Rubén tan cerca de descubrirlo. Aunque el calor asfixiante envolvía el lugar, ya nuestro amigo podía respirar con normalidad. Era como si una extraña convicción llegada desde el infinito le asegurara que estaría bien y que no debía temer a nada que lo rodeara.

Rubén le dio dos "jalones" más a aquella hierba maldita y a través de ellos sus facciones definidas mostraban a un vicioso, de pocos valores, y sólo en ese momento, al observar su tez con la luz de los pitos encendidos como luciérnagas que iluminaban las líneas de su rostro, notó que aquel muchacho empezaba a mostrar los signos de alguien que comenzaba a deteriorarse por el vicio, a pesar de que sus cabellos bailaban al compás de la tenue brisa nocturna que se empezó a dejar sentir en aquel mundo abstracto que parecía rodear a todos en la hora triste del monte que había llegado a su final, dándole paso a la noche temprana.

En esos momentos, al ver su rostro iluminado, aún conservaba rastros del aura de buen muchacho que aún le acompañaba, y que podría continuar engañando a muchos, pero no a nuestro amigo, que vio cuando botaba el último pedazo de pito encendido, y con un ademán le hacía señas a sus secuaces para que se retiraran del lugar. Eliézer, desde su escondite, observó, cuando se alejaban, que todos se mostraban despreocupados, relajados, satisfechos, quizás por ir drogados, y también notó que parecían pertenecer a una hermandad, o una sociedad secreta, que los hacía entrañables y capaces de dar muchas cosas por alcanzar sus objetivos y protegerse entre sí.

Sabía entonces Eliézer que no se podría desbaratar sus planes o desenmascararlos públicamente sin sufrir duras consecuencias. Mientras llegaba a estas conclusiones, los vio perderse en la espesura del monte y la oscuridad de la noche.

Eran las ocho y media cuando llegó a su casa. Su madre y hermanos le estaban esperando, pero él no permitió que ella lo interrogara y, dejándola con la palabra en la boca, se metió directamente al baño, se desvistió en un momento y dejó que el agua le cayera en la cara. Sintió cómo se lavaba no sólo el cuerpo, sino también el alma, sacándose con ella el día tan duro que había tenido.

Cuando salió, vio servida una buena cena. Luego que su mamá y sus hermanos, Enrique y José, lo felicitaran por su cumpleaños, ella le preguntó dónde había estado y Eliézer le contestó que limpiando el bar, que estaba más sucio que de costumbre y por eso se había demorado.

En ese momento, y de manera por demás extraña, su mamá sacó un lápiz y, cuaderno en mano, le pidió los teléfonos de sus mejores amigos con el pretexto de ubicarlos en caso de que no supiera dónde estaba él. Eliézer le dio algunos, y ella se retiró y lo dejó comer en paz, no así su hermanita, que se le subió en las piernas, y empezó a comer de aquella carne frita con tomate y cebollas, que además tenía limón al gusto, y una rica arepa con nata y queso. A la niña le encantaba comer con su hermano, pues a pesar de sus dos años y medio también le gustaba lo ácido y la forma que su hermano preparaba la comida. Con paciencia, a pesar de tener mucha hambre, él partía pedacitos de carne muy pequeños y trocitos de arepa y se los ponía en la boca y ella los chupaba y, cuando podía, los engullía.

Casi todas las tardes la niña lo esperaba para cenar. Luego los dos se iban a su cuarto y prendían el televisor. La pequeña se recostaba a su hombro y casi inmediatamente se quedaba dormida. Pero hoy él se sentía diferente y no podía dejar de pensar en los últimos acontecimientos ocurridos en esa tarde. Había llegado a la conclusión de que no podía afrontarlos solo, pues su integridad física estaría en peligro. Necesitaba contar con alguien más y estaba pensando en un par de amigos en el colegio que siempre lo habían apoyado. Debía, pues, confiar en ellos y tal vez entre los tres podrían encontrar una solución. Pensando en esto se quedó dormido, y su mamá retiró a su hermanita, también dormida, para llevarla a la cuna. Somnoliento él fue a acostarse en su cama y dejó que el cansancio lo dominara.

La mañana llegó demasiado rápido, pero esta vez fue más diligente su madre para despertarlo, y ese jueves caminaba con buen tiempo para el colegio. En su trayecto, aunque iba mirando a ver si veía a su amada, no se encontró con ella. Llegó a buena hora y antes de entrar a clases estuvo en la formación para escuchar el himno en el patio del colegio en las canchas de básquetbol. Mientras estaba formado vio en las filas contiguas a Rubén. Sus miradas se cruzaron, pero él trató de que la suya fuese inexpresiva, y esa actitud le dio resultado. Momentos después se topó con la mirada de su sincero amor, que le hizo señas de querer hablarle, a lo que él asintió de buena gana y quedaron en verse en el receso.

Entró Eliézer a la clase de Historia Universal, sin imaginar siquiera que tenía examen y, mucho menos, cuál era el tema a evaluar por la exigente profesora. Bueno, para variar, no iba muy bien, y se enteró iban a examinar sobre Las Cruzadas y la época medieval, que incluía el feudalismo. Preparó el libro de Historia Universal y se sentó en los últimos puestos del salón. Cuando empezó el examen, buscó taparse con la amplia espalda del compañero que se sentaba delante y comenzó a copiarse libro en mano.

Había respondido ya la primera parte del examen cuando la profesora se levantó y conminó a un compañero, Nereo Gutiérrez, a que se levantara de su asiento. El muchacho se quedó petrificado en su puesto. Ante la insistencia de la profesora, que le hablaba con un tono fuerte, el muchacho no atinaba a moverse. Podía notarse que su cuerpo no le respondía. Ella, en tanto, seguía hostigándolo con la dureza de sus demandas, hasta que la fragilidad de carácter de aquel joven amanerado, hizo mella en él, y de su asiento empezó a salir un hilo de orines. Lleno de vergüenza y llorando, Nereo se incorporó ante la mirada severa de la profesora y la risa burlona de la clase entera, para dejar al descubierto, pegada al asiento por el orine, la *chuleta* que él estaba utilizando para copiarse.

Entre tanto, nuestro amigo, temiendo que eso le sucediera a él también, intentó mover el libro que le servía de apoyo, pero éste, por un movimiento nervioso de nuestro amigo, cayó golpeando con fuerza el piso y retumbando con eco dentro del salón. La profesora le preguntó al alumno que estaba al lado de Eliézer, de quién era el libro y éste le hizo señas diciéndole que era de nuestro amigo. Seguidamente, la profesora le pidió a Eliézer que le trajera el libro así como estaba, en la página que había caído, levantándose pesadamente recogió el libro del suelo y como ella no le perdió pisada en el trayecto hasta su escritorio, no pudo mover la página. Cuando llegó al lugar donde ella estaba, le preguntó qué hacía ese libro allí. Él, vacilando, respondió que no sabía, y ella le dijo entonces:

–¡Ah, no sabes, y está en la página del feudalismo!... Ah, bueno, mira mi bolígrafo cómo viene volando como un avioncito y viene aterrizando en la pista que es la lista de evaluación.

Todo esto lo decía con aire burlón y sarcástico, y acto seguido, delante de todos, prosiguió...

–Miren, aterrizó en un alumno... a ver, a ver, a ver, ¿quién será?... Eliézer Guzmán –y agregó casi con un grito:– CERO UNO.

Cuando terminó de decir esto, el salón entero volvió a estallar en una sonora carcajada, y él pensó, con una mezcla de vergüenza y certeza, que nadie jamás olvidaría aquellos momentos, y también pensó, mientras se retiraba del aula, que todo lo acontecido se correría como pólvora encendida entre los alumnos. Esto ocurría mientras la cara se le caía de la vergüenza.

Y no se equivocaba en sus conclusiones, cosa que le incomodaba sobremanera, puesto que sabía que Susana se enteraría de ello. Media hora después de estar solo en las bancas de las canchas de básquet, sonó el timbre de receso, y vio a los alumnos bajar como ganado por las escaleras para desayunar. Eliézer entonces divisó cómo, con paso tranquilo, venían bajando por las escaleras Rubén y sus infaltables secuaces, los cuales se le fueron acercando. En ese momento sentía su corazón dar saltos como si quisiera salirse de su pecho, pero él no demostraba ninguna emoción y colocaba su mirada como si estuviese perdida en el horizonte, a pesar de que estaba pendiente de todos sus movimientos.

Ellos pasaron por su lado ignorándolo por completo, y él fingió exactamente lo mismo, mientras con el rabillo del ojo los veía caminar en dirección a la cantina para desayunar. Estaba mirando hacia donde se dirigían cuando sintió en la mejilla un beso que le sorprendió. Era "su" Susana que, presente en mano, lo abrazó y le entregó un regalito: unos bellos pañuelos blancos bordados por ella misma con su nombre y apellido con una linda cartita de amor en la que le expresaba sus sentimientos, emociones y miedos. Él, después de leer la carta, la abrazó fuertemente y le juró que no la defraudaría y, además, que se haría merecedor de su cariño. No había terminado de hablar, cuando un compañero de clases llegó de payaso a contarle a ella lo que había ocurrido durante el examen. Eliézer, con una mirada que se estrelló como un puño en la cara del imprudente compañero, hizo que éste se marchara, pero ya el mal estaba hecho, pues ella dio muestras de que lo sucedido la había afectado. Ese día él aprendió que por más que seamos dueños de nuestros actos, no podemos hacer lo que queramos, sino lo que debemos hacer, porque al actuar mal no sólo nos hacemos daño a nosotros mismos, sino también a las personas que amamos.

Mientras tejía para sí mismo estas convicciones que quedarían grabadas como su manera de vida, trataba de pedirle a su amada que confiara en él, que haría todo lo que estuviese a su alcance para mejorar, y ella le creyó con todo su corazón. *Trataría a partir de ese momento de ser mejor.*

No supo cuándo se formó un juego de básquet delante de ellos, y entre los jugadores estaban Rubén y su patota de gorilas. Él, sin querer, había dejado de conversar con su novia, y no le perdía pisada al muchacho. Susana sabía de la rivalidad y la aversión existente entre ambos y le dijo que iría a desayunar. Él asintió con la cabeza, y ella se retiró a la cantina. Sin perder ninguno de sus pasos, notó en un momento, que mientras intentaba atacar el aro contrario, uno de los muchachos le había puesto a Rubén una mano en su espalda para impedir que se volteara y anotara, y éste se quejó fuertemente, como si le hubiesen lastimado una herida. El hecho le causó curiosidad, pues el toque no había sido como para quejarse, o para que diera las muestras de dolor que estaba dando en ese instante. Recordó, además, que cuando los miércoles hacían las "caimaneras" de fútbol, su deporte favorito, siempre había un equipo que jugaba con camisa y el otro no, para poder diferenciarse los jugadores en la cancha, y él siempre se imponía para jugar con camisa, cosa que a Eliézer le parecía extraña porque las chicas fantaseaban verlo con su torso descubierto.

Su cabeza estaba otra vez llena de preguntas sin respuestas... *¿Había algo oculto detrás de aquel gesto de dolor, o era sólo pudor normal en el muchacho?...* No había respuestas para tantas interrogantes que bombardeaban su cabeza.

Los días siguientes pasaron muy rápido. Cuando llegó el sábado, nuestro amigo se fue en la tarde, alrededor de las cuatro, para salir del compromiso de limpiar los bares. Él no podía quitarse de encima los secretos guardados, pero en los días anteriores se prometió a sí mismo que no se inmiscuiría y que dejaría las cosas tal cual estaban y se dedicaría a estudiar y a cambiar, para mejorar su vida, ofrecer un mejor futuro a "su" Susana, y vivir bajo todos los preceptos, valores y vivencias que el colegio y su formación cristiana, apostólica y romana en su conjunto le habían enseñado, que no era otra cosa que amar a Dios por sobre todas las cosas y a tu prójimo como a ti mismo. Basándose en estos preceptos y valores se convenció, erróneamente, que debía apartarse de toda situación conflictiva que se le presentase y concentrarse sólo en salir adelante en sus metas propuestas. Sin embargo, mientras aseaba el bar, un viejo periódico mostraba en grandes titulares las denuncias hechas en la comunidad internacional por unos feligreses contra su párroco, acusándolo de pedófilo y de abusar de algunas niñas y mujeres de la congregación. En ese momento, inconscientemente, la decepción se apoderó de él.

Cuando terminó de limpiar los bares, fue donde los dueños y le cancelaron la limpieza de toda la semana. Pensó entonces que podría divertirse un poco invitando a Susana a comer pizza y un helado. Llegó a su casa y rápidamente se metió a ducharse para quitarse los malos olores y las suciedades que sentía que no merecía. Cuando salió del baño, al entrar a su cuarto tuvo una grata sorpresa: sobre su cama encontró ropa nueva y unos lindos zapatos. Hacía tiempo que no tenía un regalo de cumpleaños, y con mucha alegría empezó a vestirse. Todo le quedó a la medida. Pero las sorpresas aún no habían terminado aquella noche. Cuando salió del cuarto, al primero que encontró fue a su padre, que había llegado para la ocasión. Se emocionó en cuanto lo vio, le dio un abrazo y un beso. Pero las sorpresas no pararon allí, pues también había muchos de sus compañeros de clase y amigos reunidos para festejar su cumpleaños. Además de Susana, estaban Williams, José, Orlando, Eglis, Nancy, Ana María, María Alejandra y hasta Mario, el hijo del dueño de la hacienda a la que había sido invitado. Comprendió entonces el por qué su madre le había pedido los números telefónicos de sus amigos en los días previos.

Tras saludar con un gesto a los presentes, Eliézer caminó donde estaba Susana y le dio un abrazo, un beso y le dijo, después de tenerlo guardado por mucho tiempo, que la quería. Ella lo acepto mirándolo a los ojos, besándolo en la mejilla, mientras tomaba su mano. El resto de la velada, nuestro amigo estuvo disfrutando de su fiesta, bailó durante toda la velada con su ahora novia, y compartió con sus amigos e incluso con Mario hablaron despreocupadamente y no mencionaron nada acerca del paseo a la finca. Todo lo malo en ese momento quedo atrás y, analizando su vida, pensó que seguramente él también se habría equivocado muchas veces, aunque jamás abandonaría sus convicciones.

La noche transcurrió rápidamente y, cada vez que tenían la oportunidad, Eliézer y su novia se escondían de las miradas indiscretas para poderse dar uno que otro beso y sentir cómo sus hormonas parecían en ebullición en cada acercamiento, en cada momento juntos. Para ambos parecía que no existía nadie más en la fiesta, pero en un determinado momento, mientras bailaba, él presintió que por encima del bahareque, era observado en cada uno de sus movimientos. Buscó entre las hendijas y lugares del bahareque, a todo lo largo de éste y, efectivamente, allí estaba aquella muchacha que, montada en una silla, lo veía bailar, y cuando en una de las vueltas se miraron, ella le hizo un ademán de invitación que sólo él pudo ver. A pesar de que se hizo el desentendido, tuvo la certeza de que la noche iba a ser más interesante de lo que cualquiera hubiese pensado.

Cuando todos los reunidos en la sencilla, pero emotiva fiesta, se acercaron a la mesa a cantar el "cumpleaños feliz", Eliézer habló con sus amigos, Pedro Ramos, José Iglesias y Gerardo Lubo, para manifestarles que quería que se quedaran a conversar, pues debía contarles algunas cosas, a lo cual ellos asintieron.

Con el reflejo de la luz de la pequeña velita en su cara, sus pensamientos estaban dirigidos a su futuro, a las cosas que deseaba hacer, a su vida, a lo que quería lograr como destino para sí mismo. Al apagar la vela, sintió cómo Susana se acercaba y le daba un abrazo cálido, reconfortante y lleno de cariño, cosa que no pasó desapercibida para los presentes en la reunión, y tampoco para quien, desde las sombras, observaba el desenvolvimiento de esos afectos, ya para ese momento visible para todos. La incondicional muchacha, sufría mucho al ver ese espectáculo, pero Eliézer no lo sabía.

Sentados en las sillas del patio, cuando todos los demás ya se habían marchado, estaban los tres amigos conversando, entre otras cosas, de la aparente cercanía de Eliézer con Susana. Ellos le preguntaron de manera directa por su situación, y él les respondió que las cosas iban bien, con algo de picardía en su afirmación. Casi inmediatamente comenzaron a hablar de fútbol, deporte que tanto les apasionaba e inevitablemente empezaron a charlar de su desventura al haber sido desplazado por Rubén, y que definitivamente el muchacho en la cancha era un *crack,* y su ingreso en los juegos era determinante, cuestión que él no discutió...

A todo esto, empezó a pensar en la pertinencia de referirles lo ocurrido con aquel personaje en los sucesos recientes, y decidió contárselos. Comenzó por hacerlos reflexionar sobre las notables condiciones físicas del muchacho, además sobre esa conexión tan absoluta de Rubén con los que él llamaba sus secuaces, y les hizo preguntarse: *¿por qué parecía que estaban dispuestos a entregar tantas cosas por protegerlo?* En ese momento, ellos lo escuchaban con suma atención. Fue entonces cuando les relató los acontecimientos ocurridos, sólo cambiando el sitio donde habían sucedido, pues no quería compartir su lugar secreto con nadie. Ellos se miraban asombrados, y por momentos él notaba que estaban pensando en la veracidad de su relato, que les parecía, además de excitante, algo novelesco. En algunos momentos sopesaban la posibilidad de que el mismo fuera producto de la animadversión que podía sentir Eliézer al haber sido desplazado por Rubén en muchos aspectos...

De todos sus amigos, Gerardo era el que parecía más absorto en sus pensamientos, el que más meditaba cada una de las palabras que pronunciaba Eliézer, aunque no comentaba nada. Parecía perdido en sus propias cavilaciones o, mejor aún, sacando sus propias conclusiones del relato que, al parecer, se complementaba con sus vivencias. Hubo cosas y detalles adicionales, y hechos que nuestro amigo no le contó a sus compañeros. Se limitó a referir lo acontecido en el terreno en aquella tarde, sin mencionar lo ocurrido en las habitaciones de los hermanos ni el relato del sordomudo Valmore, tal vez porque aún no estaba seguro de que estos hechos guardaran relación entre sí y, además, al juntarlos en ese momento convertirían el relato en una madeja demasiado enredada. Por otra parte, de momento ni él mismo tenía explicación para los episodios ocurridos, y eso sin contar que ya era muy tarde, casi las dos de la mañana.

Mientras el relato entraba a su fase final, sintió instintivamente el peso de una mirada sobre su espalda, giró su cuerpo lentamente, y dirigió sus ojos al lugar donde había avistado a su vecina mientras lo vigilaba, y allí estaba ella desde su atalaya, vigilante, paciente, como un león que acecha a su presa. Al percatarse de la presencia de Marina, cosa que nadie más notó, él decidió dar por terminada la reunión, por lo que empezó a fingir sueño, y sus amigos, aunque querían continuar escuchando la música de Wilfrido Vargas y Juan Luis Guerra, muy pegada por esos tiempos, no notaron nada extraño en su inquieto compañero. Pero a quienes lo conocían más, les resultó extraño que se quisiera acostar tan temprano. En un descuido de los demás, le guiñó un ojo a su amiga, como para darle a entender que debía esperarle. Sus padres también se habían ido a la cama ya, y ellos se dirigieron al portón del patio para ser despedidos. Él con una calma simulada, y una somnolencia más fingida aún, casi los arriaba a la salida de la casa. Al despedirse, todos quedaron con la sensación de que quedaban muchas más cosas por hablar de aquellos extraños e inverosímiles acontecimientos.

Cuando se marcharon sus amigos, él dirigió toda su atención a donde su furtiva compañera permanecía inmóvil. Su presencia casi era imperceptible, a no ser por el brillo de sus ojos café que resplandecían en la noche, y eran la única muestra de que estaba en el patio. Corrió desaforadamente hacia el bahareque y casi de un salto se puso en el borde del mismo. Ella le hizo un ademán para que se lanzara, y el obediente muchacho, de un salto ya estaba en el patio vecino. Luego de recomponerse, la ayudó a bajarse de la pequeña escalera que le servía de soporte, para poder llegar al borde del muro. Acto seguido, ella lo abrazó con fuerzas y lo besó con unas ansias inusitadas. Su bluejean estaba a punto de estallar desde hacía rato, y en ese beso, un río de pasiones desbordadas quedaron sin contención alguna, mientras caminaban tropezándose con un balde y se iban desvistiendo hasta llegar a la entrada del baño.

Se metieron allí en aquel lugar de aseo que a todas luces era sumamente ordinario, pero él, a decir verdad, no estaba para detalles, así como no estaba para pequeñeces el caballo cuando saltaba una cerca para ir detrás de su yegua, o el perro cuando había una perra en celo, o el toro cuando la vaca estaba en tiempo, y no hay vaquera o tablón de madera que pueda detener los instintos del animal. Así se sentía él, como un animal, como un potro salvaje, con una pasión indescriptible, que no podía frenar, casi le arrancó la falda de un tirón. Mientras la besaba, le desprendió la blusa, los sostenes y siguió besándola con lujuria, con ganas, con una pasión desbordada hasta ahora desconocida para Eliézer, dispuesto a romper todas las barreras que se interpusieran entre él y su hembra sedienta de amor.

Continuó besándole la cara, el cuello, y empezó torpe, pero impetuosamente a tratar de penetrarla, y lo intentaba una y otra vez, y no lograba su objetivo, y sentía que se estaba maltratando su pene, aunque no le importaba, hasta que en uno de sus movimientos divisó un balde usado para asear los pisos, se separó momentáneamente de ella, y lo trajo, lo colocó a su lado izquierdo, y tras recostarla a la pared del baño hizo que ella pusiera su pierna izquierda encima del balde. Al hacerlo, todo cambió, pudo con su pene penetrar poco a poco la vagina. Al principio ella dio muestras de que le dolía un poco, pero luego, definitivamente, los momentos que continuaron fueron de un éxtasis y placer jamás sentidos por ninguno de los dos en momento anterior en sus vidas. La muchacha se contorsionaba de placer al compás de sus quejidos y muestras de placer infinito, que terminaron con un clímax único e inevitable en aquellas circunstancias, mientras la noche guardaba un silencio cómplice, que sólo era quebrado por los quejidos de placer emitidos por los amantes furtivos.

Exhausto, luego de dar rienda suelta al río de pasiones desbordadas, sentía que sus piernas le temblaban un poco, aun en contra de su voluntad. Entonces él decidió bañarse con el agua extremadamente fría que había almacenada en el tonel del baño, y cada vez que se echaba agua en la cara al levantar la mirada observaba un cielo que tenía tantas estrellas juntas que la noche se hacía clara aún sin haber luna. Seguidamente procedió a bañarla a ella, a restregar su cuerpo sudado con sus manos; mientras el agua refrescante le caía encima, pasó sus manos por sus senos duros y tersos. Él sentía con sus manos que sus poros estaban abiertos y le daban una sensación de tersidad natural, muy excitante para cualquiera que fuese dueño de su piel, con todas sus montañas de placer que esperaban por continuar viviendo y de seguro ser el inicio de nuevas vidas.

Mientras la estaba bañando, sintieron cómo alguien se acercaba a la estancia, y a medida que los pasos se escuchaban con más fuerza, ella le hizo señas para que se metiera en el rincón más recóndito del baño y puesto que estaba sin ropas, no se vería en la oscuridad... bueno, por lo menos eso pensaron ambos. Él se arrinconó en el baño y se mantuvo expectante ante los siguientes acontecimientos. Marina continuaba echándose agua y disimulaba perfectamente el hecho de estar acompañada. Cuando en el umbral del aposento, apareció su hermana Carmen, con una dormilona clarita por el uso, que al filtrársele la luz de un bombillo de la cocina dejaba entrever las bondades físicas de la otra muchacha. Eliézer pudo ver sus senos, que a todas luces eran más grandes que los de su hermana, así como el trasero exuberante, que se dejaba entrever a través de su dormilona hartamente lavada. Pero él, en ese momento, no la miraba con morbo, sino esperando expectante una rápida retirada de la intrusa...

Cuando al entrar al baño, Carmen le preguntó qué hacía bañándose a esa hora, Marina le respondió, con voz despreocupada, que había sentido calor en el cuarto y había decidido ducharse. Aunque su hermana la miró algo extrañada, Marina continuó echándose agua como si tuviera avidez de ella. De pronto, su hermana miró dentro del baño, pero sin dar muestras de estar buscando nada en particular, para luego dirigirse donde estaba la poceta a aliviar sus esfínteres, sin percatarse, para suerte de ambos, que en el suelo, a un lado de la entrada del cuartucho con medio techo que servía de baño, había unas prendas de vestir masculinas que, evidentemente, no pertenecían a su hermana.

Luego de hacer sus necesidades fisiológicas, Carmen desapareció de la escena caminando somnolienta a su alcoba. Entonces Marina se asomó por el pasillo y, al percatarse de que se había retirado, le hizo señas a Eliézer para que saliera de las penumbras de aquel rincón agobiante. Éste salió rápidamente, se echó un poco más de agua encima, se secó con la toalla húmeda que ella le pasó y se vistió lo más rápidamente que pudo. Con evidentes muestras de agradecimiento por aquel fabuloso regalo de cumpleaños, se despidió de ella y después, impulsado desde la misma escalera que ella usaba para espiarlo, se montó en el bahareque y su silueta desapareció de la vista de Marina cuando dio un salto para volver a caer en su casa. Eran las tres y media cuando, por fin, se metió a su cama y pensó, antes de quedarse dormido, en las veces que había tenido que esconderse de alguien en esa semana. A pesar de ello, mientras el sueño le ganaba la batalla, una sonrisa de satisfacción se le quedó dibujada en el rostro al pensar en todos los regalos de cumpleaños que había recibido.

Capítulo IV. El sentimiento del verdadero amor

El descubrimiento del amor por Susana y su enorme atracción por Marina.

La mañana del domingo llegó rápido, pero él no la sintió. Su cuerpo descansado empezó a estirarse al mediodía, y casi en ese instante empezó su hermanita a jalarlo y molestarlo para que se levantara. Se sentía realmente satisfecho. Su cumpleaños dieciséis había sido inolvidable: su novia en la fiesta y su amante furtiva le habían saciado sus ansias, sin ninguna otra reserva que la basada en su silencio. Cuando se levantó, los huevos fritos con tocineta que se freían en la cocina por manos de su mamá, le anunciaron un feliz día ese domingo 2 de julio. De momento pensó en la importancia que tenía para él cada plato de comida que ingería, tal vez porque desde que su padre había vendido la finca, por alguna razón pensó que en algún momento ésta escasearía en su casa. Lo que no sabía es que sus presentimientos se convertirían en una cruel realidad a la que no escaparían su vida y la de los suyos. Su madre le comentó de una carta que había llegado del colegio, invitándolo a una convivencia y donde se pedía la autorización de los padres o representantes, y estaba firmada por el cura director, Juan Jiménez. Ella le preguntó si quería ir, y él, aunque no sabía por qué, le respondió afirmativamente. En definitiva, ir de paseo siempre podría resultar divertido. Ella firmó entonces la misiva que él llevaría al colegio al otro día.

Al momento de terminar el delicioso plato, Eliézer se levantó de su asiento y se dio cuenta de que su hermano Enrique estaba sentado en las piernas de su padre. Sintió deseos de abrazarlo también, aunque no lo hizo, pero su mirada, que siempre fue más profunda que la de quienes lo rodeaban, le hacía vaticinar que su padre no estaría por mucho tiempo cerca de ellos. Con los presagios que le helaban la mente, decidió salir a jugar fútbol en un callejón de arenas que estaba a media cuadra del fondo de su casa. Lo hizo intempestivamente, para distraerse de la realidad que empezaban a percibir sus sentidos. A medida que la tarde avanzaba, el calor húmedo del día lo abrasaba. Hacia las tres de la tarde, ya negros nubarrones se habían apostado en el cielo y una brisa fuerte empezó a golpearle la cara. Mirando al fondo del callejón vio la casa de su amada Susana, que se dibujaba al fondo como una invitación en ese momento. Se convenció de que al empezar la lluvia iría a su casa y la invitaría a que se bañaran en el aguacero que se aproximaba. Las amenazas insistentes del pequeño diluvio que se aproximaba, avivaba sus ganas de verla.

Las gotas empezaron a caer finamente hacia las tres y media de la tarde, y golpeaban más duro a causa de una fuerte brisa que acompañaba las primeras lágrimas del sol. Luego de veinte minutos, la brisa cesó casi por completo y la lluvia arreció. En ese momento, él se detuvo y caminó con paso rápido hacia la casa de su amada, y casi como lo había vaticinado, ella estaba allí sentada en el piso del porche de la casa. Al verlo su cara se iluminó con una sonrisa, se levantó corriendo y le abrió la puerta a aquel muchacho moreno que distaba mucho de lo que los padres de ella habrían querido para su futuro, o por lo menos eso era lo que él pensaba.

Pasó a la casa y, tomados de la mano, casi de inmediato caminaron al fondo de la vivienda. Él observaba cómo ella, nerviosa, lo conducía a la jardinera que bordeaba un árbol de mangos frondoso y fuerte. Se sentaron allí, y Eliézer empezó a tomarle las manos entre las suyas, mientras el agua formaba ríos en todo el patio de la casa bien construida. Antes de que ella pudiera proferir palabra alguna, la apretó contra su cuerpo y sintió cómo se pegaban a su pecho sus senos, los mismos que a través de su franela mojada se mostraban más bellos y provocativos que nunca, y con unos lunares únicos que los hacían un plato muy apetecible para el aprendiz de amante.

Mientras Eliézer le hablaba al oído, Susana no podía ocultar sus nervios, y por eso le pedía que se calmaran, argumentándole que en cualquier momento sus padres podrían salir del cuarto. La pertinaz lluvia no parecía calmar los deseos de los cuerpos sedientos de amarse sin condiciones, de abandonarse el uno entregándose al otro. Él, en un tonto acto de cordura, trato de calmarse y lo fue logrando poco a poco, y los dos, aunque se profesaban un profundo amor y se deseaban, entraron en razón al sentir que no era ese el momento para entregarse, pues podrían ser descubiertos. Trataron entonces de separar sus labios, de apagar el fuego, de detener las ansias, de guardar sus ganas, sin olvidarlas, sólo dejándolas expectantes, contenidas, esperando que ese anhelado momento llegase por fin, y sus cuerpos jóvenes encontrasen el espacio y el tiempo para entregar todo cuanto tenían por entregar.

Como el aguacero que empezaba a bajar su furia, su fogosidad fue amainando, y poco a poco la tranquilidad ansiosa llegó a hacerse cargo de la tarde, y sus cuerpos y mentes en ese momento se encontraron dispuestos a conversar de las actividades escolares ya finalizadas, y de las tareas propias del grupo católico *Navegar* al que ambos pertenecían. Dicho grupo les brindaba experiencias realmente interesantes que los ayudaban a formarse como personas y les inculcaban valores que, como seres humanos, los ayudarían aun en las condiciones más exigentes a tomar sus decisiones de acuerdo con la formación recibida.

Mientras pasaban de un tema a otro, caminaban para bañarse en un chorro que caía de la placa de concreto del techo de su casa. El agua les refrescaba la vida, y aunque Eliézer sentía deseo por la muchacha de piel blanca como porcelana, el mismo estaba acompañado de un amor platónico, bonito, profundo y sincero que le hacía tocar el cielo con las manos, que no quería dañar con deseos impuros. Susana lo hacía inmensamente feliz y tornaba sus anhelos y sueños en realidades que, sentía, podría alcanzar algún día. Ella era capaz de sacar lo mejor de él como persona. Su vida y sus silencios estaban acompañados de sus olores, de sus gestos. También de su cuerpo, pero mucho más de su alma.

Esos momentos de calma, de serenidad, le acompañarían por siempre, y entendía en ese momento por qué prefería estar solo conversando con su amada el tiempo que fuese necesario, que estar haciendo el amor con cualquier otra mujer en el mundo. Los pensamientos que le atacaban mientras conversaba con ella le mostraban lo que era estar enamorado de la manera más pura y limpia que un hombre pueda estarlo de una mujer. Era sentir las sensaciones únicas del primer amor.

La tormenta seguía debilitándose lentamente, y él no quería que esos momentos se terminaran, quería alargarlos, pero ella sabía que al terminar el aguacero sus hermanos, que estaban en la calle "rocheleando" con otros muchachos de la cuadra, regresarían. Ella lo llevó al callejón que separaba una casa de otra, y lo besó profundamente. Fue un beso largo que le llenó su boca de las mieles que ella tenía consigo, y este gesto le llenó de esperanza la vida y de una infinita fortaleza para afrontar las vicisitudes que le llegarían a su existencia, aunque él hubiese pensado que ya las había superado.

Se despidió de ella cuando la tarde lluviosa tocaba sus últimos acordes y unos débiles rayos solares empezaban a colarse a través de las nubes. Mientras caminaba de regreso a su casa se topó con los dos hermanos de ella que, en ese momento, regresaban, y ni siquiera imaginaban que él venía de su casa, algo que él no tenía ningún interés en participárselos mientras conversaban. Después de despedirse, y mientras se dirigía a su casa, él parecía estar andando en las nubes, y en esos momentos se preguntaba qué dirección le daría a su vida... No lo sabía aún, pero sí sentía que valdría la pena vivirla, lucharla, enfrentarla y doblegar las situaciones adversas, haciendo que éstas giraran a su favor. En ese momento se sentía el hombre más fuerte del mundo, aunque le faltara mucho para ser hombre, y que no había nada ni nadie que pudiese detener su andar.

Volvió a pensar entonces en los descubrimientos hechos en el terreno, en las ramas de su entrañable amigo, y sintió unos deseos irresistibles de dirigirse hacia allá y por eso, cambiando de dirección antes de llegar a su casa, dobló en la esquina contigua a la izquierda, y puso su rumbo hacia donde estaba su más callado amigo, quien a medida que se acercaba y observaba sus ramas mojadas que empezaban a cubrirse con las sombras de la tarde que moría, parecía decirle que todo estaría bien. Cuando estuvo enfrente del terreno, que estaba seguro estaría solo por el aguacero que apenas acababa de terminar, se adentró sin cuidados dentro de la espesura del pajonal que continuaba mojado y que, de no ser por el agua, le hubiera rasgado la cara con el filo de las hojas de la paja. Pisando los charcos de agua con sus gomas viejas llegó a donde estaba su amigo, y sin pensar en nada más volvió a trepar en sus ramas y a acomodarse en ellas.

La luz del sol de la moribunda tarde le daba un aire de tranquilidad que era coronada por un arcoíris que daba la apariencia de haberse formado en el mismo terreno. Inevitablemente pensó en la promesa de Nuestro Señor, que dijo que el arcoíris era la señal de que jamás volvería a acabar la vida en la Tierra por medio de una inundación, y como recordatorio de esta promesa dejó que este hermoso y singular espectáculo se formara. Eliézer, meditabundo y recostado en las ramas de su entrañable amigo, pensaba en todo lo que había vivido en esos dos últimos días. Se entregó sin más a sus recuerdos...

Pensó en la pasión desenfrenada que le producía Marina, las ganas tremendas de amarla, el hecho de abandonarse a una pasión que a duras penas podía contener cuando la estaba viviendo. Recordó, pues, su cuerpo dibujado por la claridad de la noche, esa escultura de mujer que parecía tallada a mano por Milo, el fino escultor griego. La tersidad de su piel y la violencia de sus contracciones, lo profundo de sus gemidos cuando la estaba amando, pero también recordó la rapidez con la que quería irse una vez que terminaba de tenerla consigo. Se dio cuenta de que, aparte de este momento, jamás pensaba en ella, que definitivamente no influía en su vida y que, tal vez, ella también sentía lo mismo. Se comportaban ambos como animales en celo, que sólo les bastaba verse para que las ganas volvieran, para que el impulso salvaje los llevase a buscar de cualquier manera un lugar para estar a solas y darle rienda suelta al potro desbocado en que se había convertido la pasión que ambos sentían.

A pesar de que ella le llevaba unos cuatro años al incipiente hombre, Eliézer imaginaba que a ella sólo la impulsaba la lujuria, quizás porque quería pensarlo de esa manera, puesto que eso era lo que él sentía por la desaseada muchacha.

Sin embargo, tampoco podía olvidar la repugnancia que le provocaban los olores en la casa mugrienta donde ella habitaba. El olor nauseabundo a cebollas y papas podridas (la familia comerciaba con hortalizas) que tanta repugnancia le provocaban, y el casi nulo intercambio de palabras y mucho menos de sentimientos. Eso se debía a que, definitivamente, por lo menos a él no le interesaba saber de ella.

En cambio, cuando hablaba con Susana, todo a su alrededor se transformaba, todo tenía sentido. La vida misma le daba un motivo para vencer, para jamás dejarse doblegar, para ser un hombre de bien, aunque poca gente apostara por él en esos tiempos. Eliézer no podía olvidar sus olores, la delicadeza de sus manos y modales, su manera de expresarse, y su buen gusto a la hora de vestirse, sus zarcillos que para él eran únicos, por bellos y singulares, puesto que eran de oro, pero en el medio tenían una porcelana con dibujos diminutos en blanco y azul, que demostraban el sentido singular de la excelente muchacha.

Empezó entonces a pensar en cómo sería amar a la mujer de su vida, recorrer su cuerpo, sentir su aliento, hacerla sentir amada, deseada, necesitada, besar sus senos, penetrarla o, mejor aún, vivir su vida. Descubrió esa tarde que no había una parte de ella que él no quisiera para sí mismo.

La débil luz de la tarde se había empezado a cerrar cuando su mente indomable tomó rumbo hacia aquellos hechos que había decidido olvidar. Recordó a Rubén y sus malvivientes amigos, que se saldrían con la suya, y quién sabe cuántos muchachos más del colegio caerían en sus redes, por él haber decidido dejar que todo continuara como hasta ahora. Pensó también en la muchacha que fue, o iba a ser violada por el cura, y a quien aún no había vuelto a ver. Por unos instantes imaginó que un día le hiciesen algo similar a alguien a quien a él le importase, y pensó en su hermanita, que al igual que él estudiaría su bachillerato en ese colegio. Después, su pensamiento viró hacia sus hermanos, que podían caer en la red de drogas que, inequívocamente, imaginó se haría cada vez más grande, y pensó, además, en que ni siquiera había tenido valor para hablar con la muchacha ultrajada y quien jugaba un papel importante en la solución de los escandalosos hechos…

Pero qué más daba, por qué tenía que ser él quien se enfrentase a todas aquellas situaciones peligrosas para su vida. Con ese pensamiento escondía sus temores y su falta de valentía. Continuó entonces recordando las conversaciones con sus tíos maternos, que también habían estudiado en el colegio de curas, y que una vez le contaron cómo un terreno con unas casuchas se había convertido en la construcción imponente que hoy día era. Le contaron, además, de la dedicación de los misioneros de Dios, que entregaban sus vidas por completo para transmitirles valores a los alumnos del colegio, quienes gozaban de una formación de una calidad única.

También le refirieron su entrega para encaminar muchachos con problemas, entre ellos, uno de sus tíos de nombre Guillermo. Para ellos era casi mágica la manera cómo transformaban a las personas y cómo lograban, tras mucho esfuerzo, que los representantes se involucraran en la educación de sus hijos. Sus tíos no pasaban por alto que, como todo lo humano, ellos no eran perfectos, pero que debido a la equivocación de algunos, no se podían obviar los beneficios aportados por estos religiosos a la comunidad de todo el distrito o mejor aún, de todo el estado, el país y el mundo, pues todos esos muchachos bien formados, tanto académicamente como en valores, harían del mundo un lugar mejor para vivir. Entusiasmado con estos pensamientos, daba gracias al Ser Supremo por permitirle formarse con los curas de esa institución.

Después reflexionó que, aunque los tiempos habían cambiado un poco, la entrega de estos hombres seguía siendo la misma, el aporte que sus vidas le daban a toda una comunidad sólo podía resumirse en una palabra, AMOR, AMOR, Y MÁS AMOR.

Todo estaba allí, y era muy sencillo de entender desde ese análisis realmente profundo que hacía de esa parte de su vida que le acompañaría por siempre, su educación. Y lo hacía desde su lugar secreto, es decir, los brazos fuertes y poderosos de aquel árbol que le brindaba el cobijo necesario para que él pudiese profundizar en todas las cavilaciones que lo llevaban a entender cabalmente cada una de estas situaciones que para el común de los muchachos de su edad serían difíciles de comprender. Tal vez porque había temas que no les interesaban, o carecían de la capacidad para abandonarse en la profundidad de sus pensamientos, o quizás porque su mente era un espíritu indomable que no podía manejar, a menos que realmente quisiera, pero hasta ese momento nuestro amigo desconocía una manera más profunda de conocerse a sí mismo que la de abandonarse a sus propios pensamientos.

Todas sus reflexiones y análisis llegaron a su fin cuando sintió un fuerte frío que abrazaba su cuerpo como un montón de filosos cuchillos que le perforaban los poros. En esos momentos estornudó repetidas veces, y se dio cuenta de que ya la noche estaba llegando mientras arropaba las últimas estelas de luz del falleciente día. Las aves ya se habían guarecido en sus ramas, y aunque se disponía a bajar presurosamente de los brazos de su cedro preferido, sintió una premonición, un reflejo de sus antiguos hallazgos, y lanzó una ojeada a cada una de las ramas contiguas a su aposento, tratando de descubrir más droga escondida y, revisando minuciosamente con sus manos en cada escondrijo que tenía a su alcance, de repente exclamó para sí: *¡bingo!,* y consiguió una bolsita plástica que descubrió a tientas, puesto que la luz ya era demasiado escasa para ese instante. La agarró y la guardó en los bolsillos de su *short,* sin saber lo que era, aunque lo imaginaba, e iba saltando de gozo por su hallazgo, ya que esa sola bolsa era más grande que todas las que había encontrado anteriormente, juntas inclusive.

Mientras caminaba a su casa, pensaba en que difícilmente alguien volvería a guardar algo allí, y aunque no podía precisar si esa bolsa tenía mucho tiempo allí o la habían ocultado recientemente, iba regocijado por lo que haría con esa basura.

Su ropa, aún mojada, la tenía pegada al cuerpo, y pensó que si no se cambiaba pronto, podía llegar a enfermarse y no podría unirse al campamento al que había sido invitado para el día siguiente... Dentro de su corazón le quedaba pendiente una tertulia con Laura, la muchacha ultrajada dentro del recinto, y a quien tanto empezaba a recordar, a tal punto que al evocarla sentía que se alimentaba la necesidad de sacar y develar los secretos que escondía y le quemaban el ego, al no tener el valor de hacer lo necesario para poner a los responsables de esos actos fuera del colegio, pues dentro de la institución estaba seguro de que podían hacer mucho daño…

Se había quitado la camisa, y el frío, aunque le seguía martirizando la piel, era un poco menos intenso. El estar con el torso desnudo lo obligaba a caminar con más premura en dirección a su casa. Llevaba su botín en mano. Lo apretaba mientras caminaba, quería botarlo en la calle, pero realmente necesitaba sentir el placer enfermizo de ver cómo el remolino fuerte del inodoro devoraba en sus fauces aquella droga maldita, e imaginar la rabia y la impotencia que iban a sentir Rubén y sus secuaces cuando fuesen a buscar esa porquería. Eliézer gozaba al imaginar la expresión en sus caras, su desconcierto. Sólo había algo que indiscutiblemente le incomodaba, era pensar en el deseo que sentirían por atrapar a quien ellos consideraban los estaba perjudicando, y lo que le harían si llegasen a descubrir quién les había causado tanto daño.

Sus padres, mientras cenaban, lo vieron pasar como una saeta para el baño, e imaginaron que ya no podría aguantar sus esfínteres, y no le dieron importancia a su prisa. Cuando entró, inmediatamente sacó la bolsa blanca cubierta con otra bolsa plástica, que le servía como impermeable en caso de lluvia. Acto seguido desató la bolsa y hurgó dentro de ella hasta que vio lo que contenía, que no era más que la misma hierba seca molida que había visto antes. De momento, antes de echarla sintió la tentación de olerla, y así lo hizo, pero percibió en el ambiente el aroma, y pensó que tal vez se quedaría impregnado en el baño, así que sin más contemplaciones vació completamente el contenido de la bolsa en el inodoro y le dio bomba. Sintió el mismo placer que la vez cuando había orinado encima de la primera hierba conseguida. En ese momento fijó su mirada en el remolino salvador, que engullía con avidez todo lo que encontraba a su paso. Parecerá absurdo, pero las dos veces que había hecho eso había sentido que llegaba al clímax del placer.

Luego de un buen baño, salió y compartió la cena con Enrique, que aún no había comido, mientras conversaban de José, su hermano, que también iba ya para el colegio a continuar con sus estudios, por lo que pronto estarían los tres en la misma institución. Esto lo desajustó un poco, y pensó nuevamente en el posible flagelo que deberían enfrentar sus hermanos el próximo año si él no revelaba sus descubrimientos a las autoridades de la escuela para sacar de allí a los alumnos viciosos. Sin embargo, tras pensar así, se detenía y reflexionaba: *¿pero por qué tengo que ser yo?*... Su hermano, en tanto, continuaba hablando, pero él ya no lo escuchaba. Su mente se encontraba divagando como un pelícano perdido en el desierto, definitivamente sin saber qué hacer. En ese momento imaginó que el curso de los acontecimientos le dictaría cómo debería actuar. Sin tener la certeza de ello, volvía a estar en lo cierto.

Cuando el lunes siguiente fue al colegio, había decidido abandonar sus investigaciones y se prometió a sí mismo que no hablaría más de ello con nadie. La razón verdadera de su determinación era el temor que sentía, pensando en lo que pudiera pasarle si continuaba husmeando en los siniestros hechos acontecidos, que aunque intentaba apartarlos de su mente, siempre regresaban a visitarlo.

El tiempo inexorable pasaba rápidamente, y sus vacaciones escolares habían llegado. Ellas marcarían un paso importante en la vida de nuestro amigo que, sin saberlo, iba a vivir un tiempo inolvidable, que le enseñaría muchos otros valores que siempre llevaría consigo.

Luego de haber pasado a cuarto año de bachillerato, Eliézer pensó que disfrutaría de unas merecidas vacaciones. Aunque no tenía nada planeado, pensó en visitar a su amada Susana en la noche. Pero en la tarde de ese día, sintió cómo la melancolía lo arropaba, cuando intuyó, sin poder explicar cómo había llegado a esa conclusión, que al final del camino ella no estaría a su lado, que aunque sus corazones estaban enamorados, había en el aire una premonición, unas manos vacías, una vida que se alejaría. Aquella sensación le dejó un sabor a nada, amargo, rancio y sintió sus propias inseguridades palpitando en el alma. No sabía por qué el calor agobiante le traía esa resequedad en su ser, la cual era diferente a tener sed, pues era más desagradable aún. Supuso, entonces, que había una jugarreta de la tarde que le nublaba el pensamiento, y apartando las inquietantes y perceptibles sensaciones, descartó su sexto sentido y se entregó a recordar a la muchacha que le motivaba a cambiar, a ser mejor, a querer de la única manera en que se puede querer a los dieciséis años.

En esos momentos, su vida no se escapaba del amor, que aunque quería espantarlo debido a los miedos que se alojaban dentro de sí, el amor valientemente volvía. Hacerse el desentendido y que no lo veía no le servía realmente de mucho, pues este sentimiento, aunque lo evitara, tenía que alojarlo como un huésped obligado, pero placentero, nostálgico y con sabor a despedida, pero huésped al fin. Una sensación de ansiedad por no tenerla consigo le llenaba sus soledades con recuerdos de su figura. Su silueta parecía que se dibujaba en las nubes que se iban oscureciendo esa tarde. Por primera vez quería que supiera que podía contar con él, no hasta diez, ni hasta cien, sino contar con él, como dice Benedetti en uno de sus poemas. Pensó que era el momento, que debía hablarle, convencerla, y esa noche sería determinante en sus aspiraciones de poseerla. Mientras todas estas cavilaciones bailaban en su mente, la sonrisa de la bella muchacha seguía reflejándose en su pensamiento...

Sentados a la orilla de la jardinera, sus manos se entrelazaron nerviosamente, se habían besado, pero casi por instinto, se levantó de allí cuando escuchó la puerta de uno de los cuartos de la casa. Su padre se había dirigido a la cocina, y los vio conversando. Aquel imponente europeo, de cerca de dos metros de alto y acostumbrado al trabajo duro, amedrentaba a cualquiera, y más aún a un adolescente de poco más de cincuenta y cinco kilogramos. Le dio un saludo que parecía más bien un regaño, pero imaginó que tal vez realmente no había interés alguno en ese muchacho por su hija, o por lo menos eso anhelaba el gigantón. Luego que desapareció en lo profundo de su habitación, Eliézer tomó las mejillas de Susana entre sus manos y le pidió que fuese su novia, quizás buscando con estas palabras lograr convencerla para que ella se entregase al caballero con armadura que quería derrumbar cuanto obstáculo lo separase del cuerpo de su amada.

Le dijo que la quería, que estaba dispuesto a alcanzar sus metas, y que necesitaba de su vida para complementar la suya. Ella, un poco más madura quizás, lo besó, pero le manifestó que tenían que esperar y que no deberían apresurarse.

Mientras ella le hablaba, Eliézer continuaba besándola buscando excitarla. Recorría con sus manos un poco torpes su espalda, y paseaba sus dedos por su cuello, a lo que ella respondía casi con los mismos deseos que él. Sin embargo, al colocar suavemente sus manos sobre sus senos, ella se las quitaba, y sabía frenarlo en sus intenciones de querer avanzar más allá de lo que sus valores le permitían, cosa que aún, a pesar de su corta edad, Eliézer logró entender y en cierto modo le gustaba que ella pudiese frenar sus propios instintos... y los de él. Sin embargo los besos torpes, pero ardientes, estaban iluminando la noche, y le daban un encanto mágico al traspatio que seguía aplaudiendo a través de la brisa, la felicidad efímera, pero felicidad sincera que vivía aquel muchacho en esos momentos y que le llenaría sus recuerdos por siempre.

Susana, en cambio, estaba llena de dudas, tal vez las mismas que él le transmitía, pero aun así, temblaba con su sola presencia. Sus besos y caricias le crispaban los poros, mas ella sabía que no mucha gente daba algo por el destino de su príncipe que, vestido de caballero, le robaba sus besos. Y aunque dentro de sí misma también sabía que tal vez él no fuese el más apropiado para ella, estaba segura de que era quien más la quería. Mientras hacía todas estas reflexiones, aunque Eliézer le hablaba, ella no lo escuchaba, pues estaba sumida en sus propias cavilaciones... Él, mientras tanto, continuaba besándole el cuello mientras le hablaba de sus proyectos de vida hasta que, tras esos instantes llenos de dudas, ella también se introdujo en el profundo mundo de los sueños de aquel enamorado, mientras le daba un beso con sus labios de miel.

Capítulo V. La excursión, abre camino a las verdades

La excursión a la Misión del Tokuko. La escena de amor en el río. El cura es puesto en evidencia por una indígena.

Esas vacaciones iban a ser una parte muy importante en su vida. Las lecciones que aprendería iban a forjar sus convicciones, sobre todo tomando en cuenta que la aventura de su vida apenas estaba empezando.

Un grupo de estudiantes del San Pablo iban a hacer una convivencia a la Misión del Tokuko. Nuestro amigo ya conocía el lugar, pues de niño lo visitaba con un tío político que repartía pan, víveres y "chucherías" en todos esos asentamientos indígenas conformados por las etnias yukpa y barí de la sierra de Perijá. El viaje era de dos días. Dormirían allá una noche y regresarían al atardecer del día siguiente, o a lo sumo estarían dos noches en el sitio. Eliézer le recordó a su madre aquella noche la autorización que ella había firmado con anterioridad, para irse al otro día y ella lo dejó ir, quizás más por librarse de él, aunque fuera por unos días, que por creer que iba a ser provechoso el viaje para el muchacho.

La salida estaba pautada para las diez de la mañana y, efectivamente, a esa hora estaban todos allí reunidos en el frente del colegio, para realizar el paseo que prometía ser muy interesante. Los alumnos estaban compuestos en su mayoría por jóvenes de promociones superiores a la de él, es decir, de cuarto y quinto año, y él en ese momento se sentía como fuera de lugar. Ya en muchas ocasiones en su vida se había sentido así. Pero justo, cuando estaba pensando en esto, hizo su aparición el hermano Juan Jiménez, quien les dio la bienvenida y les dejó entrever que la invitación había partido de él y que estaba agradecido de que todas las personas invitadas hubiesen asistido. Luego de sus breves palabras de bienvenida, les pidió a todos que abordaran el microbús que se había alquilado para tal fin y que transportaría a las más o menos cincuenta personas que disfrutarían del paseo.

Acto seguido se cargaron los equipajes y unas provisiones de comida y ropa usada, pero en muy buen estado, que estaban destinadas a repartirse en las reservaciones de indígenas que, seguramente, las necesitarían de manera apremiante. El viaje se tornó mucho más interesante, puesto que además del cura director, Juan Jiménez, se preparaban para acompañarlos en la excursión dos de los otros religiosos que estaban en el colegio como profesores de diferentes materias. De manera instintiva pensó en los acontecimientos anteriores, y conscientemente imaginó que tal vez podría averiguar algo durante la interesante excursión. Estos curas eran Vicente Romero y Pedro Vásquez.

Eliézer no sabía específicamente la razón por la que había sido invitado, pero sin imaginarlo lo averiguaría durante la excursión.

Cuando el transporte que los llevaría encendió los motores, al mirar por la ventanilla del asiento donde se encontraba, divisó a Rubén, quien venía saliendo de las instalaciones del colegio junto con dos de sus secuaces, Ricardo Romero y Henry Marín. Fue en el instante en que arrancaba el microbús cuando escuchó la conversación del cura Juan Jiménez, director de la institución, que estaba sentado detrás de Eliézer, exclamar:

—He allí el prototipo de un buen muchacho, con excelentes calificaciones, gran deportista y dotes de líder... En alumnos como él estará el destino de las sociedades futuras.

Esto se lo expuso al hermano Vicente, sentado a su lado, y quien no hizo ningún comentario ni mostró ninguna expresión en su rostro que mostrara que estaba de acuerdo o rechazaba las afirmaciones de su superior. Él, en cambio, sintió una ráfaga de rabia que le inundó su cuerpo. Sintió también un poco de celos, puesto que el cura Juan era, para él, un modelo de entrega por los demás, además de que siempre le había demostrado un gran cariño, al punto de que Eliézer siempre lo había considerado su protector. De hecho, en ese momento pensó que estaba en dicha excursión debido a la invitación muy particular que le hiciera el mencionado hombre de Dios, algo que en realidad tenía mucho de cierto.

El microbús puso la trompa en dirección a la sierra de Perijá, y luego de diez minutos de viaje, de improviso los viajeros empezaron a cantar canciones marianas (seguidores de María) que alegraban los ánimos, y eran una invitación a ser mejores, y además incluían en el repertorio varias dedicadas a Nuestro Señor Jesús. Cada alumno, con su cancionero en mano, cantaba las melodías designadas, mientras el cura Pedro Vásquez hacía gala de su destreza con la guitarra. El grupo de adelantados y futuros bachilleres convirtieron el vehículo en un lugar donde, a través de la paz reinante, se sentía la presencia de Dios Nuestro Señor.

Sin darse cuenta, las canciones le estaban llegando al alma a Eliézer, puesto que hablaban del amor al prójimo, de hacer lo correcto, de ser mejores, de ayudar a que alguien pudiese cambiar su vida para bien y, ciertamente, los pensamientos estaban escudriñando su ser mientras miraba el exuberante paisaje y meditaba en su propia existencia. Tendría razón de ser la vida de una persona si no cambiaba para bien la realidad de otro. Pero estaba confundido, pues reflexionaba en cómo podría cambiar la existencia de otro, si todavía le faltaba tanto para mejorar él mismo, o dicho de otra manera, *¿cómo podría ir a limpiar el patio ajeno teniendo sucio el suyo?*

Sin embargo, mientras se hacía estas reflexiones que llenaban la profundidad de su mente, él sintió paz.

Cuando llegaron esa tarde a la Misión del Tokuko, por más que ya había visto en innumerables oportunidades su iglesia, no dejaba de extasiarse con la majestuosidad de la misma, puesto que no tenía nada que envidiarle a ninguna catedral del mundo. El verde de sus paredes casi se mezclaba con la densidad del bosque y, realmente, parecía encontrarse fuera de lugar, pues tan majestuosa obra estaba situada en un paraje casi desconocido para el mundo. El palacio donde dormían los frailes dedicados a las enseñanzas de los yukpas encajaba perfectamente como un brazo de la extraordinaria construcción, y pensó entonces que parecía una ciudad escondida en la espesura de las selvas vírgenes para el hombre.

Al bajarse del microbús se encontraron con un nutrido grupo de niños yukpas que les esperaban frente a las instalaciones de la escuela donde dormirían esa noche. Él notó que al intentar bajarse se arremolinaban a su entrada los niños que vivían en la Misión, y tuvo que llegar un fraile, algo sordo según él imaginó, puesto que usaba en su oído un aparato, para ahuyentar a los pequeños. Tras darse un abrazo con los curas del colegio, fueron presentados como grupo al fraile, quien los llevó a las aulas de la escuela que fungirían como habitaciones para los recién llegados. Al entrar en ellas se dieron cuenta de que todas estaban acondicionadas con literas, es decir, una cama abajo y otra arriba. Por razones obvias, los alumnos fueron separados por sexo, y recién en ese momento se percató de que la mayoría de las muchachas eran muy lindas, aunque un poco mayores que él. En ese momento se notó más que Eliézer era el menor de todos cuantos estaban en la excursión. Nuestro amigo sabía con certeza que una de las razones para que él estuviese allí era el cariño que le tenía el cura Juan Jiménez, pero instintivamente supo que debía haber una razón adicional, aun cuando todavía no imaginaba cuál pudiera ser.

La noche llegó cargada de melancolías y nostalgias, haciendo ecos con los ruidos del monte en aquella sierra poblada por Dios. Cada persona del grupo estaba sentada en posición de flor de loto y en círculos en una amena reunión que tenía la reflexión como fin inmediato. El cura Juan hacía preguntas para todos que, a su juicio, eran fáciles de responder. Su rostro se mostraba complacido al escuchar las respuestas de los discípulos con valores bien formados, pero a la luz de la fogata su cara pasó de una sonrisa de tranquilidad a un aspecto sombrío cuando hizo la siguiente pregunta:

–¿Quién piensa que en su casa puede albergar a una nueva persona?

El rostro del hombre, a través de la sombra que reflejaba la llama de la fogata, se tornaba inescrutable, con el ceño fruncido esperaba escuchar las respuestas de los estudiantes. Sus cabellos grises y lacios se movían con la brisa suave que hacía bailar las llamas de la fogata alumbrando por turnos a los presentes. A todo esto, sus manos descansaban calmadas sobre sus rodillas, aun cuando estaba atento a las reacciones de los presentes. Por momentos, un silencio acompañó el frío ambiente en el cual la luz y el calor que desprendían la fogata se mostraba como la única esperanza confortable por la sensación tibia de los brazos de la hoguera, y la luz le daba a los cuerpos sentados alrededor de la fogata, unas sombras que se transfiguraban, se unían unas con otras, dándole un aire reflexivo y fantasmal al ambiente. Era como si una presencia sobrenatural los acompañara en ese momento.

En medio de una tensa calma, poco a poco cada persona fue hablando de esa posibilidad supuesta de tener a alguien como un miembro adicional en su casa. Algunos explicaban que para ellos era complicado tener a alguien más en su casa, aduciendo, entre otras cosas, que no querían ser molestados en su rutina diaria por una persona ajena a su núcleo familiar, pero una parte de los presentes respondió que sí podrían pensar en tener a alguien más en la intimidad de sus hogares. Eliézer respondió despreocupadamente que, sin dudarlo, si alguien necesitaba del cobijo de su hogar y la decisión estuviese en sus manos, lo albergaría. Otros más respondieron que era una decisión que no se podría tomar a la ligera y que habría que meditarla, y no faltaron los que contestaron que la vida estaba demasiado cara, y que otra persona traería más limitaciones a su núcleo familiar.

Mientras esto ocurría, el cura Juan sólo atinaba a pestañear. Su rostro no se inmutaba, pero tomaba notas en un cuaderno a la luz de la fogata al tiempo que observaba cómo salía el "humo" de la boca de sus discípulos por el frío reinante en las montañas. Eliézer notó en su bienhechor un atisbo de rabia contenida, un silencio reprochador, que guardaría por poco tiempo los conceptos cristianos de aquel hombre y que estaban por caer como saetas ardientes en las conciencias de los jóvenes presentes.

El ruido emitido por los sapos era tenue, e iba acompañado de luciérnagas que iluminaban la quietud de la noche, dándole un aspecto sombrío y meditabundo a cada rostro presente en la reunión.

Cuando todos expusieron sus razones, el hombre se levantó. En su rostro se traslucía una dureza que no tenía intenciones de disimular:

—Aquellos que han dicho que sí, lo han hecho por dos razones: una por ser excelentes personas, con sentido social y de ayuda al prójimo, o porque piensan que no tienen nada que valga la pena o de valor en sus casas y, por lo tanto, no les duele compartirla.

Luego de un corto silencio, continuó increpándolos:

—Piensen los que han dicho que sí, en qué bando están... no me respondan; realmente no me interesa, esta reflexión es sólo para ustedes.

Las dos alternativas pusieron a Eliézer, y a los que habían dicho que sí, a pensar cuáles habían sido los motivos reales para responder afirmativamente. A decir verdad, nuestro amigo, por más que internamente trataba de colocarse en uno de los bandos, se sentía confundido, quizás porque nunca había internalizado una postura sobre el tema. Notó que al igual que él, los demás que habían dado una opinión similar, estaban en la misma disyuntiva.

Prosiguió pues el noble cura con voz enérgica contra los que dijeron que no, y les dijo que eran unos mezquinos y miserables...

—¡Son unos mierdas!

La expresión escandalizó y asombró a los presentes, puesto que jamás habrían esperado una expresión como esa de boca de una persona tan educada.

—En su mayoría, los que han dicho que no —prosiguió—, son los que mejores condiciones económicas tienen en sus casas, algunos incluso tienen tanto dinero que podrían solucionar las vidas de familias enteras... Son ustedes unas basuras de personas, y siéntanse, de verdad, lejos del verdadero Dios, puesto que su dios es el dinero, y sobre sus bienes, disfrútenlos mientras puedan, puesto que tengan por seguro que nada se llevaran de acá cuando mueran.

En este punto aquellos muchachos que habían dicho que no, se sentían como unos verdaderos miserables y no tenían valor para levantar sus miradas. Estaban avergonzados, apenados y su autoestima en esos momentos estaba por el suelo. Sin embargo, la parte más dura de la intervención aún estaba por llegar. Volteando la mirada, y dando la espalda al grupo, se separó unos minutos de las exaltadas almas y se quedó pensando mientras los ruidos de la noche adornaban el silencio en que habían caído todos en la singular reunión. Sólo se percibía el aliento de la respiración a través de la luz de la fogata que, alegre, iluminaba los rostros meditabundos de los muchachos. Algunos comenzaron a sollozar y tenían lágrimas recorriéndoles las mejillas, como perlas enigmáticas que les llegaban a los labios y se confundían con la humedad reinante en el singular paisaje.

Cuando el cura Juan volvió a colocarse enfrente del grupo, arremetió entonces contra los que habían dicho que debían pensarlo. Les expresó, con rabia contenida, que eran los peores de todos, que no eran ni dulce ni salado, que eran ambiguos y, definitivamente, unos cobardes, fariseos de la nueva era, que siempre querían acomodarse a las situaciones para que sus opiniones no dañasen a nadie, y que las personas como ellos eran las que Dios más detestaba. En su furia, que apenas podía contener en ese momento de sus palabras, no pronunció esta vez palabra obscena alguna, pero en su expresión mostró el más profundo desprecio por ese grupo de personas.

Un silencio sepulcral había inundado la estancia, que sólo era interrumpido por los sollozos desesperados de los jóvenes en estado de miseria anímica. Mientras, indiferentes al enrarecido ambiente, las luciérnagas, sapos y grillos continuaban con sus danzas y orquestas que, luego de algunos minutos que para Eliézer fueron interminables, él dejó de escuchar, no porque hubiesen cesado de emitir sonidos, sino porque él ya no podía oírlos. En ese momento, nuestro amigo sentía que le faltaba el aire. Pero, de pronto, el cura, con una sonrisa casi imperceptible en los labios, exclamó:

—Todos, todos, todos, tenemos la oportunidad, a partir de hoy, de ser mejores, de estar más cerca de Dios, y eso lo logramos estando más cerca de nuestro prójimo... ¡Sin dudas la vida hoy nos regala otra oportunidad!...

Cuando el cura terminó de hablar, la expresión de todas las almas que se habían sentido fustigadas por sus palabras, recobraron la alegría. Las expresiones de cariño entre los muchachos jóvenes llenaban el lugar de un alivio profundo y sosegado, los llantos y los abrazos se entremezclaban, y la llamarada de la fogata se quedaba pequeña al lado de la pasión despertada en los corazones de los jóvenes, cuyas vidas, después de la experiencia enriquecedora vivida, ya no serían las mismas.

Todo era gozo hasta que, con un grito, José Humberto un estudiante de ultimo año de bachillerato, aún con ira dentro de sí —Eliézer pensó que tal vez le había herido en su orgullo propio—, explotó y, cuando el cura ya se retiraba, le preguntó a los gritos:

—¿Qué sientes tú cuando miras dentro de ti mismo?...

Un silencio asfixiante se apoderó del lugar. Los sapos y grillos parecieron callar, y lo pesado del momento cortaba la respiración, petrificando a los presentes. El hombre de Dios se detuvo, se volteó lentamente, bajó su cabeza y, mientras rasgaba la arena con sus zapatos, como buscando respuestas mientras observaba sus mocasines llenos de barro, con voz calmada, pero firme, quizás compadeciéndose de sí mismo le dijo:

—Yo también me he equivocado.

Seguidamente, le dio la espalda al muchacho, que luego de la sabia respuesta, depuso sus armas, mientras el cura continuaba mansamente su camino hacia la iglesia. Los muchachos pronto comenzaron a conversar animadamente, calmándose el ambiente y devolviéndole los ruidos a la noche.

En esos momentos, Eliézer pensaba en las palabras dirigidas a los alumnos que dijeron que debían pensarlo. Acaso las duras palabras no le corresponderían a él mismo también, quizás por ser un cobarde y no enfrentar de una vez por todas a Rubén y sus secuaces. *¿Por qué no enfrentar la situación que le hacía tanto daño a la comunidad estudiantil del distrito?... ¿Por qué no hablar directamente con el cura Juan de la conversación sostenida con el sordomudo?* A fin de cuentas, Valmore había sido juzgado injustamente por muchos de la comunidad del colegio. En su fuero interno había una llamarada de rabia e impotencia que no lo dejaba quieto. Sin embargo, algo le hizo calmar su impulso de ir a buscar al cura. Sabía, tras la lección recibida, que en algún momento debería enfrentarse a la realidad, pero pensó que antes debía tener la forma de poder probar todas sus aseveraciones.

La cena de ese día empezó algo tarde, pero los muchachos estaban disfrutando al máximo, pues cada uno estaba compartiendo esos momentos con las personas con las que más afinidad tenían... Mientras, sentado, Eliézer meditaba sobre qué parte de las reflexiones del hermano había hecho salir de sus casillas a José Humberto, él entendía que este muchacho poseía más o menos una buena condición social, pero no sabía, o no recordaba, qué postura había tenido durante la aleccionadora experiencia.

Mientras pensaba en esto, una muchacha llamó la atención del grupo sobre Eliézer, y todos empezaron a meterse con él, con bromas donde, en realidad, no se veía mala intención. Le decían que si había traído el tetero, o si su mamá estaría por llegar, puesto que a estas alturas todos sabían que él era el menor de los presentes. Dentro de la reunión, nuestro amigo divisó, entre las carcajadas, una sonrisa bella como pocas. En la oscuridad de la noche y a la luz de la llama de la fogata, la muchacha parecía que no se reía de él, sino que le sonreía o, por lo menos, esto era lo que percibía a través de la luz que expedía la fogata en su incansable llamarada. Entonces, Eliézer se preguntó con más fuerza, *¿qué hacía él en ese lugar?... ¿por qué, precisamente, era invitado a una convivencia donde a todas luces estaba fuera de contexto?* Pronto, la providencia le desentrañaría los motivos de la misteriosa invitación.

Cuando todos terminaron la cena se fueron retirando y, haciendo pequeños grupos, se fueron acomodando en un aparente desorden, pero que realmente respondía a la afinidad que sentían. La muchacha de la amplia sonrisa le hizo señas para que se uniera a su grupo, y al acercarse notó que, en su mayoría, las conversaciones giraban en torno al futuro. Llevado por eso, pensó en cuál sería su porvenir. Su pensamiento se dirigió a su padre, e instintivamente supo que, para poder sobresalir, su lucha tendría que ser mayor que la de cualquiera de esos muchachos, aun cuando en esos momentos no sabía explicar por qué...

A pesar de estar ensimismado en sus pensamientos, notó que la muchacha de amplia sonrisa se levantaba y se separaba del grupo para caminar sin rumbo aparente, sólo con la luz de las estrellas guiándole los pasos. Él decidió entonces separarse disimuladamente del grupo de soñadores, que pintaban con sus pinceles y sus temperas los trazos de sus vidas y su futuro, que a la postre él aprendería que, aunque dependía de la voluntad férrea de cada uno, éste era definitivamente incierto. Siguió calladamente los pasos de la muchacha que contorneaba su delicado cuerpo mientras caminaba. Él, intrigado, se preguntaba a dónde iría ese ser que, con su sutil sonrisa, le parecía diferente a las demás jóvenes presentes en el grupo, y consideraba que era muy valiente o tal vez inocente para caminar por esos oscuros caminos que, por el rumor del río, la llevaban en esa dirección.

Eliézer la veía cómo, con mucho cuidado, ella seguía bajando la empinada loma en cuyo pie descansaba el caudal del río... pero, se preguntaba, *¿qué iba a hacer esa perfecta criatura al río a esas horas?* Si quería hacer alguna necesidad fisiológica, no tendría que ir tan lejos. A decir verdad, en este punto ya estaba un poco asustado, no sólo por ella sino por él mismo, al pensar que un animal, tal vez una culebra, podría hacerles daño a alguno de los dos, o también que pudiera picarlos algún insecto y transmitirles una enfermedad. Mientras tanto, ella seguía caminando decididamente en dirección al río, y él la escoltaba con la misma determinación, aunque a una prudente distancia, para que no se percatara de que sus pasos estaban siendo seguidos.

Sin embargo, la situación dio un viraje cuando giró el último recodo y tuvo que parar en seco y esconderse entre unos arbustos ante el singular espectáculo que se le presentaba: ella estaba terminándose de desvestir. Una vez desnuda, a la luz de las estrellas, la joven se adentró en la parte baja del río donde otro de los jóvenes que había venido a la excursión la esperaba en ropa interior y con una botella de ron blanco sobre una piedra. La muchacha se adentró en las aguas heladas y, antes de besarla, él le dio un trago del elixir que en esas circunstancias, Eliézer intuyó que resultaría extraordinario para mitigar los efectos del frío. Luego de compartir un trago de ron, se entrelazaron en apasionados besos y abrazos que hacían que nuestro amigo en esos momentos estuviese viviendo una verdadera tortura, pero de la que no quería o no podía salirse, al ver a la escultural muchacha mientras la besaba el joven que estaba loco de lujuria y que despertaba en ella los mismos instintos.

Sintió envidia al ver cómo el joven se sentaba dentro del río, recostado a una piedra y ella se le sentó encima, mientras se besaban frenéticamente. Entonces el pene parecía que le iba a reventar el pantalón al muchacho fisgón que casi no podía contener su ímpetu mientras observaba la erótica escena que, a la luz de la luna, tenía lugar en el mencionado sitio paradisíaco.

En su fuero interno se preguntaba la razón por la cual su curiosidad y la providencia lo habían colocado últimamente como espectador de situaciones tan poco comunes.

La escena parecía propicia para una novela o una película de amor libre de restricciones. La luna había salido e iluminaba por completo la noche, pero por momentos las nubes tapaban un poco su resplandor, dándole una sensación de paz al lugar, que sólo se perturbaba un poco con la muestra de amor infinito entre dos seres humanos. Nuestro amigo comprendió en ese momento la diferencia entre sexo y amor. Al escudriñar en lo profundo de aquella escena percibió que ambos estaban enamorados y en la claridad de la noche se dio cuenta de que ellos estaban haciendo algo que hasta ese momento él jamás había hecho: estaban haciendo el amor.

La sonrisa de la muchacha se dibujaba con un placer infinito, y parecía que la misma ayudaba a la luna a iluminar la cara de su amante. Su cabello mojado dejaba ver por completo su torso. Sus senos estaban expuestos a la mirada ya extasiada de Eliézer, cuya lujuria se había ido calmando al percibir todos los sentimientos que brotaban de la humanidad de esos dos seres entrelazados en un interminable manantial de caricias que brotaban de sus manos, de sus bocas, de toda la fuerza de sus cuerpos jóvenes y saludables. Estas muestras de cariño estremecían la noche, que era fiel testigo junto a nuestro púber amigo, del sentimiento puro entre dos seres humanos. El cuerpo de ella se balanceaba hacia arriba y hacia abajo, y Eliézer observaba cómo empezaba a contornearse y retorcerse de una manera casi violenta, mientras era penetrada por su amado, que la seducía sin parar de besarla por todo el cuello y la cara, hasta que en uno de sus violentos estremecimientos ella soltó un grito ahogado de placer que se confundió con los suspiros del río mientras corrían las aguas.

A estas alturas, ya Eliézer no los miraba con los mismos ojos, ni siquiera cuando ella, luego de aquellas danzas interminables de caricias que le habían recorrido todo su cuerpo, se levantó y permitió que la luz de la luna reflejara por completo todas las bondades de su cuerpo voluptuoso y perfecto que habían enamorado a su amado.

En ese momento Eliézer decidió retirarse, y casi con el sigilo de un gato, salió del sitio y se dirigió con prisa a la Misión, para llegar a prepararse para dormir, aunque pensó que después de la experiencia vivida le costaría demasiado conciliar el sueño. Cuando llegó por fin a la cima de la loma, la mayoría de los despreocupados muchachos seguían distraídos, pero todos reunidos en una sola parte, haciéndole rueda al cura Vicente Romero que, al compás de su guitarra, acompañaba la canción de Jesús que a Eliézer más le gustaba, y la cual en su letra le anunciaba a Jesús la llegada de un alma necesitada de su compañía. Él, sentado justo al lado del cura, recordó que la canción decía más o menos así: "Cristo, hoy he venido a hablar contigo, escúchame, escúchame, por favor. Cristo yo quiero hablarte y preguntarte, por qué vivimos apartados de ti, de tu vida, de tu amor...".

Él veía en la cara del misionero la entrega total a Dios. Observaba cómo su alma y sus dones los ponía a disposición de los jóvenes que lo rodeaban. La entrega de aquel cura, junto a la del padre Juan y todos los que había conocido, le hacían pensar que la vida de esas personas tenía un sentido extraordinario, puesto que a través de ellos, de la educación que impartían, los jóvenes tenían el privilegio de ser educados por aquellos curas, quienes los hacían cambiar, para mejor, se llenaban de valores, eran más humanos. *Esos alumnos formados en colegios de curas, no eran mejores ni peores, sólo eran diferentes.*

Él estaba cantando, entusiasmado, las canciones cuando el joven que estaba en el río hizo su aparición por los fondos de la construcción de la escuela donde dormirían y, bostezando, como si recién se hubiera despertado, salió con ropas que indicaban que, efectivamente, estaba descansando. Por el camino que lleva al río, minutos después apareció la muchacha, con su sonrisa a flor de labios y una felicidad que transmitía la alegría de vivir. Ella se sentó frente a la fogata, alejada de su novio o amante, o como se le quiera llamar, pero sólo a unos metros de Eliézer, que observaba extasiado cómo la llama de la fogata le iluminaba la cara acompañada de sus cabellos despeinados que bailaban al compás de la tenue brisa fría que acompañaba el ambiente.

En las facciones de los jóvenes muchachos se podía notar que estaban en ese momento aflorando las mejores intenciones, la firme determinación de cada uno de ellos de hacer de este mundo un lugar mejor donde vivir, y nuestro amigo Eliézer no escapaba de aquella montaña de sentimientos colmados de buenos propósitos, a través de la lumbre de la hoguera reflejada en las facciones de los nobles muchachos y en quienes se vislumbraba, sólo bondad. A él, entonces, sólo se le ocurrió un pensamiento: *Dios con nosotros...*

Antes de terminar las canciones, se sintió ya muy agotado, y cuando se levantó, sin querer trastabilló, y para evitar caerse se apoyó en la espalda del guitarrista, quien soltó un quejido de dolor que no era proporcional con la fuerza con que lo había tropezado. Sin embargo, él estaba demasiado cansado y no prestó mucha atención a la expresión de dolor del cura Vicente Romero que de manera disimulada, se quedó contemplando a Eliézer con rabia contenida, mientras éste se apartaba del grupo en dirección a la habitación.

Preparó su litera, le puso sus sabanas y empezó a pensar en su amada, en las ganas que tenía de amarla, de estar con la mujer que él quería de verdad para sí, con la que quería compartir su vida, y traerla a sus lagos, a sus pastos verdes, a sus frutos, a su ser, qué otra recompensa por vivir puede pedir un hombre que compartir su existencia con la mujer que ama. Pero la vida le mostraría que era muy pronto para dar la vida por un amor. Por lo menos, para él así sería, aunque estaba lejos de saberlo en ese momento.

Luego de ingerir la cena que le habían guardado, y escuchado los últimos cánticos de aquel grupo de soñadores, se enfrascó en una lucha con los recuerdos de los momentos vividos esa noche en el río. Pensó en su novia y albergó con sumo cariño la esperanza de disfrutar junto a ella momentos tan extraordinarios como los vividos por aquella pareja de enamorados. Mientras cavilaba en sus experiencias, el cura Juan entró a la habitación en compañía del cura Pedro Vásquez, y mientras conversaban no se percataron de la presencia de Eliézer que, arropado en su cama, prefirió no enterarlos de su presencia en la habitación.

Los religiosos empezaron a hablar de la experiencia que estaban obteniendo con los jóvenes, y cuáles eran sus expectativas.

Fueron refiriéndose someramente a cada uno de los integrantes del grupo, al tiempo que describían sus cualidades y dotes humanas, e inclusive en algunos casos hablaban de las razones por las cuales habían sido invitados a aquella experiencia espiritual. Y fue en este punto cuando el cura Pedro le pregunto a Juan el por qué había invitado a Eliézer a esa experiencia planificada por ellos, para alumnos mayores y más maduros que él, sobre todo tomando en cuenta que había muchos estudiantes con mejor comportamiento que este muchacho, que ni siquiera era aplicado y la mayoría de los profesores y el resto de los hermanos no apostaban nada por el futuro del entonces inquieto y molestoso adolescente.

—A mí en lo particular, me parece que es un esfuerzo estéril —comentó el cura despreocupadamente.

Aunque lo que dijo lo puso fuera de sí, Eliézer se contuvo, puesto que ese cura no significaba nada para él y, en cambio, lo que estaba por escuchar tendría mayor significado, puesto que él apreciaba sinceramente al cura Juan.

En ese momento ya no respiraba, porque aun cuando sentía que Juan le profesaba un gran cariño, tenía miedo de que su respuesta lo hiriera. Pero quisiera o no, tendría que escuchar lo que aquel hombre tenía que decir, puesto que estaba destinado por la providencia a oírlo.

—Este muchacho tiene dificultades en su círculo familiar, y quizás, por esto tiene además problemas para concentrarse en lo que hace, pero a pesar de ser muy tremendo, jamás he conseguido rasgos de maldad en sus travesuras y, además, tiene un sentido muy claro de lo que representa el bien y lo que es el mal...

No voy a negarte —prosiguió— que le tengo mucho cariño, por lo espontáneo de su manera de actuar, aunque a veces pienso que algo guarda que no lo deja explotar todo su potencial... Tengo noticias de que mantiene una rivalidad con Rubén, el muchacho nuevo que juega muy bien al fútbol, pero hasta ahora todos dicen que es porque se siente desplazado y por eso le tiene envidia... No estoy seguro de que eso sea cierto, pero creo que a él lo que le falta es valor y quiero que lo gane. Luego de que venza sus miedos, estoy seguro de que triunfará. Confío en Dios que será así.

Ahora realmente me pregunto —continuó el cura—, *¿qué ha vivido este muchacho que ha hecho que el miedo pernocte en su ser? ¿Por qué a veces siento que él piensa que no merece que le sucedan cosas buenas?*

Aquel cura jamás conocería las respuestas a estas preguntas que se había formulado, pero Eliézer encontraría la respuesta a lo largo de los episodios de su vida que estaban por venir...

El silencio se adueñó nuevamente del lugar, dejando escuchar los silbidos del viento que junto al cántico de sapos y lechuzas arropaban el monte.

Aquellas palabras hicieron eco en su corazón. Era el retrato de lo que Juan veía en él, y de repente tenía razón en muchas cosas, casi en todas. En lo único que sintió que se equivocaba era en que él no sentía envidia, ni por Rubén ni por nadie. Pero ciertamente en muchas ocasiones se sentía como un cobarde, pero esa era una batalla que debía ganar para sí mismo. A fin de cuentas, las percepciones del cura no estaban alejadas de la realidad, y el concepto que tenía de Juan y sus sentimientos mutuos encajaban con la realidad que el muchacho sentía por el cura director.

Sin embargo, Eliézer no se sentía bien por lo que había dicho el hermano Pedro de él, mas revisando profundamente sus actuaciones, se dio cuenta de que tal vez él mismo había colaborado para que los profesores y el resto de los curas tuviesen esa idea y, seguramente, debería hacer un gran esfuerzo por cambiarla.

El rumor de las voces y pasos de los jóvenes entrando a la habitación lo separó de sus pensamientos e hizo que los curas callaran, y cada uno se fue acomodando en sus literas. Las muchachas en la habitación contigua habían encendido la luz y el reflejo le sirvió para ver la cara de los religiosos que, agotados, esperaban a que todos estuviesen en el cuarto para empezar a rezar el Padre Nuestro en voz alta, en una oración en que todos los acompañaron.

La mañana llegó con cantos de canarios y jilgueros que anunciaban un nuevo día. La calidez del sol se colaba por las ventanas sin vidrios y, al toque de campanas de la imponente iglesia que anunciaba el nuevo día, todos se fueron levantando pesadamente mientras el cura director entraba diciendo:

—A ver... a ver... a ver... a ver... *¡A levantarse!* Hay mucho por hacer acá, y todos los están esperando —expresión que extrañó un poco a nuestro amigo, puesto que no sabía a qué se refería el cura con sus palabras.

Uno a uno se fueron levantando, y mientras algunos aún se estiraban, Eliézer tomó sus cosas de uso personal y con uno de sus compañeros de cuarto, se retiró al río y se dio un baño en sus gélidas aguas. El mismo río que fue mudo testigo de las experiencias vividas en la noche anterior en compañía del singular muchacho, al cual el destino le había encomendado una labor de suma importancia para toda la congregación cristiana de ese colegio, pero que todavía ni siquiera él mismo comprendía.

Escaló nuevamente la cuesta, que le pareció mucho más ligera, tal vez por sentirse revitalizado tras el baño. Al subir por completo la loma, todos los desayunos estaban servidos, y sin ningún orden específico cada uno empezó a engullir los huevos revueltos con plátano y a tomar un café con leche que estaba mal preparado, es decir, tenía más agua que otra cosa, y aunque su sabor y densidad no eran los mejores, por estar bien caliente le sentó muy bien a nuestro amigo luego del baño que se había dado.

Mientras desayunaban empezaron a llegar a pie, en burros, en mulas y en carretas, una densa nube de yukpas y barís de

todas las edades, procedentes de los caseríos que circunda-
ban la Misión. Simultáneamente, iban entrando unas camio-
netas blancas con personal médico, enfermeras, peluqueros,
profesores y maestros de diversas escuelas donde se enseñaba
la religión católica, los cuales llegaban con cajas cargadas de
ropa usada, pero en buen estado, comida, víveres, vacunas,
desparasitantes y un sinnúmero de medicinas con prescrip-
ciones y tratamiento para la gripe, neumonía, alergias y otras
patologías, además de traer jabones, diferentes productos para
la limpieza y unas pizarras en las que pretendían brindarles
algunas explicaciones.

Los yukpas seguían bajando de los cerros, y desde la planicie
desde donde estaban, ellos podían divisar a las personas mientras descendían y parecían diminutas hormigas que hacían
una caravana al salir de su nido. La multitudinaria presencia
que llegaba daba a entender que el trabajo de todos ese día
sería extenuante. No se equivocaba...

Para cuando llegó el mediodía, las peluqueras habían cor-
tado el cabello a quince yukpas promedio cada una, se habían
desparasitado unos cientos de ellos, vacunado varios cientos de
niños con la triple y contra la poliomielitis y otras enfermedades, además de curarse innumerables picados por pito y mal de
Chagas y medicado aquellos que tenían enfermedades venéreas.
Todos fueron atendidos en la medida de las posibilidades por los
profesionales abnegados que asistieron, y que los trataron como
lo que en realidad eran, personas que merecían ser respetadas,
valiosas y cuyo bienestar era importante para los demás.

El grupo de alumnos estaba dedicado a asistir a los profesionales. Dicha ayuda consistía en barrer el piso de las áreas de la
peluquería cubiertas con los cabellos de los yukpas repletos de
piojos... a ser asistentes de los médicos, ayudando a sostener
a los niños mientras eran vacunados... a pasarle a los médicos y enfermeras los utensilios que necesitaban... a preparar la
comida del grupo...

Eliézer fue destinado a ayudar a los médicos a pasarles lo que éstos necesitaran, mientras curaban o inyectaban a los pacientes. Había algunos muchachos, sobre todo los hijos de ricas familias, que al principio no querían hacer la tarea que se les había encomendado. Todo les daba asco, o les parecía que se estaban rebajando ante esos seres humanos que, para muchos de ellos, eran insignificantes. Bueno, en realidad, al principio los veían así, pero poco a poco al observar que todos colaboraban, empezaron a echar a un lado su soberbia y, sin darse cuenta, comenzaron a trabajar con amor real hacia el prójimo.

Curiosamente, nadie se dio cuenta de que el mediodía había pasado. Estaban tan ensimismados en sus labores, que ninguno de los alumnos pidió comida. Sólo de vez en cuando detenían sus quehaceres para ir a los filtros y tomar un poco de agua, pero de resto, todos en esos momentos estaban dedicados por completo a servir a su prójimo, soportando malos olores, enfermedades de la piel que ayudaron a limpiar, además de alimentar a los muchachos indígenas y a las mujeres embarazadas. En un momento, Eliézer levantó la cara para ver a su alrededor y vio a todos sus condiscípulos concentrados en su trabajo, prestando el mejor servicio que podían, sin fatigarse o, por lo menos, sin dar muestras del cansancio que pudiesen sentir, y totalmente entregados a la tarea que se les había encomendado desde el inicio de aquella actividad.

En una de esas breves pausas, al voltear su cabeza divisó a la muchacha de la noche anterior, junto a otras compañeras, hablarles a los niños de Dios, darles catecismo y enseñarles los Diez Mandamientos de la Ley de Dios, entre otras cosas. Para las cinco de la tarde de ese día, a pesar que se había hecho un extenso y definitivamente amoroso trabajo, aún quedaba mucho por hacer, pero los galenos, enfermeras, peluqueras y otros que habían llegado para ayudar en aquella inmensa tarea, tuvieron que detener sus actividades, puesto que debían regresar a Machiques para llegar a sus casas antes de que arribara la noche. En aquellos hombres de bien, Eliézer sólo podía descubrir, *amor, entrega y mucha bondad, pero sobre todo, amor, amor y más amor.*

Mientras ellos empacaban, el cura de la Misión fue personalmente a darles las gracias por la labor desinteresada que habían realizado, y les regaló algunos plátanos y frutos cultivados en la Misión por los mismos yukpas. Uno de los galenos le respondió que las gracias debían dárselas al cura Juan y al monseñor de Machiques, que habían hecho todas las gestiones para que esa jornada fuese posible.

Eliézer empezó a percatarse del valor incalculable que tenía la Iglesia para el hombre, para los pueblos, para las naciones, y llegando más allá, para el mundo... Comprendió en ese momento que, a pesar de los errores cometidos por algunos de sus miembros, era un error más grande aún juzgar a la Iglesia.

Entendió, entonces, que la Iglesia, por estar conformada por seres humanos, no había sido perfecta antes ni era perfecta ahora, y tal vez no lo sería nunca, pero la ayuda en la formación que brindaba a cada ser humano que se considerase parte de la Iglesia o no, pero que hubiese aprendido sus preceptos, tenía un enorme valor, pues le permitía vivir en comunidad y desarrollar las sociedades con el menor daño posible a cada individuo, a cada familia, a cada pueblo o país. El tiempo lo convencería de que al relajar los gobiernos los preceptos de la Iglesia, las sociedades comenzaban a degradarse.

Estaba en esas cavilaciones cuando se hizo una pregunta: *¿Quién tiene la autoridad moral suficiente para señalar o juzgar a la Iglesia?* Esa pregunta, resultaba demasiado profunda para un muchacho de apenas dieciséis años, por lo que la misma quedaría sin respuestas y él no estaba interesado en buscársela en ese momento. No sabía por qué le había llegado a su pensamiento ese análisis... No se lo explicó en ese momento, y no imaginó que pasarían muchos años antes de que esta interrogante volviera a llegar a su mente.

Cuando reflexionaba, solo y sentado bajo la sombra de un naranjo, en todas las experiencias vividas ese día, su mente inquieta se fue a divagar buscando la silueta de su amada mientras los pájaros revoloteaban y ya empezaban a posarse en las ramas de un árbol para descansar. Al levantar un poco la cabeza, divisó cómo un crepúsculo empezaba a desaparecer anunciando la llegada de la noche, y comenzaba a llenar de sombras el paisaje que lo rodeaba.

Fue en ese momento cuando volvió a pensar nuevamente en los acontecimientos con Rubén y sus secuaces y en los relatos de Valmore. Su sordomudo amigo estaba equivocado en algo, y era en que no todos los curas eran iguales en sentido negativo, pero había una manzana podrida en la cesta, y esto podría traerles problemas al resto de los hombres dedicados a Dios, y él se preguntaba, *¿cómo se verían ellos frente a la sociedad?* Y también se interrogaba, *¿cómo podía mantenerse aquel corrupto escondido sin ser detectado por los mismos miembros de su congregación, o es que acaso había más de uno de ellos implicado?* Todas estas conjeturas se las hacía su inquieta imaginación que, a veces, le daba la impresión de ser un caballo que saltaba de un lado a otro de manera indómita.

De algo sí estaba seguro, el director no era un alcahuete y, de saber todo lo que ocurría y conocer la identidad del agresor, ya lo hubiese sacado de la congregación. Mientras se hacía estas reflexiones, se fijó en la manera rápida en que el crepúsculo se ennegrecía dando paso lento al silencio de la noche, interrumpido por los ruidos propios de la hora triste del monte. Fue en esos momentos de calma cuando empezó a pensar en la actitud de los otros dos hermanos que les acompañaban en aquella experiencia, y recordó cómo esos seres se entregaron por completo a atender a los yukpas, cómo no le importaba a ninguno de ellos desprenderse de su tiempo ni de su vida para entregársela a otros, especialmente a aquellos que estaban tan necesitados de cariño, de sentir que le importaban a alguien o que alguien quería ocuparse de ellos sin tomar a cambio sus tierras, o pretender cambiar sus costumbres, sus creencias, sus valores, sus vidas.

Revisando cada uno de los momentos grabados en su memoria de aquel viaje, con respecto a los dos curas, sólo lo intrigaba el hecho de haber notado una mueca de dolor demasiado evidente del cura Vicente cuando se le había apoyado en la espalda, a lo que sinceramente él no le prestó la debida atención en un primer momento.

Había algo que, en ocasiones, sinceramente no podía controlar y era la manera tan fácil como su mente pasaba de un análisis a otro, y casi no podía detener sus pensamientos en un solo tema. Tal vez era porque en ese momento había demasiadas cosas pendientes o el tamaño de los enredos era demasiado grande para un muchacho de su edad.

Sus sentimientos afloraron y lo llevaron de nuevo a la muchacha que tanto amaba, que le hacía pensar en lo que quería para su vida, en que aunque su destino aún no estaba escrito, estaba dispuesto a hacerlo con la más bonita de las letras. Quería que estuviese segura de que él haría su mejor esfuerzo para lograr sus metas, quizás sólo por las sensaciones que provocaba en su cuerpo, su figura que se asemejaba a una fina muñequita de porcelana, delicadamente tallada, el rostro cuyas facciones parecían ser de una hermosa actriz de los años cincuenta, pero denotando en ella la virginidad e inocencia de esos días. Su cabello lacio y de color castaño muy claro bailaba una danza en sus sueños que le daban un aire de inalcanzable realeza, pero todo quedaba en segundo plano ante la mirada amorosa que le recordaba como una promesa de amor eterno detrás de sus ojos cafés.

Estaba él construyendo su mundo alrededor de un amor perdido, haciendo sus castillos, pero todos tenían sus bases en el aire. Sin embargo, en ese momento él no lo sabía, aunque de a ratos las premoniciones del final habían llegado a sus pensamientos. Con la alegría que le recorría el cuerpo por la cercanía lograda con su amada y sintiéndose dueño de los sentimientos de la muchacha, se levantó y caminó plácidamente hasta el resto del grupo que ya se aprestaba a comer.

Mientras se acercaba escuchó el murmullo de las bendiciones que estaba impartiendo el hermano director a todos los presentes en la mesa y sus alimentos, a quienes los habían preparado y, especialmente, a todos los que habían participado en la jornada que acababa de terminar, y que difícilmente olvidarían quienes participaron en ella, pues ésta formaría parte de sus vidas, al haber modificado la manera de ver al prójimo a partir de ese día.

Seguidamente se escuchó de boca de todos la oración que Jesús nos enseñó, la cual salía de cada boca sentada en la mesa, como un mensaje de transformación humana, que de seguro había operado en cada uno de los presentes en aquella cena, arropada con las estrellas y los ruidos emitidos por los animales del monte.

Luego de la cena, todos estaban tan cansados que no tuvieron interés en acompañar al cura Vicente que, guitarra en mano, se había colocado al pie de la fogata. Su cara se iluminaba con la luz que emanaba de las lenguas de fuego expedidas por la llamarada inquieta que recién había encendido, y desde la ventana de la habitación él observaba cómo sus facciones denotaban a alguien inspirado, con un profundo sentimiento dentro de sí. Empezó a entonar algunas canciones de Franco De Vita y Yordano que hablaban de amor, muy pegadas por ese entonces y éstas empezaron a arrullar la noche, apagando un poco el cantar de los sapos, mientras trataba de gobernar el sueño para poder escuchar por más tiempo las melodías. Sus fuerzas le abandonaron y se dejó vencer entregado al murmullo que cada vez se hacía más lejano en su mente.

El sol salió por el sur como una nueva esperanza para el hombre. Eliézer se estiró pesadamente y, al volver en sí del estirón, notó que ya los demás se habían levantado y escuchó en el frente de la improvisada habitación cómo se reunían todos y se preparaban para partir de nuevo a Machiques. Pero antes iban a compartir la eucaristía y un desayuno con el grupo de curas y frailes que en un abrazo de hermandad y amistad hacían de éste un lugar más humano donde vivir. Eliézer caminó luego en dirección al río con la intención de asearse y darse un último baño en sus aguas cristalinas por demás, y que estaba seguro le sacarían la pereza que no abandonaba su humanidad, puesto que hasta ese momento no había podido vencerla.

Caminando en dirección al río sentía al sol posado tras de sí empezando a calentarle la espalda, y apresuró su paso para llegar rápido a los brazos de aquel manantial de aguas cristalinas que lo esperaba con los brazos abiertos. A medida que se acercaba al río escuchaba el murmullo del mismo que le invitaba a sumergirse en sus aguas. Cuando lo pudo divisar, le pareció espléndido el paisaje de aguas rodeado de frondosos cedros que le daban al pozo del río una vista verdaderamente hermosa, y decidió, luego de quitarse sus ropas y quedarse desnudo, lanzarse al agua abandonándose de todo pensamiento. Estaba dentro de las aguas, gozando de la frescura de las mismas, sin pensar en nada ni en nadie, maravillado con la naturaleza, con la creación divina de Dios.

Meditaba, además, de todo corazón, que todo estaría bien. Aquel paisaje sólo le hacía sentir en lo realmente cerca que se sentía de Nuestro Creador, cuando de repente presintió que estaba siendo observado, y sintió un escalofrío recorriendo su cuerpo en ese instante. Cuidadosamente, volteó al lado opuesto al camino del lado del río y no divisó nada. Acto seguido se hundió para salir nuevamente, y recorrió con su mirada, mientras se quitaba el agua de la cara, en dirección por donde él había llegado. Buscó entre la maleza y divisó la figura de la persona que estaba husmeando. En un primer momento no supo qué hacer, pero luego, pensando que podría ser uno de sus compañeros empezó a preguntarle al misterioso observador:

—¿Qué haces allí?... ¿Qué quieres?

Y sin apartar la vista del sitio donde él sabía que estaba el furtivo mirón, se armó de valor, puesto que el silencio reinante lo había puesto un poco nervioso. Entonces, decidido y con una resolución que vencería sus temores, empezó a caminar en dirección al lugar donde sabía que se encontraba la persona que lo había estado espiando. Caminó a través de las aguas sin apartar la mirada del lugar donde estaba el espectador oculto, al que, a medida que Eliézer se acercaba, le descubrió que sus ojos estaban tan grandes que parecían salirse de sus órbitas.

Decidido a dar con la identidad del intruso, su corazón latía aceleradamente mientras se aproximaba a la orilla del río. Entonces tendría a mano a quien husmeaba entre la maleza. Eliézer caminaba con paso tan decidido hacia aquel escondite, sin apartar su mirada de los ojos asustadizos que parecían petrificados en la maleza, que tropezó con una de las piedras dentro del río, y su cuerpo entero, momentáneamente, se perdió en las cristalinas aguas de aquel pedazo de vida del planeta. Cuando se levantó y pudo quitarse el agua de su rostro para mirar en dirección hacia donde estaba el intrigante personaje, éste ya se había marchado, pero él todavía alcanzaba a escuchar el ruido que hacían sus pasos en la maleza mientras huía ese ser que había enturbiado el momento de soledad y compenetración entre Eliézer y su Creador.

Se moría de indignación y de intriga por saber que ya no podría alcanzar los pasos que se alejaban, y justo en ese momento se percato de su desnudez y una sonrisa se escapo de sus labios, mientras miraba su pene. La única oportunidad de descubrirlo la había perdido al caerse, pues le dio al fisgón la oportunidad de oro que necesitaba para poderse fugar, pero pensaba por lo menos se llevo un buen susto. Eliezer se reía al pensar en lo sucedido, y pensar en sus bolas al aire, mientras se acercaba al intruso, y la impresión que en este causo.

Cuando Eliézer llegó nuevamente a la cima donde estaba la Misión del Tokuko, en vano buscó con su mirada algo que le permitiera identificar a su observador, pero fue inútil su esfuerzo: todos estaban en la eucaristía que ya había empezado, y él se dirigió a la habitación a cambiarse. En ese momento fue cuando notó un ardor en su antebrazo: se había raspado con su caída, y hasta ese momento no se había dado cuenta de eso. Se sacudió los excesos de tierra en los pies y sintió que el baño lo había "perdido", pues estaba sudando otra vez por la manera rápida en la que había subido la empinada loma. Se cambió las ropas, y se dirigió a la imponente catedral que se erigía orgullosa en las montañas que la protegían, y estaban a su alrededor y la convertían en un verdadero fuerte inexpugnable. La catedral parecía enterar a todos de la labor de la Iglesia en aquella civilización.

Cuando llegó a la puerta de entrada de la construcción, estaban santificando el pan. Luego de esto los alumnos y curas empezaron a hacer la cola para participar en la comunión con Dios Nuestro Señor, mientras se dejaba escuchar el coro que cantaba la canción "Juntos como hermanos miembros de una Iglesia, vamos caminando, al encuentro del Señor". A pesar de lo especial del momento, Eliézer no podía dejar de buscar con su mirada a alguien que lo estuviera observando y de esta manera se delatara, pero no pudo descubrir nada: todos los curas estaban allí, y también sus compañeros. Sin embargo, íntimamente en ese momento tenía la convicción de que estaba siendo observado, y se propuso buscar un indicio, por pequeño que fuese, durante lo poco que le restaba a la ceremonia.

Ya el cura pronunciaba sus últimas oraciones de la comunión y daba a todos las bendiciones para que siguieran su camino. La gente, confundida en un solo ademán de hermandad, salió de la iglesia. Allí había yukpas, barís y waitias (es decir, los que no pertenecen a ninguna etnia indígena): curas, hermanos y otros, que se reunieron en el frente de la catedral a intercambiar impresiones de la experiencia vivida. Confundidos en un abrazo todos comentaban acerca de la jornada que terminaba y hacían votos porque se repitieran otras de igual naturaleza. Eliézer compartía la emoción de los demás, pero estaba expectante y seguía buscando un indicio, algo que lo acercase a la furtiva persona que había estado observándolo, pero no obtuvo respuesta alguna de sus sentidos.

En ese momento Eliézer desvió su atención hacia el camino que conducía al río, y observó a los novios, al igual que en la noche en que llegaron a la Misión, se dirigían al río nuevamente. Imaginó acertadamente que lo volverían a hacer, pero esto no formaba parte de su interés, y volvió a escudriñar entre las personas. Mientras estaba en eso, vio cómo un abrazo de regocijo que le dio una mujer yukpa al padre Vicente le había hecho a éste retorcer de dolor, dibujándosele en la cara una mueca de rabia e impotencia ante aquella inesperada muestra de cariño. La mujer, estupefacta, no entendió el gesto de dolor y rabia, ni Eliézer tampoco. Pero nuestro amigo vio cómo en las facciones del cura se evidenciaba que había perdido la calma, lo que provocó que la mujer, aún sorprendida y con un poco de miedo, saliera de su entorno.

Meditando sobre el hecho mientras miraba la tierra, Eliézer levantó su cabeza al sentir que era observado. Y no se equivocaba, el cura Vicente había posado su mirada certera hacia la única persona que sabía se había dado cuenta de lo acontecido. Sus miradas se cruzaron escudriñantes en unos instantes que a nuestro amigo le parecieron eternos. Sin embargo, se llenó de valor y se acercó con paso lento, pero resuelto, al singular personaje. Primero lo miró a la cara, pero al bajar la vista, pudo ver sus zapatos llenos de tierra, por lo cual comprendió que había sido él quien lo había estado espiando en el río. Ninguno de los dos hizo comentario alguno, pero en la mirada antagónica que mostraron ambos, había una especie de reto silencioso y la promesa de que ninguno de los dos cedería en ese desafío.

El muchacho no apartó la mirada del rostro de aquel hombre iracundo, pero ya sin nada que decir que el silencio no gritara, decidió alejarse sin voltear a mirar a su ahora enemigo declarado, aun cuando a ciencia cierta no sabía aún por qué. Pero en sus cavilaciones y posteriores deducciones imaginó que el cura estaba involucrado en los quejidos y golpes escuchados en el interior de las habitaciones de los siervos de Dios. Aun así, él no se explicaba las razones que tendría para seguirlo, si estaba seguro de que nadie lo había visto, y era difícil que alguno de los implicados diera con su identidad en esa mañana tortuosa para nuestro amigo.

Dentro de Eliézer quedó colgado un pensamiento, y era que el círculo se estaba cerrando.

El viaje de regreso fue muy animado, con cánticos y alborotos. Todos, sin lugar a dudas, se sentían mejores personas y, por lo menos en esas horas postreras a aquella acción de auxilio para ayudar al prójimo, se mostraban dispuestos a mejorar el mundo que les rodeaba, a ser mejores, a convertirse en un punto de unión en sus familias y una nota diferente entre las gentes que los rodeaban.

Era increíble notar el deleite que expresan las almas al hacer algo por otros. Eliézer recordó entonces la dedicación de los muchachos ayudando a los profesionales a realizar su trabajo, a mejorar la calidad de vida de las personas de quienes nadie se había ocupado en mucho tiempo, y recordaba con regocijo, la sonrisa de satisfacción reflejada en sus almas llenas de gozo por la presencia de Nuestro Señor Jesucristo en sus pensamientos.

En los momentos que siguieron, Eliézer notó que Jesús ya no era un ser etéreo, y se hizo presente. Parecía escucharse su palabra y ésta inundó el microbús, llenándolo de buenos sentimientos, de amor al prójimo y, aunque no lo podían ver, podían sentirlo en las cálidas sonrisas de despedida que recibieron al marcharse, y cuando la brisa le golpeaba la cara a los discípulos de Dios, sentían las caricias de las manos de Nuestro Señor en ellas. Definitivamente, se sentían mejores personas ahora, y lo eran. Ninguno de los presentes olvidaría jamás los momentos en que sus vidas se sintieron útiles para otros.

A pesar de que esa sensación parecía ser colectiva, Eliézer y el cura iban silenciosos, meditando cada uno en los pasos que debían dar, pero ninguno de los dos sabía con certeza de qué estaba enterado el otro. Nuestro amigo, particularmente, mirando la espalda y cabeza de aquel cura que iba en los puestos de adelante en el vehículo, pensaba que quizás las muestras de dolor que sintió el cura ante el abrazo de la mujer yukpa, podrían deberse a un golpe fortuito recibido, y no tenían que ser necesariamente, motivadas por golpes recibidos. Además, le surgían nuevas interrogantes... *¿por quién?... ¿por qué?* Y si no era así, entonces, *¿cuál era el motivo por el cual lo había seguido este cura?* Todo estaba aún muy confuso, pero interiormente sabía que la madeja de enredos podría empezar a esclarecerse.

Lo que no sabía era el tiempo en que tardaría en hacerlo.

Cuando llegaron a Machiques, el microbús se detuvo frente al colegio, y todos bajaron presurosos, pero el cura, a pesar de estar en los primeros puestos, permaneció inmóvil, permitiendo que todos bajaran antes que él. Eliézer se levantó decidido a descender de la unidad de transporte, pero cuando estaba cerca de pasar por donde estaba el religioso, éste se levantó con un movimiento rápido y decidido que hizo temblar las piernas del delgado muchacho. Entonces, el cura se volteó, lo miró fijamente al rostro y, tras llevarse el dedo índice a sus labios pidiéndole que guardara silencio, le guiñó el ojo sarcásticamente.

El cura había logrado lo que buscaba: amedrentarlo, atemorizarlo. Pero con la respiración entrecortada y el pulso acelerado, nuestro valiente amigo hacía esfuerzos sobrehumanos por no demostrar sus inseguridades. Sin embargo, el malvado hombre notó en la cara de Eliézer que el miedo le había invadido. Apoyado en su corpulencia y fortaleza física, su estrategia había dado resultado, y el atemorizado muchacho bajaba ahora casi temblando del interior del vehículo, y tras buscar su maleta y sin despedirse de nadie, partió rumbo a su casa. Esta actitud extrañó a algunos de sus compañeros que, sin embargo, lo saludaron cuando se alejaba, especialmente la muchacha que había hecho el amor con su novio en el río.

Capítulo VI. Ella y la primera vez

La providencia le juega una mala pasada.

Cuando llegó a su casa, su madre lo estaba esperando. Le preguntó cómo le había ido, y él le respondió que bien, mientras le daba detalles de la experiencia vivida, además de lo que perseguían los curas con la excursión. Era la primera vez que en mucho tiempo tenía una verdadera plática con su mamá. Ya para ese momento, su hermanita, que lo había extrañado mucho, se sentaba en su regazo para comer juntos.

Cuando terminó su almuerzo se fue al patio de su casa a descansar y charlar con sus hermanos de todo cuanto había acontecido en el viaje. Después, ellos comenzaron a hablarle de las cosas que escaseaban en la casa, de lo que ya no tenían para disfrutar y él sintió entonces que su alma se encogía... *¿Qué podía hacer para lograr que su familia saliera adelante?*

Sus hermanos notaron que él no tenía respuestas para todo, a fin de cuentas ellos debían contar con su ausente padre cuando llegase a la casa. El tiempo les mostraría su respuesta, pero el precio que debían pagar sería demasiado alto. Pero, ¿cómo podría saberlo si apenas tenía dieciséis años de edad?... Mientras conversaba con sus hermanos descubrió a Marina montada en un árbol de mamones del patio contiguo, que le hacía señas para que se vieran esa noche. Él tenía pensado ir donde Susana, pero no se atrevió a decirle que no a la muchacha que se le insinuaba.

La noche llegó con una brisa suave que le acariciaba el rostro mientras caminaba a casa de aquel amor que le mantenía con esperanzas, que lo impulsaba a ofrecerle lo mejor de sí al mundo, y que lo mantenía dispuesto a luchar por ganar la batalla de la vida. Cuando llegó al frente de la casa, ella parecía que lo estaba esperando, y al verlo aparecer, su rostro se iluminó con una luz que denotaba alegría, gozo y una satisfacción inusitada por el muchacho que la hacía sentir tan querida como deseada.

Él, en tanto, no dejaba de mirar la falda fucsia que dejaba ver sus piernas blancas, las cuales exaltaban sus hormonas con sólo mirarlas. Pero el europeo iracundo estaba en el frente con ella, y también notó lo que significaban las expresiones corporales incontroladas de esos muchachos. Sin embargo, para asombro de nuestro amigo, el grandullón lo saludó y lo invitó a pasar. Tras escuchar su vozarrón, ambos jóvenes controlaron sus impulsos y sólo se atrevieron a darse un tembloroso beso en la mejilla.

El padre, detrás de una máscara de aspecto severo, escondía un buen hombre, que no menospreciaba ni subestimaba a su prójimo, probablemente por haber vivido los horrores de la segunda guerra mundial, según sus propios relatos en días en que, despreocupado, hablaba con sus hijos y los amigos de éstos que los acompañaban en las reuniones.

El hombre entendió que debía retirarse de la cita de enamorados, y así lo hizo. Tras escuchar la puerta del cuarto cerrarse, los muchachos se dirigieron al callejón del garaje, y allí, sin emitir palabras, dieron rienda suelta a las caricias que, como mariposas en vuelo, caían sobre sus cuerpos sedientos de ellas. Los labios virginales de ella soltaban un néctar de miel que jamás hasta ese momento había sentido Eliézer, quien mientras la besaba, recorría con sus manos los voluptuosos senos blancos que se asomaban de los sostenes. Llegado a ese punto, ella ya no podía detenerse, y mucho menos detenerlo a él, en el arranque de lujuria que brotaba de sus hormonas en la recién descubierta pubertad…

Eliézer, entonces, la tomó de la mano y la llevó al lavadero en el patio de la casa, y aunque ella gemía diciéndole que se detuviera, él sabía, por instinto, que no debía hacerlo. Sus besos estaban llenando todo su cuello con ganas tremendas de penetrarla, y él, en un movimiento rápido, pero torpe, empezó a meter sus manos por debajo de su falda. Sus manos empezaron a recorrer todo el territorio inexplorado, tocando sus piernas y su vagina mientras la besaba desesperadamente. Al llegar a ese punto, la muchacha sólo deseaba ser penetrada por el ser que tanto la deseaba, y empezó a buscar con sus manos el pene de Eliézer que, con una erección inusitada, le mostraba cuánto la necesitaba. Las manos de él tomaron la ropa interior delicada y casi infantil de algodón, blanca y con dibujos que parecían recordar la etapa de la infancia recién pasada, y se la bajó.

Sin dejar de besarla, la recostó contra la pared de aquel lavadero y sacando su pene, comenzó de inexperta manera a tratar de marcar la vida de ella, dándole el cariño más puro y limpio del que era capaz mediante los suaves besos que no dejaba de darle, mezclados con la lujuria incontrolable que lo hacía sentir hombre. El cuerpo de mujer y sus blancas colinas, con sus muslos torneados del mismo color, nublaban el entendimiento del joven. Ella en esos instantes, con su actitud de entrega, se parecía a la tierra que en su fina delicadeza no se guarda nada, todo lo entrega para que el hombre haga bien con lo que le quita, aunque a veces irremediablemente éste le haga daño. Mas eso no le importa a la tierra y, al parecer, tampoco a ella le importaba, pues en sus ojos ausentes se podía mirar, sin cristales, el vuelo blanco de su alma noble al mar del placer que la abrazaba por completo.

Todo aquel espectáculo estaba cerrado por el timbre de su voz lenta y triste de la niña que se hacía mujer, viendo partir su virginidad en un caballo blanco con alas que ponía el mundo a sus pies cada vez que las manos de aquel muchacho tocaban su delicado pubis. En ese momento, cuando su pene había empezado a tocar las puertas del cielo, y ella había empezado a dejar escapar un quejido de dolor y placer, una lágrima recorrió su mejilla de terciopelo, venciendo sus miedos y reconfortándole el alma por la pérdida vivida, pero internamente valorando lo que había ganado.

Esos momentos de placer y dolor experimentados vivirían por siempre en los recuerdos de esa muchacha, aunque lejos de la vida de Eliézer, ya que por más que ambos quisieran unirse después de lo ocurrido, el destino ya había jugado sus cartas, separándolos, y sólo quedarían tras ellos los recuerdos de la tarde perdida en pañuelos blancos que, moviéndose en la distancia, marcaban el adiós de un amor que en él perduraría por siempre, y en ella quedaría grabado en sus recuerdos, dibujándole una sonrisa que le alegraba el alma.

Cuando Eliézer se disponía a amarla por segunda vez, se escuchó el sonido del portón del garaje al abrirse y un ruido de motor al acelerar para entrar al estacionamiento que a él en ese momento le pareció infernal. Provenía del Chevrolet Malibu de color azul de la mamá de Susana que estaba por entrar a la casa. La muchacha, de un empujón lo separó de su cuerpo, como si el ruido de ese "pequeño dinosaurio azul" la hubiese devuelto de golpe a la realidad y permitido retomar el control y todos los valores que sus padres le habían enseñado…

Entonces, Susana se subió las pantaletas de algodón que, manchadas por el río de su vida, nuestro amigo no olvidaría, mientras él, tras subirse sus Levi's, se echaba agua en la cara en la batea del lavadero, y con una toalla que estaba en la cesta de la ropa sucia se secaba la cara. Acto seguido se sentaron en la mesa de la cocina simulando una animada, pero inocente plática, mientras trataban de que su respiración se normalizara. Con un gesto, él le pidió un poco de agua y ella se levantó a servírsela, al tiempo de que trataba de ordenar sus cabellos que, sudados, se tornaron un poco rebeldes. Para colaborar menos con nuestro amigo y su amada, todo esto ocurría en instantes, mientras un murmullo emitido por personas conversando invadía la pequeña, pero confortable casa, hasta que llegaron a la cocina su mamá, que era maestra de escuela, acompañada por unas compañeras de trabajo, con quienes debía planificar el comienzo del nuevo año escolar.

Cuando la señora Marcela entró en la cocina no percibió nada anormal en el ambiente que en realidad escondía una tensión que, aunque en descenso, aún mostraba rastros en los semblantes de los jóvenes. El pene de Eliézer, terco, aún se mantenía erguido, y aunque había empezado a ceder un poco no era sensato levantarse de la mesa aún, puesto que nuestro amigo no quería ser descubierto por su inocente suegra. Sin embargo, tras el intercambio de saludos, la señora le pidió a los muchachos que fueran a conversar al frente de la casa porque ellas necesitaban trabajar en la mesa. Él, tratando de ser natural al incorporarse, rodó un poco la silla y se levantó lo más despreocupadamente que pudo. La mamá de Susana no notó nada fuera de lo normal en el muchacho, pero una de las maestras que la acompañaban, sí notó la protuberancia en su pantalón, y con una sonrisa de picardía no dejaba de buscar los ojos de nuestro amigo que, notando que había sido descubierto, evitó tropezar su mirada inquisidora. Mas la insistencia de la experimentada mujer los encontró, y entonces su sonrisa se hizo más manifiesta, aunque no entendió por qué percibió un gesto de complicidad que, de momento agradeció, pero a la postre descubriría que dicho gesto había sido falso.

Tras dejar el lugar a las recién llegadas, se dirigieron al frente de la casa, y se sentaron en el porche de la misma. Nuestro amigo percibió que ella sentía un poco de vergüenza, y casi no se atrevía a mirarle a la cara. Él la tomó suavemente de sus manos, y la apretó fuertemente contra su pecho, al tiempo en que le decía que no debía avergonzarse, que podía contar con él. Y no se lo decía para hacerla sentir bien, sino que, efectivamente, así era: en toda situación, en todo momento difícil, ella tendría que saber que él siempre estaría allí, para ella, para su vida.

Le dijo también que la amaba, que podría bajar las estrellas por una caricia que le regalara su mirada que tanto lo hacía estremecer. Todo lo decía mientras miraba sus pechos sobresalir de los sostenes que, a duras penas, podían sujetar.

Y mientras le hablaba así, tomó su rostro y levantó la mirada que desde hacía rato la muchacha tenía clavada en el suelo. Ella entendió en ese momento la profundidad de la ternura del muchacho que, definitivamente, la amaba. Sus labios estaban pidiendo a gritos un beso, furtivo, pero un beso. Él, mirando a su alrededor, la besó con una dulzura que sólo podía sentir alguien que navegara en esas aguas de la ilusión, vividas en tiempos donde no hay maldad, donde todo lo que se dice es cierto y donde el deseo, por inmenso que sea, pasa a un segundo plano.

En esos momentos salió su mamá y, con aire distraído, le pidió a su hija que pasara al interior de la casa, pues debía conversar con ella. Él se despidió con premura ante la rabia que pudo notar en los gestos de la mamá de su amada.

Mientras se alejaba, pudo divisar en el rostro de la muchacha las dudas selladas en su frente, como si estuviesen grabadas a fuego, intuyendo que no todo estaría bien luego de ese día. Él intuyó que la colega de su pretendida suegra seguramente le había comentado a la señora Marcela lo que percibieron sus ojos al levantarse Eliézer en la cocina.

Sentado en el patio de la casa, viendo como llegaba la noche, observaba a sus hermanos jugar en ese sitio, mudo testigo de tantas peleas y juegos. Su hermanita, en tanto, lo llamaba a ver televisión, y sus deseos eran casi siempre también los de él.

A pesar de su corta edad, Eliézer siempre tenía algo que lo perturbaba: la inseguridad que generaba una mala situación económica en su casa, una madre poco tolerante y un padre que estaba lejos de admirar. Pero ante todas estas cosas, había algo que le calmaba la ansiedad, era un pedacito de paz en esos años de inestable existencia, y era el hecho de acostarse en el piso a ver la televisión, con su hermanita apoyando su cabeza en su brazo, mientras miraban alguna comiquita y ella se dormía, o ambos lo hacían. Esos momentos eran de escape para una vida llena, por entonces, de incontables infortunios, que justamente no eran regalados, sino ganados a pulso por sus padres.

En la noche temprana, y cuando su hermanita ya dormía plácidamente, la cargó y la metió en su cuna. Después salió al patio a meditar en lo ocurrido en la tarde, y pensaba, pues, en los momentos vividos junto a su amada. Recordaba el olor de su piel, su respiración entrecortada, sus abrazos y sudores llenando su ser. Pensaba cómo le habían dado alas a todas sus caricias guardadas con celo para el ser amado.

Todo había transcurrido cobijados por un calor asfixiante que los dejaba sin aliento, en aquel lavadero que a él le pareció una habitación del Hilton. Por primera vez él se lamentó de verdad de algo que no había sucedido, y era el no haber podido volver a amarla, y su cuerpo joven, al recordar lo acontecido, se levantaba de su letargo y sus hormonas volaban nuevamente trayéndola a sus brazos.

Aún se lamentaba de lo sucedido, cuando un ruido que venía del patio de la casa de al lado y se sobreponía a los sonidos de la televisión encendida, lo sacó de sus cavilaciones. Buscó por encima del bahareque, y divisó el rostro alegre y pícaro de Marina que, con una toalla puesta en la cabeza, le hacía señas para que se acercara a su atalaya. Él, en ese momento, pensó en librar su cuerpo de la energía que aún tenía acumulada y que no había podido ser saciada debido a la llegada de la mamá de

Susana, y de un salto se acercó a ella, que le dijo que saltara a su casa dentro de una hora cuando fuera a bañarse, puesto que sus padres y hermanos ya estarían acostados para esa hora.

Antes que pensar en que estaría actuando deshonestamente con su amor verdadero, consigo mismo y también con aquella muchacha que estaba siendo utilizada sólo para saciar su lujuria, Eliézer creyó que que quizás la providencia quería compensarle un poco la frustración vivida hacía unas horas. No sabía que antes por el contrario, esa providencia, como necia acompañante de nuestros actos, estaba preparándole una terrible emboscada a su vida.

Eran las ocho y media de la noche cuando Eliézer decidió quedarse en el patio pensando en las últimas experiencias vividas.

Mientras esperaba que llegara la hora convenida, la ansiedad volvía a visitarlo, al cavilar en los hechos sin resolver que aún mantenía entre sus manos, y, lo peor de todo, era que no podía dejarlos caer. Parecía que él mismo tenía una actitud masoquista al permitir que momentos tan bellos fuesen invadidos por los recuerdos amargos de los acontecimientos cuyo desenlace aún no ocurría.

Indagaba en ese momento en la mirada desafiante del cura que lo había amedrentado. Sin hacer nada al respecto, el destino parecía empujarlo a las respuestas de los hechos que le robaban la paz. Esos escasos días en la convivencia le habían traído preguntas y respuestas, pero sí era honesto consigo mismo, sentía miedo. Su voluntad se enervaba cada vez que el destino lo adentraba aún más en las profundidades de aquellos hechos sin resolver. Sentía temor de tantas cosas a la vez, que casi estaba inmovilizado por sus miedos, y no veía la manera de enfrentar las situaciones que, por ilógico que pareciera, daba la impresión de que las mismas por sí mismas se le acercaban, mientras él intentaba en vano alejarse de ellas...

Su desbocada imaginación, como huyendo nuevamente de lo que lo atormentaba, se dirigió a su novia, a lo sucedido en la tarde… Recordaba, sin poder evitarlo, su mirada profunda, sin calma, pero sin maldad, su cabello que danzante se mecía con la brisa de una tarde cualquiera. Intuyó que la paz había huido del corazón galopante de esa muchacha que era su verdadero cariño, su verdadero afecto, su verdadero amor. Pero la realidad que en ese momento inundaba su existencia ponía a otra mujer en su camino que, aun cuando le agradecía a la vida la manera que tenía de compensarlo, eso no le impedía sentirse frustrado.

La brisa tenue y fría que al compás de las estrellas de esa noche abrazaba su cuerpo mientras meditaba, traía consigo la promesa de una pasión desbordante al lado de su desinhibida vecina, cuyo pudor, empezó a pensar, equivocadamente, bastaba un real para comprarlo y podrían darle vuelto. Esto lo imaginó, tal vez, por el comportamiento arrojado de aquella samaritana del amor, que estaba dispuesta a hacer todo por regalarle una noche a su lado, y que ella agradecía profundamente en los momentos que él estaba dispuesto a regalarle, aunque fuesen sobras, algo que seguramente ella no tenía conciencia de que fuera así.

De algún modo, él estaba satisfecho con la situación, pues Marina no le exigía nada a cambio. Quizás se contentaba con una sonrisa, un gesto o un "te quiero" que jamás había salido de su boca, pero ella ya empezaba a desearlo. El tiempo, sabio como siempre, le enseñaría en su momento una lección que no olvidaría y lo traería nuevamente al momento en que sin consideración alguna la había juzgado erradamente.

Mientras sus pensamientos recorrían cada momento vivido en los últimos días, él perdió noción del tiempo, y sólo cayó en cuenta de que el momento del encuentro había llegado, cuando vio asomada a la muchacha que, desde el bahareque descuidado, le hacía señas para que saltara inmediatamente.

A pesar de lo perfecta de la oscuridad, por momentos la misma era iluminada por una estrella de la terca noche. Él estaba listo para tomar para sí aquel cuerpo que sentía le pertenecía, pero al que no lo unía más que el deseo.

La lúgubre tonada de la oscuridad traía consigo presagios imposibles de prever para el imberbe muchacho.

Capítulo VII. La violencia desenfrenada

El amante furtivo es descubierto y sometido al escarnio público. Un error que le cuesta muy caro al adolescente, pues sufre una golpiza de parte de los vecinos y de su madre.

Sus besos se entrelazaban sin poder soltarse, como un enjambre de mariposas que encuentran en su volar rítmico y desordenado de flores silvestres, donde es menester detener su andar. Él recorría sus senos iluminados por las estrellas, semejando los pináculos del *septemtriorum* que rodeaban al imperio romano. Las mieles de sus labios despedían un dulce néctar al juntarse, y éste parecía que los harían estallar de pasión, y los gemidos parsimoniosos de la moza, plegaban su vida y lo hacían sentir como el más viril de los hombres. Ella, como si fuese parte de una escena aprendida, soltó su toalla y dejó a la libre elección del muchacho los sitios que él quisiese recorrer con sus manos, que ya a esta altura no eran tan torpes, y se paseaban con más habilidad el contorno de la Venus contemporánea que, por suerte extraordinaria, lo había elegido para calmar esa pasión que tampoco ella sabía controlar.

Abandonada a una experiencia sumamente placentera que le embargaba mientras era penetrada por un mar de pasiones y emociones desenfrenadas, en esa noche que hacía fulgurar más de la cuenta las estrellas de su vida, ella no percibió que una luz se había encendido en la cocina. Sin embargo, nuestro amigo, a pesar del torbellino de pasión que vivía, seguía vigilante de todo cuanto lo rodeaba, y por eso pudo percibir el cambio en la iluminación...

Sus instintos lo pusieron alerta y, de un salto, se separó de la muchacha sin haber terminado de calmar sus ansias... *¡Dos veces en el mismo día!* Eliézer no lo podía creer... *¡Cómo era posible que esto le estuviese pasando a él!*... Marina, por su parte, con el tono pálido que había tomado su rostro, parecía iluminar el baño insalubre e inseguro, y él intuyó que debía salir de allí rápidamente... mas el destino había planificado otra cosa...

Así es, al parecer la providencia, frotándose las manos y riéndose de todos, había decidido que esta vez las cosas no serían tan fáciles para nuestro furtivo muchacho. Por lo pronto, Eliézer salió lo más sigilosamente que pudo del baño, para arrinconarse a un lugar que creyó más seguro, ubicado entre la pared y una esquina oscura de la construcción ordinaria y tosca, pero que, al parecer, ofrecía un escondite perfecto para cualquiera que estuviese sin camisa, puesto que la luz no entraba en aquella cueva. De un salto y con rapidez intentó llegar al rincón salvador, mientras escuchaba los pasos de una persona que se acercaba al baño, pero con la mala suerte de que no alcanzó a divisar unas ollas colocadas allí para que se secaran en el día y no habían sido recogidas, y al caer encima de ellas, Eliézer ocasionó un estrépito que se escuchó en toda la cuadra. Sin embargo, este hecho no cambió sus planes y se escondió en el rincón elegido previamente.

Mientras el aterrorizado Eliézer trataba de recuperar el aliento, el padre de la muchacha llamaba a gritos a los demás miembros de la familia y se acercaba a la hija que se estaba bañando y ahora salía del mismo con muestras de miedo en su rostro. Pronto se unieron a ellos, los hermanos, que le preguntaban, algo asustados, si había visto o escuchado a alguien, a lo cual Marina respondía que no, que ella se duchaba cuando oyó el ruido de las ollas, como si las hubiese pisado alguna persona… Ahora la que llegaba al inesperado sitio de reunión, era la esposa del hombre, que le había traído la linterna. Entonces el papá de Marina, con una mezcla de temor y enojo, empezó a buscar al intruso, dirigiendo nerviosamente la luz en todas las direcciones, hasta que el haz luminoso se topó con unas facciones paralizadas por el miedo, como si estuvieran orando. Y no se equivocó el hombre en su percepción, pues ciertamente Eliézer estaba rezando. En ese momento el muchacho se sentía como el ladrón que, antes de entrar a una casa, le rogaba a sus antepasados y a Dios que le dejasen robar. Por irónica que le pareciera, ésta era la situación.

El viejo, mientras tanto, se relamía de placer al verlo allí, descubierto e indefenso, y ya en su mente elucubraba argumentos para desacreditar a sus vecinos. Cuando llegó a su lado, el padre de Marina lo tomó de la mano y le preguntó a los gritos qué hacía en ese rincón y, antes de que Eliézer contestara, todos imaginaron que estaba allí espiando a Marina mientras se bañaba. El hombre estaba casi fuera de sí, y mientras le halaba del pelo y lo agarraba del brazo con violencia, le decía una cantidad increíble de palabras obscenas y amenazaba con golpearlo hasta acabar con su existencia.

Marina llegó a tener tanto miedo de que su papá cometiera una locura, que por un instante pensó en decir la verdad, pero temió por su integridad física y decidió guardar silencio. Él, a pesar de ser un muchacho, sintió que debía actuar como un hombre y por eso ni siquiera se planteó la idea de contar la verdad, pues hubiera sido como cometer una delación. Estaba dispuesto a guardar el secreto de ambos a pesar de la andanada de golpes e insultos que le propinaron tanto el viejo como los hermanos de ella, que estaban dispuestos a castigar sin contemplaciones al que ellos creían lujurioso vecino…

Los años ochenta en el pueblo corrían sin cambios aparentes, y todo lo sexual era un tabú, una pregunta no respondida, una expresión de asombro, un pudor enfermo que la mala intención ayudaba a colocarle tintes de maldad a todo cuanto ocurría en circunstancias como la que vivía nuestro amigo. Por otra parte, estaba convencido de que peor la pasaría Marina si se llegaban a enterar de que todo había ocurrido con su consentimiento.

A pesar de que, por momentos, el miedo le nublaba los pensamientos, intuía que lo peor estaba por venir, y no se equivocaba. En el rostro pálido de la muchacha, él notó las oraciones desprenderse de sus labios, mientras se lo llevaban para sacarlo por el frente de aquella casa hedionda a mugre y a cebollas podridas. Los hermanos de ella no perdían la oportunidad de darle golpes, y con rabia desmedida socavaban la integridad física del endeble muchacho, cuya "deshonrosa actitud" encendería la furia de sus padres por los temas prohibidos en ese pueblo olvidado, pero no muerto...

Recluido en el último cuarto de su casa, donde en medio de un calor asfixiante, casi no podía mantenerse de rodillas, la golpiza propinada por su madre lo dejó mareado y, por segunda vez, supo lo que era esa sensación de ver estrellitas provocadas por golpes de su cabeza contra la pared del cuarto. El castigo corporal había sido brutal, y le costaba coordinar sus movimientos. Sólo lloraba. Sus hermanos tenían prohibido acercársele y, a pesar de la sed que lo asediaba, tenía miedo de levantarse a beber agua por temor a recibir nuevos castigos.

Después de los golpes, ofensas y maltratos generales, jamás las cosas volverían a ser iguales en las relaciones con su madre que, por su escasa educación por cierto, tenía una tendencia anormal a criminalizar las actitudes de sus hijos. El tiempo, en su largo pero inexorable andar, nunca le explicaría al muchacho el por qué había sido tratado de aquella manera tan violenta por su propia madre.

146

La noche transcurrió lentamente. Acostado en su lecho, con sus ojos ya cansados de llorar, su cuerpo estaba adolorido y su mente estaba llena de preguntas, incógnitas angustiosas en cuanto a su vida. Pensó en su padre, y eso lo hizo sentir un poco más confortado, imaginando que, al día siguiente cuando llegara, él lo protegería de los castigos violentos de su madre. Pero desde ese momento empezó, definitivamente, a operar en él un cambio en cuanto a los sentimientos por su madre, en cuanto a su propia autoestima, en cuanto al valor para enfrentar todo lo que lo rodeaba. El miedo hizo casa en su vida y se alojó de manera cómoda. Y lo peor era que parecía ser bienvenido, y lo volvería cobarde casi ante todo. Su alma abandonaba su cuerpo, y su vida perdió valor para él mismo, al no sentirse apreciado o ser maltratado de una manera tan salvaje por quien debería protegerlo. El sueño lo venció a pesar de los temblores que sufría su cuerpo.

La mañana había llegado al compás del trinar de las aves que siempre se acercaban a la ventana de su cuarto para cantarle, mientras bebían de una toma que estaba medio rota y que, por más que se cerrara, siempre dejaba escapar el agua que era aprovechada por los pájaros. A él le resultaba placentero escuchar su canto. Más aún en una mañana como esa cuando sentía que esas melodías podían ayudarlo a enfrentar una situación tan crítica como la que estaba atravesando... *El trinar de aves era como una invitación hecha por Nuestro Señor, de que a pesar de todo lo que pueda ocurrirnos, es importante aprovechar la oportunidad que tenemos los seres humanos de reconciliarnos con el mundo, gracias a Dios.*

Cuando intentó levantarse, todo su cuerpo estaba adolorido, pero lo que quizás le dolía más era el alma, no entendió cómo fue que su madre, por segunda vez, le había dado una paliza tan bestial.

Sus hermanos habían visto y escuchado todo el maltrato. Temerosos de sufrir el castigo de su madre por acercársele, pero impulsados por un aún más fuerte sentimiento de solidaridad fraternal, se arrimaron a él e hicieron gestos como para sobarle las partes golpeadas de su cuerpo, pero él no los dejó. Su hermanita estaba en esos momentos pegado a él, y aunque era muy pequeña, él intuyo que a sus escasos tres años podía saber que había sido golpeado.

Nuestro amigo fue al baño, y regresó al cuarto a encender el televisor y ver su programa preferido, el juego de la semana, que alternaba con tiras cómicas para que su hermanita se distrajera con él mientras miraban la televisión. El hecho de que ella posara su cabeza sobre su brazo, tenía un efecto placentero, y sentía que la calma empezaba a llegar a su ser, aunque a veces fuese su cuerpo el que le recordaba que las cosas no estaban bien. No supo cuándo, pero se quedó dormido. Su cuerpo necesitaba del descanso para recuperarse de los maltratos recibidos.

Su padre llegó como una esperanza hacia el mediodía. Desde la paliza recibida, él no había cruzado palabras con su madre, y cuando abrazó a su progenitor después de saludarlo, a Eliézer le brotaron las lágrimas, lo que el hombre no llegó a percibir, y por eso no le preguntó lo que le sucedía y continuó besando y abrazando a sus otros hijos.

Acto seguido, el muchacho se retiró a su recámara, para esperar allí que su padre, tras enterarse por boca de su madre de los hechos acontecidos la noche anterior, le preguntara lo que había ocurrido... Los minutos pasaban lentos, y la ansiedad hacía presa de la adolorida humanidad del muchacho, pero dentro de todo sentía un poco de calma, pues albergaba la esperanza de que, al contarle a su padre lo acontecido, éste lo apoyaría.

Lejos estaba de imaginar la realidad a la que se enfrentaría, pero que comprendería inmediatamente cuando su padre abrió la puerta de manera violenta y entró a la habitación como un huracán. Con la ira marcada en sus facciones, el hombre comenzó a proferir gritos en contra de Eliézer que, estupefacto, veía como aquella andanada de improperios, insultos hirientes y ademanes violentos se volvían contra su humanidad. Nuestro amigo, en tanto, intentaba explicarle a su padre lo ocurrido, pero éste le ordenaba que se callase, y por la violencia de sus gestos, pronto entendió que debía obedecerle, a pesar de ser la única persona a quien él estaba dispuesto a decirle toda la verdad.

Sin embargo, no fue escuchado y, en cambio, poco faltó para recibir otra paliza, aunque no escapó del todo de los golpes, pues su padre le propinó un manotazo seco en la cara cuando se retiraba furioso del aposento. En ese momento se sintió tan desconcertado como desvalido, quizás débil, pero lo que más sintió, fue temor.

Su padre se retiró dando un portazo que hizo temblar la habitación, y entonces la confusión hizo presa del muchacho, que no tenía más salida que resguardarse en las profundidades de sus miedos, sus decepciones, sus sueños rotos y una autoestima que, a decir verdad, ya no existía. Todos esos sentimientos hacían vida, se alojaban, en su ser, truncándole el camino a su seguridad y a hacerle sentir que jamás podría volver a confiar en sí mismo.

No entendía cómo era posible que ese hombre, su padre, no fuera capaz, no digamos de defenderlo, sino que ni siquiera le hubiese dado la oportunidad de ser escuchado. Por segunda vez sintió que su padre lo había defraudado en lo más íntimo de sus sentimientos. Sentía que su progenitor había elegido el camino fácil: no protegerlo, no escucharlo, dejarle el abuso marcado en el cuerpo y, peor aún, en ningún momento había mostrado la intención de que este desafortunado suceso pudiera dejarle alguna enseñanza para el futuro.

Pasó el resto del día solo, y casi no cruzó palabras con ninguno de los suyos. Como a las cuatro de la tarde decidió salir a tomar un poco de aire fresco lejos del ambiente enrarecido reinante en su casa. Cuando salía, su padre le preguntó a dónde iba y, sin mirarlo al rostro, él le respondió que a la casa de su abuela, a lo que el hombre no formuló objeción alguna. Eliézer prosiguió su camino sin voltear a mirar a los seres que habían volcado todo el odio en su humanidad. No entendía cómo siendo su hijo y aun aceptando que había cometido un error, recibiera ese trato. Recordó, para que su tristeza fuera aún mayor, que no era la primera vez que era atacado con esa violencia.

Caminó rápidamente por los senderos sombreados que llevaban a la casa de su abuela materna, donde esperaba encontrar, y no se equivocó al pensar así, un respiro a su turbulenta existencia. En su trayecto, inevitablemente debía pasar por el terreno donde estaba su apreciado amigo, cuyas hojas al compás de la brisa, parecían hacerle una invitación que él no pudo rechazar, pues se convirtió en una buena señal de bienvenida que el inanimado árbol parecía entender que al joven le hacía falta, sobre todo en esos instantes en los que necesitaba un poco de soledad, tal vez para reencontrarse consigo mismo o para entender su realidad y el por qué de las situaciones vividas que, de alguna manera, lo marcarían para siempre.

Cuando se adentró en el terreno, se dirigió despreocupadamente al árbol, que le mostraba diferentes matices de luces a través de los rayos de sol que se filtraban entre sus hojas, dándole frescor al ambiente que le rodeaba y que de no ser por eso resultaría excesivamente caluroso. Cuando llegó al pie del árbol, notó que había un mal olor persistente, producto de la defecación cercana de borrachos que estaban usando el terreno enmontado para satisfacer sus necesidades. A pesar de ello, decidió subirse a las ramas de aquel amigo que le invitaba a acompañarle en sus penas, pero antes de empezar a subir a sus ramas, revisó cuidadosamente los escondrijos que se formaban en las raíces de su amigo, para ver si la droga aún estaba siendo guardada en los lugares que ofrecían las fuertes raíces del árbol. Aunque no esperaba encontrar nada, lo hizo con minuciosidad. Después del examen, que no arrojó ningún resultado, subió a las cómodas y anchas ramas de ese fiel amigo que no lo abandonaría nunca, o por lo menos eso pensaba él.

El tiempo y el progreso le demostrarían que se equivocaría en esto, pues también su amigo partiría algún día. Sin embargo, ahora, él todavía podía recostarse en sus ramas para meditar. No podía creer lo que le sucedía, sobre todo lo tenía perplejo la actitud de su padre. El hecho de que no lo escuchara, de que no tuviese un momento para él, para dejarle expresar lo que el tenía para contarle, lo tenía sumido en la más profunda intranquilidad.

En esos momentos se olvidó momentáneamente de la golpiza recibida, y su mente se fue al lado de la muchacha que le estremecía. Recordó lo acontecido el día anterior con ella, sintió su respiración nuevamente, sus besos, la calidez de su cuerpo virgen pegado al suyo, confundidos en un abrazo fuerte y lujurioso, con los besos torpes que le quemaban su boca, mientras ella, llena de esa pasión juvenil que se escondía tras aquellas cumbres repetidas, se llenaba de su ternura mientras él la besaba. Los buenos recuerdos llegaron como un bálsamo curativo a sus heridas.

Estos le borraban la sensación de ser las últimas hojas de un árbol en otoño, y lo devolvían a ser un manantial entre rocas, llevando por completo su ser a un mundo que a veces le parecía irreal, inmerecido, sobre todo por la poca información que podía tener, por faltarle con quién conversar las cosas, sobre todo luego de los acontecimientos ocurridos el día anterior. Su mente divagó por los momentos tormentosos vividos la noche precedente, pero no quiso meterse en aquellas cavilaciones que terminarían por dañar el momento de paz y sosiego que estaba logrando en esos instantes.

Decidió bajarse de las ramas del amigo que le había brindando su compañía y le había devuelto la paz que tanto necesitaba su alma juvenil, atormentada por sus vivencias, por sus afectos, por aquel "te quiero" escaso de sus padres, por los maltratos repetidos, con motivos o sin ellos, justos o equivocados, todos tenían el mismo final: una golpiza. No quiso continuar martirizándose con esas preguntas que sólo encontrarían respuestas en los brazos del tiempo.

Empezó, pues, a bajar de la acogedora morada que le ofrecía su amigo, pero casi instintivamente se detuvo, y pensó en revisar ahora las ramas circundantes donde había huecos que podían ser utilizados para guardar drogas o cualquier otra cosa. Sus sentidos estaban alertas, el calor se hacía presente en sus poros, y a pesar de que sentía cómo el castigo había hecho mella en su cuerpo, casi lo ignoró por completo, ensimismado como estaba en su búsqueda. Acto seguido inició un recorrido minucioso con su mirada a las ramas fuertes del árbol, las cuales estaba seguro de que podían ofrecer un escondite ideal para los malhechores, que podrían seguir usando a aquel cedro como guarida para sus fechorías.

Casi había terminado de buscar cuando le llamó la atención un nuevo agujero en una rama y, decidido, comenzó a averiguar si, en efecto, había sido utilizado para guardar algún objeto indeseado. La rama se ubicaba a su lado izquierdo, y el hueco que presentaba el brazo del árbol estaba más arriba que el resto de los anteriormente revisados. A medida que se acercaba notó que el agujero que, en principio, parecía pequeño se iba agrandando tanto en la boca del mismo como en el espacio que podía utilizarse para guardar cualquier cosa, y realmente se mostraba ideal, ya que la boca del mismo quedaba casi escondida y, por lo tanto, protegida de cualquier intruso, excepto de la mirada inquisidora de aquel inquieto ser humano.

A medida que se acercaba, su corazón le avisaba, con sus latidos acelerados, que estaba por descubrir algo que no sabía qué era, pero que también podría significar un nuevo problema. La premonición le entrecortaba la respiración, y con la certeza del sexto sentido terminó por alcanzar el depósito natural que fungía como escondite perfecto. Cuando miró dentro del mismo, lo primero en divisar fue una especie de caja pequeña que le confirmó sus certezas. Al introducir la mano, pudo sacarla con algo de dificultad y, al quitarle el plástico, descubrió que la protegía una bolsa adicional que envolvía lo que estimó que sería como medio kilo de un polvo blanco que, al igual que el resto de los hallazgos anteriores, identificó como droga.

Acto seguido, abrió con rabia el envoltorio y repitió donde estaba la acción que tanto placer le producía: sacó su pene nuevamente y orinó plácidamente hasta llenar la bolsa con el líquido amarillo y fétido que le produjo la sensación única de ser mejor de lo que muchos pudieran considerar. De nuevo colocó la bolsita dentro de la cajita, y la devolvió al escondite, y procedió entonces a bajar lo más velozmente que pudo para perderse de aquel lugar secreto que tantas emociones le había deparado desde que había entablado la amistad con su inanimado compañero, a quien él, instintivamente y casi sin darse cuenta, le había atribuido cualidades humanas y lo había convertido en un gran amigo. El árbol, a cambio, le guardaba un lugar seguro para reconfortarse y parecía retribuirle con gratitud la valoración que el muchacho hacía de su existencia, pues al despedirse de él se produjo como un bamboleo de ramas, como si le estuviera agradeciendo su visita. Pero a decir verdad, el más agradecido era Eliézer.

Cuando salió de los predios del terreno a la calle, su vista buscó nerviosamente a alguien que lo hubiese podido ver salir del mismo, pero no divisó a nadie que pudiera estar observándolo, algo que cambió cuando ya había caminado unos doscientos metros alejándose por la calle, con dirección a la casa de sus abuelos maternos y le pareció que era vigilado.

Por ello, intempestivamente, volteó para ver si descubría a alguien que lo hubiese visto, pero no vio nada de momento. Sin embargo, esa sensación le siguió acompañando e inclusive fue haciéndose más fuerte a medida que se alejaba del terreno.

Mientras caminaba, y era atacado por sus cavilaciones, él se preguntaba, *¿por qué alguien a quien se le hubiese conseguido droga en ese lugar y la hubiese perdido, volvería a colocarla en el mismo lugar? ¿Era posible que esa droga tuviese un tiempo considerable allí, y a ellos mismos se les hubiese olvidado?*

Estos pensamientos los llevaba consigo mientras proseguía su camino.

Cuando entró en la casa de sus abuelos, los encontró sentados conversando con tono de desacuerdo en el comedor, pero al llegar Eliézer a la casa, cambiaron el tema, y se dirigieron a darle la bienvenida al nieto que llegaba a saludarlos. Nuestro amigo sintió el cariño y el abrazo oportuno por su llegada. Su abuela le dio un beso, y su abuelo lo estrechó duro contra su cuerpo, motivo por el cual emitió un quejido, puesto que aquel fortachón, sin querer, había revivido los dolores en su cuerpo. El lamento se hizo evidente para su abuelo, pero éste no compartió la información con su mujer. Después, mientras conversaban amenamente de generalidades que incluían, obviamente, el colegio, ellos preguntaron cómo iba todo. Sin embargo, desde que su abuelo se había dado cuenta de sus dolores, se había quedado pensativo, escuchando la conversación casi sin proferir palabra alguna.

Eliézer, en silencio, estaba orgulloso de sus abuelos. Eran inmigrantes colombianos que habían llegado a Venezuela, por la mala situación de su país y la poca o nula oportunidad que tenían de criar los hijos con decoro y educarlos, una situación que se había vuelto aún más crítica tras el asesinato de Jorge Eliézer Gaitán, cuando Colombia se tornó en una nación muy peligrosa y violenta.

Su abuela era una mujer saludable, de nombre Ana de Jesús, y su abuelo se llamaba Juan de la Cruz. Se habían conocido en una finca donde su abuela era cocinera y su abuelo se desempeñaba como capataz, oficio que él amaba y aún a sus setenta y tantos años ejercía con ahínco y dedicación. Su abuela era una mujer con un carácter férreo, con valores fuertes y arraigados, y era fiel a sus convicciones. Actuaba de acuerdo con lo que pensaba, aunque estuviese equivocada. Era capaz de decir cualquier cosa que sintiera claramente, y a quien las mereciera, orgullosa y altiva, quizás el orgullo que trae el hecho de pagar por completo todos sus compromisos en base a trabajo y al sudor de su frente, porque nada le había sido regalado. Su vida había transcurrido en un relato casi novelesco de trabajos que, forzosamente, una bella mujer sin herencia y embarazada, sin educación, debía realizar para ayudar al hombre a salir adelante con la larga familia que al final procrearon: once hijos.

Los carbones rojos de los grandes fogones de las fincas calentaban su cara y sus manos, con la esperanza guardada en una caja que contenía sueños compartidos de la familia que podrían forjar, y que en efecto formarían. Aquellos fogones le robarían muchos años, pero Dios parecía observar sus esfuerzos, y no podría dejar de lado sus vitales sueños tejidos a manos quemadas por la comida preparada para las masas gigantes de trabajadores que, con sus sudores, fundaron fincas que hoy en día son empresas en floreciente producción.

Mientras ella terminaba de hablar, Eliézer continuaba ensimismado en sus reflexiones que lo hacían sentir orgulloso de su origen, y en secreto admiraba la vida de ellos y la manera cómo habían salido adelante, adquirido su casa y educado a sus hijos. Y eso que no sabía aún que también se sentiría orgulloso de la manera cómo sus abuelos partirían de su lado. Cuando la conversación llegó a su fin, él se levantó y salió al patio donde su abuelo lo esperaba. Instintivamente sabía de lo que él quería hablarle. Cuando se le acercó, su abuelo lo puso de espaldas y le levantó la franela, y al ver los moretones en su cuerpo, luego de una pausa que a nuestro amigo le pareció eterna, le preguntó con aire autoritario, tratando de esconder su estupor y mirándolo a la cara le preguntó qué había pasado.

Un silencio agobiante, pero revelador, se apoderó del aire, y luego de momentos que parecieron petrificarse en el tiempo, Eliézer respondió con unas lágrimas que denotaban vergüenza, y el sabio hombre del campo entendió que no debía seguir insistiendo en ello. En ese momento la tarde sofocaba sus últimas horas y aquel hombre meditabundo levantó la mirada a su nieto y le preguntó si quería irse a su fundo a pasar unos días con él allá. Eliézer asintió de manera casi imperceptible, pero el hombre de pelo totalmente canoso y de contextura fuerte por el trabajo y la propia genética, entendió que quería acompañarlo. Luego de eso, con un ademán supo Eliézer que el quería que se fuera a su casa.

El atormentado muchacho se levantó y se dispuso a marcharse, pero antes le pidió la bendición, y el abuelo, después de dársela, le dijo que se alistase para la mañana siguiente, pues aprovechando que estaba de vacaciones partirían temprano.

Mientras caminaba con rumbo a su casa, pendiente del terreno de su amigo, el árbol, y todo cuanto había acontecido, miraba alrededor de sí mismo y no veía nada anormal, mas estaba seguro de que las personas a quienes les había estado destruyendo la droga querrían matarlo. Un escalofrío recorrió su cuerpo al ahondar en esos pensamientos, pues temía llegar a ser descubierto. En este punto, su alma inquieta lo obligaba a caminar lo más rápido posible, pero a partir de esos pensamientos tenía la sensación de que no avanzaba en su andar.

Cuando dobló la esquina para llegar a su casa, divisó a Marina y a una de sus hermanas sentadas en el frente de su casa. El encuentro era inevitable. La muchacha, con vergüenza, lo miraba de reojo, y él se percató de que al acercarse para pasar por el frente de ellas, su cara se iba tornando roja.

A pesar de no estar sola intentó hablarle, mientras su hermana soltaba una mirada que parecía un látigo cargado de rabia que se descargaba en la humanidad del muchacho, por lo que Eliézer intuyó acertadamente que ella no le había revelado la verdad.

Entró lo más rápidamente que pudo a su casa y al hacerlo se topó nuevamente con una mirada cargada de indiferencia de su madre. Pensó entonces que todo lo que hacía estaba mal, y que su vida no parecía tener razón de ser, aunque su férrea obstinación lo llevara a luchar por el derecho divino a ser feliz, a lograr sus metas, a ser mejor de lo que esperarían cuantos le rodeaban. A pesar de todo, sabía que debía luchar, y él ciertamente daría la batalla, aunque en esos momentos no lo sabía. Recibió un poco de alivio al ver a su padre, pues encontró en él otra actitud, e intuyó que en ese momento estaba dispuesto a escucharlo. Sin embargo, ahora era él quien no estaba dispuesto a hablar. Así que, con un ademán de respeto, se retiró a su cuarto a ver televisión, y su hermanita lo siguió para acostarse en el piso con él y ver sus programas favoritos.

Ya entrada la noche, el cuerpo se le dio por vencido, mientras su mente, arropada con la ansiedad provocada por los últimos acontecimientos, no encontraba nada que pudiese devolverle la paz a su vida. El dolor por el castigo recibido le recordaba la rabia que su sola presencia provocaba en su castigadora madre.

Se sumió en un profundo y a la vez reparador sueño. No tuvo conciencia de sí mismo ni supo cuánto tiempo estuvo en ese estado. Su cuerpo había entrado en un sopor profundo, que lo relajaba, pero él parecía, entre sueños, estar viendo su cuerpo separado de su alma y que podía divisarlo desde arriba. Eliézer intentaba despertarse, pero su cuerpo no le respondía. Se asustó y estaba tratando con fuerzas que su cuerpo le respondiera, porque era como si hubiese pasado a otro plano. Eso sucedió hasta que escuchó una voz que pronunciaba su nombre, y removía con suavidad, pero con decisión, su cuerpo y lo obligaba, poco a poco, a despertarse de ese sueño que quería abandonar. De manera gradual, su mente empezó a sentir conscientemente que alguien lo llamaba, e intuyó que la persona, en su obstinación por despertarlo, no abandonaría su intención hasta que se levantase de su lecho. Actitud que lo alegró, pues ya se sentía atemorizado al ver su cuerpo desde arriba, como si su alma se le hubiese desprendido.

No había terminado de salir del letargo, cuando pudo descubrir la voz profunda y grave de su abuelo que, al repetir su nombre, lo invitaba a levantarse. Al abrir los ojos, mientras se estiraba, descubrió la figura imponente de aquel hombre honesto y trabajador en el tiempo, mientras podía captar el olor a café que expedía de su boca. De un salto salió de la cama y lo abrazó. Entonces su abuelo le hizo señas para que fuese a asearse. Eliézer se levantó con la mayor rapidez que pudo, y en ese momento se dio cuenta de que había dormido toda la noche, con un sueño tan profundo que no sintió en absoluto el aguacero que se había producido en la noche anterior y del cual le hizo un comentario su abuelo.

Capítulo VIII. La experiencia
inolvidable al lado del abuelo

El viaje a la finca del abuelo y las lecciones de vida que recibe del viejo, de los lugareños que le enseñan cómo se puede vivir en armonía aun en las diferencias y del cura del pueblo. El ejemplo del gato que sabe tener paciencia y esperar su oportunidad.

Mientras lavaba su boca, sentía que las heridas producidas dentro de ella le sangraban al introducir el cepillo, y le producían ardor al contacto con la pasta dental. Sus mandíbulas estaban adoloridas, pero se sentía tan animado con la idea de partir, que hizo caso omiso a las manifestaciones de dolor de su cuerpo. Cuando salió de su cuarto y caminó al baño de su casa, pudo ver a sus padres que conversaban en la terraza contigua a la cocina. Fue entonces cuando percibió, con más fuerza, el olor a café recién colado que tanto placer le proporcionaba cuando lo sentía, y sin saber por qué, intuyó que su papá, su mamá y abuelo habían estado conversando sobre él, cosa que no era equivocada.

Cuando salió del baño, luego de asearse, sus padres seguían platicando con su abuelo. Al acercárseles Eliézer, el silencio momentáneo que los envolvió fue roto por el abrazo sincero de su abuelo, pero esta vez fue menos fuerte. Le pidió la bendición a sus padres, gesto que fue devuelto casi de manera imperceptible por éstos con un "Dios te bendiga". A continuación ellos le preguntaron si deseaba irse a la finca de su abuelo, y él asintió sin pensarlo dos veces. A todos les pareció una manera de aliviar las presiones producidas por lo ocurrido. Eliézer pensó, por su parte, que era una excelente oportunidad para alejarse de un ambiente tan hostil para él. No obstante, no quiso mostrarse entusiasmado, para que sus padres no se dieran cuenta de que estaba feliz con la proposición.

Se fue corriendo a buscar su hamaca y las ropas que se llevaría. Acto seguido, su padre le entregó algo de dinero y le dio la bendición. Para su sorpresa, su madre también lo despidió de buena manera. Cuando se vestía, pensó por un momento en su amada, quien no sabía que se marchaba por unos días. Pero no había tiempo, y su pensamiento se perdió fugaz en la rapidez de lo que debía hacer esa mañana.

Montó en el rústico descapotable de su abuelo todas las cosas que utilizaría en ese viaje de unos quince días y se embarcó casi eufórico, pero sin hacer demostraciones de ello, en el asiento del copiloto del viejo, pero fuerte Jeep que los llevaría a aquellas tierras, a vivir momentos que quedarían grabados para siempre en su memoria.

El camino a la finca había sido apacible, placentero. El sol tostaba sus sienes que iban mal protegidas con una gorra de los Red Sox. Mientras miraba el horizonte, Eliézer observaba cómo el viento despeinaba el cabello blanco y terco de su abuelo. La brisa en la cara le regalaba la certeza de estar alejándose del ambiente que se había tornado tan inclemente para él, lo que le traía alivio. El estar al lado de aquel hombre bonachón le devolvía la tranquilidad, la paz perdida. Mientras viajaban conversaban sobre trivialidades y degustaban bollos de maíz con queso que habían adquirido a una señora en Cachamana. Éste era un sector de abastecimientos donde los viajeros solían comprar lo necesario en víveres y en combustibles antes de continuar el viaje.

En ese momento todos los ríos parecían correr por su caudal.

Cuando llegaron al asentamiento campesino Aricuaizá, vio las cabañas de palma de los lugareños y alguna que otra casa de material. Las personas que habitaban allí eran de las razas wayúu, barís y yukpas, pero también había colombianos y waitíes mezclados con los ganaderos y sus hijos, viviendo en perfecta armonía, lo cual le llamó la atención, sobre todo por el hecho de que parecía que a, pesar de sus diferencias, éstas se aceptaban y se percibía un buen clima en esta sociedad de personas, por diferentes que fuesen entre sí. Cuando iban atravesando el pueblo, su abuelo recibía muestras de mucho respeto y daba la impresión de que todos querían tener el privilegio de invitarlo a sus casas para el almuerzo.

Por momentos, Eliézer se sentía como un rey cuando retorna a sus tierras tras la batalla, y es ovacionado por la victoria. El viejo rústico, en su andar poco elegante, pero firme, semejaba la mejor carreta de la victoria que se podría tener. Al lado de su abuelo, cuya piel estaba curtida por el tiempo y el trabajo, él se sentía seguro. Mientras atravesaban el pueblo sin detenerse, en una loma baja, pero que parecía una atalaya, se levantaba orgullosa y fuerte la construcción de una iglesia que parecía custodiar todo aquel caserío.

Tal vez así era.

A medida que avanzaban atravesando el pueblo con sus casuchas, la construcción que pertenecía a la iglesia parecía seguirles con su mirada, mientras él observaba por el rabillo del ojo cómo el sol se posaba en la cruz en lo alto, y le daba un matiz oscuro a la imagen que simbolizaba la muerte de Nuestro Señor. Cuando ya no pudo mirar más la construcción, que se perdía a sus espaldas, volvió su cabeza y sin pensar más en esta imagen dirigió su mirada hacia adelante, puesto que el rumor producido por el caudal de un río tranquilo empezó a dejarse escuchar a la distancia. Su abuelo, al mirar su rostro, sin que él profiriera palabra alguna, satisfizo su curiosidad y le dijo que era el río Santa Rosa y que debían atravesarlo en el Jeep. En ese momento, Eliézer miró el azul del cielo y observó cómo, de manera increíble, se dibujaban figuras en las nubes de forma continua, mientras el rumor del río se hacía cada vez más fuerte.

Al llegar al pie de este manantial gigante de agua dulce, sus aguas calmadas le daban un aire de majestuosidad a todo el paisaje que se levantaba ante sus ojos. Las aguas tranquilas y cristalinas a lo ancho de aquel portento de agua, transmitían sólo calma, paz. Mientras se acercaban a la orilla vieron a unos pescadores que terminaban su faena y comían pescados recién sacados, y los invitaban a que se acercaran para compartir la comida. El abuelo dirigió el Jeep, que transitaba tortuosamente por la playa llena de piedras hacia donde estaban los pescadores y que daba la impresión de que, en su curtida sabiduría, el sabía que estarían allí.

A Eliézer le pareció que era difícil describir el paisaje sin pensar en el paraíso.

Ya acomodados los nuevos comensales, los hombres freían pescados que, de lo grandes que eran, no cabían en la sartén y estaban acompañados con yuca y limón, que siempre traían los pescadores con ese propósito. Eliézer, mientras miraba la belleza del lugar, percibía el respeto con el cual era tratado su abuelo por estos hombres. Lo cordial de sus conversaciones, a pesar de que eran personas de escasa educación y ninguno de ellos, por ejemplo, había terminado la escuela primaria. A pesar de eso también hacían gala de buenos modales. Los cuentos y relatos de la pesca de la mañana envolvían el lugar, y lo dejaban impregnado de la limpia relación del hombre con su medio ambiente. Durante todo el tiempo que transcurrió mientras comían, sus interlocutores no dejaron de atenderlos como si realmente le tuviesen mucho aprecio a aquel fuerte y profundo personaje... su abuelo.

Luego de satisfacer su estómago, Eliézer decidió darse un baño en las aguas claras y mansas que bordeaban la playa llena de piedras. Al zambullirse en las mismas, su calidez le hizo pensar que alguien lo estaba protegiendo, que lo abrazaba y protegía con sus manos refrescantes, y supo que Jesús siempre está con nosotros. No se bañó por mucho tiempo, puesto que su abuelo le hizo señas para que reemprendieran el viaje, y él rápidamente se dirigió a donde estaba el Jeep para continuar su camino, puesto que había que atravesar el reservorio de agua dulce del planeta, que en su conjunto con el paisaje mostraba el maravilloso poder de Dios, y le mostraba, como una promesa, un arcoíris cerca de sus aguas, haciéndole entender que no nos había abandonado.

Montados ya sobre el rústico, poco a poco fueron atravesando sus aguas. El vehículo bramaba como un animal furioso y las bajas aguas cedían ante el paso del motor que se hacía espacios entre el caudal formado por nuestro Creador. La orilla se hacía cada vez más cercana, y de a poco el nerviosismo fue desapareciendo del rostro de Eliézer al ver la destreza con la que su abuelo manejaba la situación. Por momentos, las aguas del río entraban al Jeep, pero Juan de la Cruz recuperaba el terreno alto del mismo, y salía de la parte honda.

Nuestro amigo estaba asombrado con la versatilidad del vehículo, que en ningún momento amenazó con apagarse.

A medida que ganaban la orilla, el rostro serio del hombre se fue relajando, y al llegar, por fin miró a su nieto con una sonrisa en la cara en señal de victoria.

La tarde llegó con una brisa que peinaba los cabellos rizados de Eliézer que, sentado a un lado de la vaquera de la pequeña finca, observaba extasiado cómo su abuelo, junto a dos peones, terminaban de ordeñar las doce vacas para completar la leche que hacía falta para hacer el queso del día, y venderlo al siguiente en el caserío. El hombre con camisa gris y sombrero, a pesar de su edad, pasaba de una vaca a otra con extraordinaria rapidez. Su fortaleza se confundía con la buena educación y modales que lo caracterizaban. Su escasa formación académica contrastaba con lo profundo de sus pensamientos y la sabiduría de sus acciones, tal como nuestro amigo lo comprobaría en los días por venir.

El abuelo lo invitó a pasar a la vaquera, y comenzó a enseñarle la manera de colocar las manos para ordeñar, cómo debía hacer, cómo debía halar la teta de la vaca. Sin embargo, por más que Eliézer se esforzaba, no tenía ni la destreza ni la fortaleza de su abuelo en las manos. También notó la sumisa actitud que mostraban los labriegos que trabajaban en la finca respecto a su abuelo, es decir, le impresionaba el don de mando demostrado por este hombre de avanzada edad, pero todavía de gran vitalidad. Y quizás admiraba y valoraba aún más ese don en su abuelo, porque sentía que él carecía del mismo, e íntimamente sentía grandes deseos por cultivarlo.

La faena terminó cuando la tarde daba sus últimos toques de luz al campo, y se escuchaba el revolotear de las aves tratando de encontrar un sitio para dormir. En la finca, en la cual habían mangos, naranjos, guayabas, mamones, guanábanos y un sembradío de piñas, todos los árboles frutales estaban cargados y representaban un deleite para los trabajadores. Pero ellos no eran los únicos beneficiados, pues proveían la mesa a una extensa variedad de aves.

Estaba nuestro amigo observando el revolotear de las aves, cuando de repente divisó, como la más oscura de las noches, un gato negro que se subió a un árbol de guayabas y se ubicó estratégicamente en una rama. Una vez en el sitio, se quedó quieto, inmóvil, como si fuese una figura de porcelana pegada a las ramas. A medida que transcurría el tiempo y la noche caía, su figura iba desapareciendo en la oscuridad de la noche, hasta que se escuchó un chillido de un pájaro, y el gato bajó de las ramas del árbol con el ave en la boca.

Al bajar, por un instante el animal lo miró a los ojos, ofreciéndole un momento de fotografía. El gato estaba dispuesto a cenar bien esa noche.

Momentos después, al voltear su cabeza, se dio cuenta de que la mirada escudriñadora de su abuelo lo había estado observando:

–¿Qué aprendiste del gato? –le preguntó–. Él come bien todas las noches –se respondió él mismo–, gracias a que no demuestra sus intenciones. Se disfraza con la noche, y pasa desapercibido, sin hacer ruido y sin compartir sus intenciones con nadie. Así, logra lo que quiere y sus necesidades son satisfechas. Tú tienes que ser como ese gato y lograrás todo lo que te propongas en la vida.

El aspecto gráfico de aquella lección haría que jamás Eliézer la olvidara. De momento, se acercó a su abuelo, y éste lo llevó cobijado en sus brazos a la cocina fabricada fuera de las chozas donde cocinaban los alimentos a leña. Allí, al tiempo que la noche abrazaba la tierra, el abuelo, Eliézer y los dos peones que acompañaban la faena, conversaban alegremente de diferentes cosas, y a la luz de un mechurrio, se les iluminaba la cara mientras comían plátanos, queso y huevos con el café con leche.

A pesar de no haber muchas comodidades en la rudimentaria estancia, la velada resultaba acogedora. Ellos contaban los pormenores de lo acontecido durante la semana y, sobre todo, Eliézer disfrutó mucho de una anécdota muy jocosa de un burro "alborotado" que fue a dar donde estaba una vieja yegua para montarla.

Por otra parte, el olor penetrante y placentero del tabaco barato de su abuelo, le daba un aire melancólico a aquella reunión. A todo esto, sus caras y formas eran reflejadas por la luz del fogón de kerosene en las latas de la improvisada cocina, dando la impresión de ser fantasmas reunidos que se preparaban para espantar en las noches. El tiempo pasó casi inadvertidamente, mientras los relatos fluían generosos de las bocas de los presentes. Sólo el cansancio, en un momento dado, los devolvió a la realidad, y al estirarse se dieron cuenta de que ya la noche había hecho formalmente su entrada y había que descansar el cuerpo para la dura faena del día siguiente.

Juan de la Cruz giró las instrucciones para que cada uno pasara a los ranchos a dormir, puesto que además ya el frío galopaba como animal desbocado por todo el estero.

Eliézer se acostó en su chinchorro, y se arropó con una gruesa cobija que su abuelo le había sugerido a su madre que le metiera dentro de su viejo morral. Casi instantáneamente sintió cómo todos iban rindiéndose a los pies de Morfeo, que entraba en la habitación al compás de los cantos de los sapos y ranas que, sumados a los ruidos de la noche, arrullaban la estancia como una fina melodía de Beethoven que invitaba al cuerpo a descansar.

Pero aun con el trajín del día, a nuestro amigo le costó conciliar el sueño. Sus pensamientos se fueron por momentos donde estaba su amada Susana, de la cual no había podido despedirse y que le habría encantado ver antes de partir a un lugar tan lejano. Recordó sus besos, sus abrazos, sus gemidos, y ya su *short* empezaba a levantarse entre sus piernas, cuando quiso controlarse, porque luego, definitivamente, le iba a ser aún más difícil dormir, y entonces prefirió pensar en su sonrisa y en la suavidad de sus manos. Esto lo logró a medias, porque le costaba separar los pensamientos de cariño de la lujuria que la virginal muchacha despertaba en él.

En ese momento, sus recuerdos le quitaron la careta al mundo de ser infinito, y lo hizo tan pequeño como un pañuelo, como una canción, al poder tocar con sus pensamientos la silueta de su ser amado, y a la vez sentir con el recuerdo de sus besos lo eterno. Pero sintió rabia, al pensar en la inoportuna llegada de la madre de ella, mientras estaban en el lavadero haciendo el amor. Concentrado en los recuerdos de su amada niña, sus sentidos se fueron abandonando al cansancio, mientras sentía que el frío inundaba las habitaciones del rancho donde los cuerpos ya disfrutaban del descanso merecido.

La mañana llegó más rápido de lo imaginado, sobre todo porque aún estaba muy oscuro cuando el viejo grandullón, de cambetas piernas y espalda doblada de lado, levantaba con gestos a los labriegos, que apenas si tenían tiempo para estirar sus cuerpos y salir rápidamente a lavarse la cara, mientras el hombre recorría los cuartos buscando cada una de las cosas que necesitaba para la jornada que estaba por iniciarse. Él se asomó al chinchorro de su nieto, pero no lo levantó, aunque sospechaba que con el ruido producido en la habitación se había despertado, y estaba en lo cierto. Sin embargo, sin esperar a que su abuelo lo conminara a levantarse, lo hizo un poco después de que todos hubiesen salido.

Con un poco más de calma se dirigió a la batea improvisada y lavó tímidamente sus dientes y su cara. El agua estaba helada, y el frío de la madrugada le calaba hasta los huesos como punzantes alfileres hirientes. Había una espesa neblina que arropaba los campos hasta el caño: realmente no se veía nada, ni siquiera a unos pocos de metros de distancia.

Eliézer, orientado por el ruido, supo que todos estaban ordeñando en la vaquera. Pero él decidió, antes de dirigirse allí, llegar a la cocina a calentarse el cuerpo con el café recién hecho, pues éste despedía un olor a campo sumamente agradable, y aún más en esas circunstancias en que el cuerpo lo exigía. Ya sentado en las barandas de la vaquera, miraba cómo, apaciblemente, los labriegos y su abuelo cumplían con el ordeño de las vacas. Todo era como para ser pintado por un artista famoso: los obreros con el recipiente de madera entre las piernas, las vacas con los becerros amarrados a su pata y su abuelo caminando el lugar con su tabaco prendido y el sombrero que le daba un aire de jerarquía extraordinaria que el hombre definitivamente tenía.

No alcanzó a percibir Eliézer que su abuelo lucía intranquilo, caminando de un lado a otro mientras buscaba otra vaca para ordeñarla. Esto ocurría mientras la niebla se disipaba y daba paso a unos tímidos rayos solares que se empezaban a colar en la oscuridad, empezando poco a poco a tibiar, con su calor, la hermosa mañana. Juan de la Cruz notó que en la vaquera había unos animales machos que habían empezado a bramar y a pavonearse frente a una de las novillas que estaban en el encierro contiguo, y mientras ordeñaba no apartaba la vista de los dos jóvenes toros.

De repente, al abrir un labriego una puerta para pasar otra vaca al ordeño, la novilla en celo ante el asedio de los jóvenes toros pasó a la vaquera del ordeño, y los toros en ese momento empezaron a pelearse por montar a la novilla. Y como no dio tiempo de cerrar la puerta, se metieron al ordeño los embravecidos animales que, en su refriega, se iban acercando cada vez más a uno de los ordeñadores, que ya estaba acorralado entre aquella tonelada de músculos y fuerza.

Los ojos del labriego estaban desorbitados y, petrificado por el miedo, el trabajador no atinaba a moverse. Era evidente que en cualquier momento sería arrollado por los cuerpos de los animales que, con furia incontenible, luchaban por obtener el derecho a aparearse con la novilla. Fue entonces cuando el fuerte hombre, ya a salvo del lado de afuera de la vaquera, abrió la puerta y entró nuevamente en ella y con una cuerda enlazó la cabeza de uno de los animales, halándolo con toda su fuerza, a lo que el animal se oponía con furia. La lucha continuó, en tanto el otro animal aprovechaba para golpear con su cabeza descornada el cuerpo del toro amarrado. De pronto, por un instinto de supervivencia, el toro amarrado se volvió contra el viejo Juan de la Cruz, para embestirlo y así librarse de la cuerda que no lo dejaba defenderse de las arremetidas de su rival.

El abuelo de Eliézer previó el ataque, y cuando el toro lo embistió, saltó a un lado y, con sus fuertes brazos, lo tomó por uno de los cachos y dirigió su acometida y peso hacia una madrina que marcaba la salida del recinto de ordeño. El golpe fue seco y fuerte. La bestia, enfurecida, quedó atontada por momentos y al recuperarse decidió, por obra de la providencia, salir del corral de ordeño.

Mientras ocurría todo esto, Eliézer había quedado sin habla, y apenas si podía creer lo que habían visto sus ojos. Por su parte, el ordeñador que estaba en peligro inminente de muerte se recuperaba a duras penas del susto vivido, mientras su abuelo se revisaba la mano con la que había tomado al toro por el cuerno, que al parecer se le había inflamado como consecuencia del golpe recibido.

Nuestro amigo estaba admirado del valor de su abuelo: era increíble que un hombre de más de setenta años hubiese actuado con esa resolución. Se acercó a él velozmente, tomó su mano y vio cómo la misma había empezado a hincharse. El viejo le pidió que fuese adentro y le trajese un pote de una pomada de nombre *Mamasana*, que se encontraba en la alacena donde estaban las medicinas, y ordenó a los dos estupefactos trabajadores que continuasen ordeñando y él mismo fue y sacó el otro toro del corral, arriando los dos animales cada uno a un potrero, para que no continuasen la pelea.

Juan de la Cruz se sobaba la mano con el ungüento, y su cara discretamente mostraba el dolor que sentía al untarse el antiinflamatorio. Eliézer, en silencio, admiró al hombre, admiró su fortaleza y la valentía que lo apartaba del miedo de manera decidida y le permitía actuar de esa forma.

Cuando terminó el ordeño, los trabajadores se le acercaron mientras estaba en la cocina tomando un café, que confundía su olor con el de la pomada que tenía en la mano afectada, y el trabajador que había corrido más peligro dirigió una mirada de agradecimiento a su patrón que, con actitud severa, les preguntó con rabia manifiesta:

—¿Quién dejó a los dos toros en un solo potrero?

Y el labriego que había estado a punto de morir aplastado por la furia de los animales, reconoció su responsabilidad directa

169

en el descuido y se retiró, percibiendo la mirada amonestadora de aquel hombre estricto cuando era necesario serlo. El obrero se mostró diligente al montar el desayuno y se percibió en el ambiente que esa era su manera de agradecer el haber sido salvado por la decidida valentía del hombre de más de setenta años, y durante un buen rato no se atrevió a mirar a la cara de su patrón.

Ya el sol calentaba con fuerza todo el fundo, y el calor reinante asfixiaba los intentos de las bestias de seguir peleando, y más aún cuando la novilla se la soltaron al toro de mayor tamaño y fortaleza, es decir, al que aún no había sido descornado.

Acostado en la hamaca, a un lado de la de su abuelo, pensó en la fortaleza física de ese hombre, su decisión, su valentía, mientras se preguntaba: *¿cómo con su trabajo había comprado aquellas tierras?* Tan sólo con el sudor de su frente, además, ahorrando a pesar de tener una familia numerosa, sin herencias, ni educación, ya que provenía de los estratos sociales más bajos de la sociedad colombiana, esa que tuvo que emigrar a Venezuela a trabajar en los campos, a servir a patrones que no siempre fueron humanitarios en su proceder con esos hombres y mujeres que hicieron vida en las fincas, haciéndolas productivas a costa de sus sudores.

Eliézer entonces recordaba que, en cambio, su padre, un hombre que había estudiado y con herencia, había perdido todo su patrimonio. Pensaba en cómo era posible que no le importaran sus hijos, su esposa, o quizás sí le importaban, pero no luchó realmente por ellos, y terminó en una situación ridícula, vergonzosa y pasaron en pocos años a no poseer nada. Sólo encontró, retumbándole, una respuesta a todas sus interrogantes: su padre no trabajó por ellos.

Por momentos, el rencor, la desilusión y el desánimo se alojaban en su corazón, mientras sentía nuevamente los pasos de su abuelo que se acercaban, y con autoridad le dijo que se levantara, que venía la segunda parte de la faena.

Incorporándose de su hamaca, Eliézer caminó detrás del viejo, que estaba vendado en la mano golpeada, y se dirigió a un potrero cercano al caño del fundo. En el lugar se encontraban reunidos los obreros y todos los animales escoteros, es decir, los que no estaban en producción o los que no habían encontrado la madurez reproductiva, pero ya eran suficientemente grandes. En el potrero recién arado, los obreros empezaron a regar semillas, y a enterrar macollas de paja ya nacidas.

A esta tarea se unieron Eliézer y su abuelo. Junto a los obreros debían recorrer por completo el potrero de unas tres hectáreas, sembrando y regando las semillas del pasto y tirando las raíces de pasto nacidas. El sol puso todos sus hornos a funcionar, y el sudor mojaba la humanidad de todos los seres que respiraban profusamente ante el constante asedio del calor.

Durante esas labores, la mente de Eliézer estaba en blanco, dedicándose por completo al trabajo manual que lo sacaba de todas sus cavilaciones y, a la vez, quiso demostrarle a su abuelo de qué madera estaba hecho.

El tiempo inexorable continuó su paso, y sólo se preguntaba para qué estarían los animales reunidos en el potrero que sembraban, pues en ese momento estaban "sombreando" bajo un árbol pegado a las divisiones del mencionado terreno.

El reloj marcaba entonces las tres de la tarde. El sol hacía que a Eliézer le ardiera la cara, pero al voltear y mirar a su abuelo, lo veía cómo seguía enterrando con sus botas las macollas nuevas de pasto, y sentía entonces que no debía ser el primero en detener las labores. El sudor le recorría por la cara llenando sus ojos que, a su vez, le ardían cuando éste penetraba en ellos. No obstante, se sentía orgulloso de lo que hacía y hasta ese momento jamás le había puesto tanto amor a una tarea física encomendada. Íntimamente sabía que había sido inspirado por aquel hombre, de férreo carácter, pero muy sencillo. Finalmente, su abuelo hizo un ademán a todos para que terminaran sus labores.

Sentados en el mesón, rodeados de taburetes, Eliézer estaba compartiendo la mesa con esos labriegos, de los cuales hasta ahora ni siquiera se había interesado por conocer sus nombres. Todos devoraban hambrientos la carne guisada por otro de los obreros que, en la madrugada, había sido el primero en levantarse y para cuando los demás hicieron lo propio, él ya había preparado el almuerzo, que consistía en una rica carne guisada con verduras, arroz y plátano.

Eliézer, como el resto, engullían el alimento con gran avidez y, poco a poco, se fueron calmando sus ansias. Notó que su abuelo, a diferencia de los demás, comía calmadamente mientras no dejaba de mirar el horizonte.

De pronto, su abuelo le preguntó al trabajador que había estado a punto de ser embestido por los toros lujuriosos:

—¿Te asustaste, Martín?

Con la boca llena y los ojos agrandados, le dijo que sí y añadió que había sentido el cuerpo frío y que por eso no había podido moverse. Acto seguido, el hombre fuerte de canas rizadas y brillantes le preguntó al otro ordeñador:

—Y tú, Andrés, ¿qué hiciste cuando pasó todo?

—Nada patrón, yo cuando vi esos toros arrechos salí de un salto… Por nada del mundo me quedaba allí… si creo que hasta me cagué los pantalones.

Luego de estas expresiones, los comensales reventaron a reír y el arroz bailaba al son de las carcajadas encima del mesón.

Todos se retiraron a descansar, pero antes de que Eliézer se levantara, su abuelo le dijo que lo quería a las cinco de la tarde en punto en el potrero. Él le preguntó si los obreros irían, y él respondió que no, pues ellos ordeñarían en la tarde. En ese momento intuyó que debía descansar, pues la faena que vendría sería agotadora, y no se equivocaba al sacar estas conclusiones.

Se fue a su hamaca y casi inmediatamente se vio sumido en un sueño reparador y profundo, que no quiso ni pudo controlar.

"Eliézer... Eliézer", era su nombre que, repetido varias veces, empezaba a escuchar, mientras unos bruscos estremecimientos en la hamaca le hicieron regresar de la lejanía en la que se encontraba mientras descansaba. En principio, la voz la escuchaba muy lejana, pero con los sacudones, bruscamente supo que debía levantarse inmediatamente. De un brinco saltó de la hamaca y se puso las botas de caucho y, mientras terminaba de ponerse la vieja camisa que protegía su cuerpo, salió rápidamente...

Y allí estaba, imponente, la figura de su abuelo aguardándolo.

Cuando llegó a su lado, empezaron a caminar el y su abuelo; Eliézer detrás del viejo, mientras el sol empezaba a bajar la intensidad de sus hornos. Al llegar al potrero donde habían regado las semillas e intentar sembrar las macollas nacientes de pasto, estaban los animales aún "sombreando" en el árbol.

Eliézer recibió las instrucciones de su abuelo, que le explicó que debían mantener los animales en una sola manada, y ponerlos a que pisotearan todo el terreno, arreándolos por cada una de las partes del mismo hasta recorrerlo todo, pero debían tener cuidado en no ser ni pisados ni embestidos. En un principio, sintió un poco de temor, pero la seguridad que transmitía su abuelo traspasaba toda barrera que se interpusiera a sus órdenes, y mucho más después de los últimos acontecimientos en la vaquera.

Cuando arreaban los animales, en principio se los veía muy desorientados, y ariscos, pero de a poco y con el paso de la primera hora, es decir, a medida que el cansancio los iba agotando, empezaron a ceder y su actitud fue mas dócil, manteniéndose en grupos y dejándose arrear por donde les iban indicando Eliézer y su abuelo. Pisaban con sus cascos toda la semilla y el pasto sembrado, y en ese andar recorrían cada palmo del terreno preparado para la siembra.

Nuestro amigo estaba extasiado con la faena. Observaba cómo los animales, sudados, obedecían por instinto cualquier ademán de su abuelo. Fue entonces cuando dedujo que él había preparado toda la tierra que le pertenecía con los mismos animales, pues no tenía tractor, y las cincuenta hectáreas estaban sembradas, lo que significaba que debió ser un trabajo muy arduo para este hombre, sobre todo tomando en cuenta los escasos recursos con que contaba.

Mientras trabajaba y profundizaba más en sus pensamientos, más admiraba la vida del noble sin título, sin herencia, indomable, pero honesto. Cuando volteó a mirar a su abuelo, observó cómo los reflejos ya tenues del sol, hacían brillar sus cabellos de plata rizados y firmes. Su piel, bañada por el sudor, recorría la estancia y brillaba como si un bálsamo protector recorriera su cuerpo. Sin fatigarse, sin desgano, con una vitalidad que sólo la podía dar el amor por lo que se hace, la salud y la reciedumbre de carácter del hombre hecho a golpes por la vida, y seguramente ésta le había pegado duro en muchas oportunidades, tal vez desde el mismo momento de su nacimiento.

Hacía mucho tiempo que no se sentía tan bien tras realizar una actividad, y en ese momento el regocijo y el orgullo invadían su corazón. Las enseñanzas de su abuelo empezaban a vibrar en su vida y hacían que ya no se sintiera avergonzado de sí mismo.

Recién cuando el sol se ponía en el horizonte, sintió un poco de fatiga. El polvo, los animales y la experiencia vivida lo llevaron a conclusiones y convicciones acerca de su propia voluntad. En ese momento decidió, como ese hombre viejo, que emplearía su tiempo, su vida, en algo que le gustara, en algo por lo que sintiera amor. En sus impulsos honestos, en sus convicciones, aunque no tenía claro cuáles eran dichas verdades en su vida.

Todo lo ocurrido esa tarde fue mágico. La faena le había cansado, pero esto sólo lo sintió al final de la jornada y cuando el sol, en su ocaso, anunciaba el final del día y ya las sombras noctámbulas de la noche empezaban a poblar el fundo.

Caminando al lado de aquel hombre, sentía la seguridad que inspiraba al ir atravesando la ladera para llegar a la vaquera. Al quitarse Eliézer la camisa despreocupadamente mientras recorrían el camino de regreso a la casa, el abuelo pudo observar en el muchacho las marcas de golpes que llevaba en la espalda que, a pesar de la mortecina luz, dibujaban sombras en el torso delgado del muchacho.

Sus sombras los acompañaban, y sus figuras se dibujaban sin ganas en el terreno que recorrían mientras sus pasos los acercaban a la casa.

Eliézer se metió en el baño justo al llegar. Ya el olor a verduras guisadas impregnaba las chozas. El día tenía tanto que contar y guardar, mientras el agua helada del pozo refrescaba las fuerzas y la vida del muchacho maltratado. Sus silencios no podían callar los gritos de los pensamientos que llegaban a su vida, mientras las cristalinas aguas humedecían su humanidad.

Sentados todos en la mesa de la cocina a leña, mientras comía, nuestro amigo observaba extasiado cómo el gato negro de brillantes ojos, estaba nuevamente buscando dónde camuflarse para agarrar una de las aves que vendrían a descansar sus fuerzas en las ramas de los árboles que les servían de cobijo y les brindaban alimento.

La comida, que consistía en lapa guisada, con plátanos, queso y jugo de panela con limón, le pareció exquisita y la engulló con avidez. De pronto, escuchó un leve chillido emitido por un ave al ser atrapada por el gato negro, como los pensamientos de una mujer deshonesta.

Todo esto ocurría mientras la noche entraba por completo luego de haber matado la hora triste del monte.

Reposando la suculenta cena, sentados a un lado de la casa estaban sólo el abuelo y el nieto, pues los obreros, extenuados, se habían ido temprano a descansar. Sus cuerpos trajinados por el día entraban en un letargo que apagaba sus ganas, pero ambos en ese momento sabían que tenían una conversación pendiente.

El rostro del hombre se transfiguraba con la luz que reflejaba el mechurrio, cuyas llamas bailaban al son de una brisa fría que recorría la sabana, brindando ésta la esperanza de lluvia, que era la recompensa que el hombre esperaba por el esfuerzo de él y su nieto esa tarde. El tabaco mostraba sus refulgentes destellos en cada "jalón", y seguidamente su abuelo, lo miraba como buscando respuestas en él a preguntas que internamente se hacía.

La noche, aunque oscura, mostraba el resplandor de una que otra estrella que, a juicio de su abuelo, le mostraban que por la lluvia se debía esperar, pero predominaba en el ambiente el olor enamoradizo y placentero del tabaco impregnando el aire, matando los leves síntomas de sueño que podían tener aquellos seres que se querían en silencio.

—Dime… ¿qué paso? —fue la pregunta del hombre, mientras continuaba mirando el tabaco, como buscando obtener las respuestas envueltas en una solemnidad marcada por la noche, que regalaba con más intensidad el frío a medida que pasaba el tiempo.

Eliézer fue relatando calmadamente los hechos acontecidos el día en que fue descubierto por la familia de Marina. Le contó con lujo de detalles todo cuanto había acontecido en las visitas a la muchacha, tanto en las noches precedentes como la noche en la que había sido descubierto.

Su abuelo escuchaba con detenimiento su relato, y de vez en cuando Eliézer, a través de la luz, intentaba observar las facciones de su viejo querido. Pero no podía verlas por la posición en que él estaba sentado, y sólo lo interrumpió una vez para preguntarle el por qué no había dicho que todo había sido con el consentimiento de ella, y él respondió, con tono seguro, que eso no hubiera estado bien.

En ese momento, una sonrisa casi imperceptible se dibujó en las facciones del hombre viejo, cuyas canas eran desdibujadas por las sombras a la luz de las llamas del mechurrio avivadas por la brisa. Hubo un silencio corto, pero profundo, y Eliézer prosiguió su relato, contándole a duras penas, quizás por vergüenza, la manera en la que había sido brutalmente golpeado por su progenitora, aunque quizás lo que más le había dolido contar había sido la actitud indolente de su padre ante esta situación.

El hombre de cabellos plateados por el tiempo, fruncía el ceño cada vez que levantaba la cara para darle un "jalón" al tabaco, lo que le daba un aire nostálgico a la memorable conversación. Mientras miraba su tabaco, pensaba en la pregunta que le haría a su nieto a continuación:

—¿Es la primera vez que te golpean de esa manera?

La pregunta retumbó en el instante en el cual Eliézer pensaba que la conversación había llegado a su fin. El sueño pareció disiparse de golpe, el aire enrarecido le dio otro matiz al paisaje y los silencios envolvieron la noche que, a pesar del frío, asfixiaba al muchacho.

El tabaco se encendía con mayor intensidad, y casi para terminarse parecía que su olor, mezclado con la pregunta, bordeaba la vida del joven inquieto.

Su abuelo encendió otro tabaco mientras buscaba dos tazas de café que puso a calentar, como dando tiempo a que Eliézer ordenara sus ideas. El olor del café caliente se mezclaba con el del tabaco recién encendido, brindándole un delicioso aroma a aquella noche que el muchacho jamás olvidaría.

Con su mirada perdida en el horizonte, y mientras tomaba un sorbo de café, Eliézer comenzó a contarle que un sábado paseaba en bicicletas con su primo *Chalo*, y como a media mañana se les había ocurrido visitar a su tía Julia. Cuando llegaron a su casa, allí sólo estaba el esposo de ella, su tío Alberto, quien mostraba signos de estar borracho, por lo que ellos sólo tomaron agua e inmediatamente se marcharon de allí. Tras terminar su paseo, cada uno se dirigió a su hogar.

Eliézer prosiguió su relato y le dijo que, después de almuerzo, se había puesto a jugar metras con otros niños vecinos de su casa, y que, pasado cierto tiempo, de repente una mano delgada, pero fuerte, lo sujeto del brazo. Era su tía Julia, quien sin mediar palabras lo llevó a su casa, mientras él le preguntaba qué estaba pasando. Pero la dura mujer no le contestaba nada, y cuando entraron a la casa, su tía le dijo a su madre que a su marido se le había extraviado la cartera y que los únicos que habían estado allí eran Eliézer y su primo *Chalo*.

Acto seguido, continuaba hablando Eliézer, se inició el calvario para él. Su madre lo agarró por el brazo y lo llevó a uno de los cuartos, y comenzó a golpearlo salvajemente. De nada le valió que él le dijera que no tenía nada que ver con lo que había pasado. Para ese momento, ya Alberto, esposo de la tía Julia, acompañado por sus hijas, habían llegado a su casa…

Con lágrimas en los ojos, Eliézer le relataba a su abuelo la brutal golpiza de la que había sido objeto… Cómo su madre le estrellaba la cabeza contra la pared, una y otra vez, mientras lo llamaba ladrón. La golpiza no cesaba, parecía una lluvia torrencial de golpes que se estrellaban uno a uno en su humanidad. A todo esto, en un momento dado, Alberto, el esposo de su tía, había salido de la casa sin rumbo conocido.

Mientras su respiración y pulso seguían acelerándose, él le explicaba a su abuelo cómo la ira dominaba la mirada de su madre que, cegada, no lo escuchaba mientras lo golpeaba.

El calor que le había dado a su cuerpo la taza de café, para ese momento ya había desaparecido, y el frío empezaba a invadirlo tanto a él como a su abuelo, pues la brisa empezaba a silbar con más fuerza en el estero. Sin embargo, la rabia infinita que sentía Eliézer, le bastaba para calentar su cuerpo, sobre todo cuando le refería a su abuelo cómo los golpes de su cabeza contra aquella pared se seguían repitiendo, y él sentía que estaba a punto de sucumbir, mientras escuchaba a lo lejos los llantos de Mónica y Andrea, sus primas que lloraban por la golpiza que le estaban dado a Eliézer.

Finalmente –la voz del muchacho ya se estaba quebrando a esta altura del relato–, el flagelo se detuvo, no porque ella hubiese tenido consideración con él, sino porque se cansó de golpearlo y sólo se había detenido momentáneamente para recobrar sus fuerzas. Pero en esa tregua, ni los insultos de su madre ni el llanto de sus primas cesaban, mientras él, arrodillado, sentía cómo todo le daba vueltas y le costaba mantenerse en esa posición.

Se sentía mareado por la golpiza que aún retumbaba en las paredes de su casa y que, temía, en cualquier momento podía volver a empezar. Fue entonces cuando, justo antes de que se reanudara la paliza, reapareció el tío Alberto, esta vez con la cartera en su mano, diciendo que de repente había recordado dónde la había colocado. Cuando Eliézer escuchó esas palabras sintió un poco de alivio, pero lloraba desconsoladamente, mientras la rabia y la impotencia se apoderaban de todo su ser. Arrodillado en el cuarto que no tenía ventilación y donde el calor ya casi no lo dejaba respirar.

El ambiente crispado se fue calmando y, de pronto, Eliézer sintió llegar la camioneta de su padre. Él no quería salir del cuarto, pues sentía una profunda vergüenza con sus primas, pues éstas habían escuchado cómo le habían golpeado y vejado de todas las maneras posibles, pero con las pocas fuerzas que tenía, se levantó y salió tambaleante de la habitación, esquivando los ojos de sus primas y con la mirada desorientada por la injusta golpiza recibida. Cuando vio a su padre traspasar el umbral de la casa, se le tiró en los brazos y empezó a llorar desconsoladamente… pero antes que refugio, se encontró con el olor a alcohol y cigarrillos que impregnaba sus ropas.

En ese momento Eliézer le contaba a su abuelo, con iracunda sensación, todo lo sucedido, y su mirada se hacía más profunda y la rabia recorría cada centímetro de su cuerpo que, pese al frío, seguía calentándose a medida que avanzaba en su relato.

A través de la luz exigua e inquieta que despedían las llamas del mechurrio, las cuales se bamboleaban al compás del viento, su abuelo notaba los cambios en las expresiones de su nieto que le mostraban que había vivido experiencias traumatizantes, agravadas por el hecho de que provenían de personas que, supuestamente, debían protegerlo. Mientras, el tabaco, como un faro en la noche que guiaba a los barcos a puerto seguro, no dejaba de mecerse al compás de la cara de aquel hombre que meditaba cada palabra pronunciada por su nieto, y notaba cómo a éste lo afectaba hablar de ese dramático episodio en su vida.

Eliézer continuó entonces su narración, diciendo que él tenía la esperanza de que, al contarle a su padre, éste saliera en su defensa y se fuera contra su madre. A decir verdad, él quería que la golpeara a ella y que golpeara también a su tía, y la revolcara en el piso, y que golpeara al marido de ella. Y, sobre todo, explicó Eliézer, quería sentir que lo iba a proteger, pero no fue así. Él se acercó a su madre, y ella le dijo algo en voz baja, y entonces su padre, con tono despreocupado, sin darle importancia a lo ocurrido y obviando por completo el dolor y decepción de su hijo, miró de reojo a la cuñada que había hecho que a su hijo lo golpearan, y no le dijo ni una palabra. Y para mayor decepción del muchacho, invitó a su tío político a seguir bebiendo, pero esta vez juntos, desapareciendo los dos sabe Dios a qué lugar.

En ese momento de su narración, Eliézer no pudo contener las lágrimas, y éstas rodaron por sus mejillas, brillando como perlas en la oscuridad de la noche. Entonces su abuelo se le acercó y lo abrazó fuertemente, tal vez llorando también. A pesar de que el frío calaba hasta los huesos, Eliézer no lo sentía, y su alma se llenaba de una ira que le apretaba la respiración. Se sentía desdichado, indigno, sin valor para los seres que le habían dado la vida y, además, se sentía muy confundido por todos esos hechos que marcarían por muchos años su vida.

En ese momento Eliézer, sin proponérselo, encontró las respuestas a aquellas preguntas que se había formulado el hermano Juan cuando él estaba en la cama de la escuela de la Misión y lo había escuchado hablar con otro cura…

En esas situaciones tan difíciles por las cuales había atravesado estaba el origen de su miedo.

Su abuelo, llegado a ese punto del relato, pensó que ya había sido suficiente y lo conminó a acostarse, mientras caminaban hacia las chozas de barro del fundo. Él le secaba las lágrimas que aún brotaban profusamente de los ojos de su nieto, mientras trataba en vano de disimular las suyas que, hasta ahora, Eliézer no había percibido con claridad… Pero sí, él también estaba llorando con el relato de su nieto. Así que Eliézer se fue calmando, poco a poco, al sentirse querido por otro ser humano: su abuelo.

Luego de ese tiempo de desahogo, la noche tomó en sus brazos los sueños de ese muchacho, cobijando su desdicha, amparando sus inseguridades y protegiéndole de sus propias vivencias.

Mientras tanto, en su hamaca, que emitía un chirrido al mecerse, Juan de la Cruz aún meditaba.

La luz penetraba en sus ojos como taladros persistentes. Su cuerpo fue meciéndose, poco a poco en el vaivén de su chinchorro, y luego de estirarse se dio cuenta de que la mañana había llegado y despertado sin esperarle, y que el mundo había continuado su curso mientras él dormía. Cuando fue a asearse, se percató de que todos habían ya ordeñado y desayunado, y que sólo le dejaron su desayuno tapado allí, sin decirle dónde estaban. Estarían cerca, fue su conclusión, mientras engullía las arepas con atún y café con leche que le habían dejado.

Notó que su cuerpo estaba descansado y que se sentía lleno de energía. Recorrió el patio, y la quietud reinante lo invitó a acostarse nuevamente y relajarse luego de desayunar. Lo hizo, arremolinado en su chinchorro, y su mente, cual inquieta criatura, lo llevó al recuerdo de su amada que reposaba dentro de él. Evocaciones que en esos días habían estado guardadas, pero que en los momentos de soledad, inevitablemente venían a su encuentro. La silueta de porcelana de la muchacha que deambulaba sin pedir permiso por los predios de su alma, aquella niña que robaba sus silencios, devolviéndoselos convertidos en sueños y en promesas de felicidad eterna...

Qué sabría ella de él... dónde estaría en ese momento... qué estaría pensando... Recordó también el momento en que la besaba en el lavadero, tan ideal como una cama en la habitación de un hotel. Evocó sus besos, la dulce miel expedida por sus labios sedientos y las ganas de amar que perseguían sin parar sus cuerpos jóvenes. Notó que los acontecimientos en la finca lo apartaron un poco de ella, pero no podía negar que por mucho tiempo la ternura de sus besos lo acompañarían en su vida.

No supo por qué, pero imagino que en esa temporada de no verle la iba a encontrar distinta, no más bella, no más frágil, no más fuerte: sólo distinta. Aún con los soles en su cabello castaño claro y, sobre todo, con la esperanza de que ella también lo extrañara, de que pensara que lo necesitaba...

Las cavilaciones y visitas a sus más profundos pensamientos y sentimientos le devolvían la alegría y hacían de él un ser mejor, dispuesto, a pesar de todo, a no rendirse y a lograr las metas propuestas.

Fue en ese momento cuando escuchó los perros ladrar. Al asomarse en la puerta de la choza descubrió en la lejanía a su abuelo y a los obreros, uno de los cuales traía consigo un animal en sus hombros: era una lapa que serviría de comida para toda la semana que aún faltaba por compartir con esos hombres sencillos.

Eliézer salió a su encuentro y les preguntó por qué no lo habían despertado, y todos, mientras se miraban a la cara, dejaron escapar una sonora carcajada, pues le explicaron que durante largo rato habían estado tratando de despertarlo, y como no habían podido lograrlo habían concluido que debían dejarlo descansar. El resto del día los trabajadores pasaron el tiempo tomándole el pelo mientras imitaban la forma como se arremolinaba en su hamaca cuando intentaban levantarlo.

Los comensales compartían el almuerzo con un gusto tremendo. La tierna carne se deshacía en sus dientes, mientras continuaban imitando burlonamente las estiradas de Eliézer. Sin embargo, todos sabían que el día anterior había sido muy exigente, sobre todo para alguien que no estaba acostumbrado a estos menesteres.

El almuerzo transcurrió entre risas de los presentes y los relatos de la manera como debían colocar la trampa la próxima vez.

Tras terminar la comida, alrededor de la una y media, todos se fueron a descansar para continuar con el ordeño de la tarde que debía hacerse cerca de las cuatro. A pesar de que su sueño se había extendido más de lo normal, al quedar tan lleno, Eliézer volvió a sentirse adormilado, y se entregó sin demora a un sueño reparador. Sólo le bastó un momento en el chinchorro para que su cuerpo se abandonase por completo al descanso.

El sol inclemente calentaba la estancia. El ganado en esas horas no comía mucho, sólo buscaba la sombra protectora de los árboles de los potreros.

El sudor les corría a todos los hombres por su humanidad, resecándoles la lengua con el paso de las horas y haciéndoles sentir sus cuerpos, mojados y hediondos por el trajinar mañanero. La tarde terminó de llegar, pesada, sofocante, pero esta vez sí escuchó con claridad la voz de su abuelo, que despertaba a todos para ir al ordeño. Sin perder tiempo, los obreros se pusieron la camisa y de un salto Eliézer también salió a la vaquera, con su cuerpo envuelto en sudores que le habían puesto el cuerpo pegajoso. El sol, aunque brillante, estaba bajando la intensidad a su estufa esa tarde.

El ordeño fue tranquilo, cada uno estaba concentrado en el trabajo. Eliézer soltaba el becerro a cada vaca que sería ordeñada, y todo el estero estaba en paz. Aproximadamente transcurrieron dos horas en el ordeño, y terminó cuando la tarde calurosa estaba llegando a su fin. El sol brillaba a las seis más tenuemente, en señal de que la romántica tarde iba a darle entrada a la hora triste del monte. Había armonía en los hombres, la naturaleza era respetada, los valores estaban inmersos en los modales y costumbres de aquellos humildes.

Cuando la tarde caía, un crepúsculo rojizo que se había formado casi subrepticiamente, al compás de una tonada tocada con una guitarra por uno de los obreros, le daba ese toque de paz y cansancio que arropaba a los presentes. Era una tonada triste que hablaba de amores, desamores, de la vida del obrero cuando deja la mujer por ir al trabajo, y sus posibles consecuencias. Recostado en una silla que inclinaba su espaldar al tronco de un árbol, aquel obrero cantaba lo que el alma no le permitía contar o conversar.

Su abuelo ya había encendido su tabaco, y la quietud de aquella hora sofocante, mostraba cómo la tarde languidecía en la mirada absorta y embrujada de los espectadores de aquel crepúsculo rojizo, que dibujaba figuras en su esplendor.

Sentados en un taburete, uno al lado del otro, abuelo y nieto miraban el crepúsculo y las múltiples formas que éste dibujaba, ambos envueltos en un silencio cuyo final sabían que era inminente, pero estaban buscando la mejor manera de hacerlo.

De improviso, el silencio fue roto con una expresión que salió de las más profundas meditaciones del viejo y su tabaco, pero que parecía provenir no de él, sino de la vida:

—¡Debes perdonar y olvidar todo para poderte reconciliar con el mundo que te rodea! Olvidar los errores de tu mamá y tu papá, y quitar esa decepción que hay en ti cuando te acuerdas de eso. Somos humanos, y no somos perfectos, y con errores o no, ellos son tus padres... Gracias a Dios los tienes... y estoy seguro de que te quieren.

El tiempo inexorable se llevaría a su padre, pero era cierto, aún los tenía a ambos y, en ese momento, ninguno de los dos sabía los acontecimientos que se avecinaban. Hubo un silencio antes de que Eliézer hiciera una pregunta que retumbó en el rojo tenue en el que se estaba convirtiendo el crepúsculo de esa tarde moribunda, mientras las tonadas del obrero continuaban adornando mágicamente el momento:

—¿Tu tuviste papá?

Eliézer intuyó que ese silencio no se rompería por ahora, y la mirada de aquel hombre fuerte permanecía ahora más perdida en la distancia y en el horizonte que mostraba el monte. No se sabía si miraba el cielo o a la tierra. Con un respiro profundo, luego de un largo silencio, sólo repitió una de las frases ya dichas:

—Debes reconciliarte con el mundo que te rodea.

El eco de sus palabras retumbó en el estero por el tono grave dado a la voz de aquel anciano probo. El silencio se hizo un poco más prolongado aún, y el muchacho le formuló una nueva pregunta, esta vez relacionada con lo vivido esos días en la finca:

—¿Usted ha sentido miedo alguna vez?

Una débil sonrisa se dejó escapar de sus labios y el hombre respondió:

—Me fui casi niño de mi casa por miedo y desde muy temprano aprendí que aunque sienta miedo muchas veces, no me dejo inmovilizar por él... No podemos dejar —agregó—que el miedo nos domine, porque cuando nos acobardamos, triunfa el mal y el peligro nos alcanza. En esos momentos Eliezer recordaba lo sucedido con los toros, y penso que si su abuelo se hubiese acobardado ayer, tal vez el obrero ya no estaría con ellos o en el mejor de los casos, hubieran podido herirlo seriamente.

No puedes acobardarte –prosiguió–, tienes que enfrentar las cosas que la vida te presenta... No debes huir de los problemas, porque por más distancias que pongas ante ellos, siempre te perseguirán y alcanzarán... Estarán allí, puesto que nunca fueron resueltos, y te digo, Eliézer, jamás Dios pondrá frente a ti un problema que tú no puedas resolver... Algunas veces con valor, otras veces con inteligencia y un poco de sagacidad... Pero todo lo puedes resolver... ¡todo!

En ese momento, el crepúsculo se ennegrecía sin detenerse y el entendimiento llegó al ser de ese muchacho que había encontrado en ese hombre de sencilla vida, la manera cómo debía enfrentarse a sus problemas. Todo esto ocurría mientras la luz del tabaco que fumaba el viejo parecía casarse con los rayos de la incipiente luna, cuya forma empezaba a mostrarse en la oscuridad de la noche.

Una nueva pregunta de Eliézer retumbó en la oscuridad, mientras el gato negro seguía al acecho de las aves:

–¿A qué más le tienes miedo tú?

El silencio tomó por asalto de manera casi definitiva aquella conversación, mientras el hombre viejo miraba el tabaco como si se interrogara a sí mismo. Eliézer se dispuso a dar por terminada la conversación, e hizo un ademán para levantarse, por lo que el viejo antes de que se marchara, le dijo:

–No puedes ir caminando por el mundo con miedos... Levántate del piso y véncelos... no te acobardes más.

Para ese momento el negro de la noche había envuelto el crepúsculo, y sólo se divisaban en lontananza unas figuras moribundas del mismo, mientras las tonadas habían cesado y el gato reposaba su cena.

En el chinchorro que tenía, Eliézer se revolcaba sin lograr conciliar el sueño. Era cierto, había huido de todo, queriendo implicar con ello el olvido de todas las cosas que tenía pendientes en su vida, tales como la mafia de Rubén, el daño que podrían hacerles a los muchachos estudiantes del colegio católico. El cura corrupto que había maltratado e intentaba violar estudiantes y, por último, el no querer ver a la cara a los familiares de la muchacha que le había regalado su cuerpo, su juventud, sus ansias, sus sudores.

Había puesto tiempo y espacio entre él y sus problemas, pero de verdad en esos momentos se sentía mal. No se apartaban de su vida los recuerdos... de la droga escondida... de la tez de Rubén mientras le daba un "jalón" al pitillo de marihuana en compañía de sus secuaces... la conversación con Valmore... el viaje a la misión de los yukpas, y lo que allí había podido descubrir. Se reía también internamente cuando recordaba, el episodio donde caminaba desnudo hacia el cura que le espiaba en el rio, y recordaba los ojos saltones que lo observaban, mientras sus bolas se bamboleaban con cada paso suyo. Eliezer recordaba que se percato nuevamente de estar desnudo cuando se cayo al agua y volvió a levantarse. Una sonrisa se escapaba de sus labios.

Él le había dado la espalda a todo, y además había huido de los problemas propios de sus familiares, pretendiendo olvidarlos mientras estaba lejos. En ese momento pensó en la reacción de los hermanos de Marina cuando lo vieran: querrían golpearlo, pero había algo que le preocupaba aún más, que era el enfrentarse a las miradas de desprecio y de reproches de los vecinos en su barrio... Cómo le juzgarían cuando se cruzaran con él, tomando en cuenta que prácticamente había quedado como un depravado. También pensaba en lo que dirían el resto de sus familiares y, sobre todo, su gran amor, que de seguro ya se habría enterado de todo lo que había ocurrido.

Las palabras de su abuelo habían calado profundamente en el alma del joven muchacho que, hasta entonces, se había acobardado en repetidas ocasiones, y había optado por huir de los problemas antes que enfrentarlos. Pero esa noche comprendió, que *alejarse no es olvidarse... y que la única manera de olvidar un problema es resolviéndolo, porque de lo contrario persistirá en nuestras vidas.*

La noche pasaba lentamente y el muchacho se durmió casi a la hora en que se levantaban regularmente, pero como era domingo, no importó que sólo pudiera hacerlo cerca del mediodía, con los sudores en la frente producto del calor reinante en las chozas de barro.

La resequedad y la sed se apoderaron de su garganta, y tuvo que levantarse. Su cuerpo sudaba a chorros y sintió una mezcla de olores que le penetraban los sentidos, pues el calor hacía que el olor a medicinas veterinarias y el gasoil se mezclaran, enrareciendo el aire y formando una casi insoportable atmósfera que sacaba el letargo de su cuerpo mientras se estiraba.

Al salir de la choza ya el ordeño se había terminado, y Eliézer vio cómo los obreros se alistaban con las ropas más decentes y limpias con las que contaban, pues se iban al caserío a pasar el resto del día allí.

Desayunó con rapidez, pues todos esperaban por él alrededor del viejo Jeep, mientras conversaban amigablemente esos hombres cuyos cuerpos y carácter había endurecido el campo.

Montados ya de camino iban conversando de la venta de unos mautes, de su precio y de su posible comprador. Por momentos se reían al recordar al obrero cuando estaba atrapado entre los gigantes que se peleaban por traspasar sus genes. Las risas y las insinuaciones del susto sufrido por el labriego, alegraban el camino de ida a ese poblado apartado del mundo. Mientras, la figura imponente del anciano conduciendo el viejo Jeep resaltaba en el paisaje de la mañana que casi moría dándole entrada a la tarde sin desesperos.

Cuando llegaron, se bajaron del dinosaurio andante y cada uno fue a la tienda cercana a refrescarse. Los obreros tomaron cervezas y al abuelo le dieron una botella de ron empezada, de la cual el viejo sacó un trago de dos dedos y lo tomó de un solo golpe, crispándole los poros hasta a su nieto. La misa de las once y media estaba por empezar, y Eliézer, que sentía ahora una necesidad especial de su Padre Celestial, caminó en dirección a la loma donde se alzaba la casa de Nuestro Señor.

Su abuelo sabía que esa visita ayudaría a su nieto en los trances vividos, y lo vio alejarse en dirección a la iglesia, mientras una brisa de esperanza golpeaba su cara y su figura empezaba a desdibujársele perdiéndosele en la lejanía.

Sentado en las bancas traseras, Eliézer, lejos de mirar dentro de sí, se percató de la misa que daba el cura, pues la misma era diferente a las de su pueblo. Luego de escuchar los extractos de la Biblia, primera y segunda lectura, más el Evangelio, el cura cuarentón mandó a los niños a hacer una rueda alrededor de él, y empezó a conversar con ellos. Mientras lo hacía, les difundía la palabra de Nuestro Señor Jesús, les explicaba las cosas que estaban bien y las que estaban mal. Con ejemplos acordes a su edad y comprensión, y mostrándoles un gran cariño.

Los niños intercambiaban ideas con él, y hacían preguntas que eran respondidas por el misionero de Dios, dejando satisfecha su curiosidad. Algunas veces el ingenio de los pequeños y su picardía se ponían de manifiesto y arrancaban las risas de los presentes, y la conversación fluía como si fuese un grupo de amigos reunidos en una amena conversación.

Mientras hablaba con estos niños, notó que los adultos no perdían ni un segundo lo que acontecía en la conversación, pues en su charla el cura se paseaba por todos y cada uno de los mandamientos, tocando con ejemplos de la vida diaria cada una de las cosas que quería enseñar y que ellos entendían con singular rapidez.

Entonces, Eliézer, observó el rostro amable del cura, la paz que transmitía y la alegría propia de alguien que estaba haciendo algo que amaba profundamente. Asimismo, observaba cómo grandes y chicos asistentes a aquella humilde y remota iglesia, se gozaban esos momentos que, probablemente, quedarían grabados en sus corazones, junto a las enseñanzas que, de seguro, les harían ser mejores niños y también mejores hombres.

La sonrisa y placidez reinaban en el lugar. A pesar del agobiante calor, ninguna persona en el recinto quería que esos momentos llegaran a su final.

La misa había sido como una caricia a las almas inquietas presentes en esa mañana, y nuestro amigo intuía que los momentos vividos en la Casa de Dios por todos los hombres que habían asistido a la iglesia, habían hecho algo mejor al mundo en que vivimos.

Sumido en sus pensamientos, mientras el cura levantaba sus manos para bendecir el pan y dar la comunión, Eliézer imaginaba la cantidad de lugares en la tierra donde, en ese momento, se habían dado misas similares –iguales, mejores o peores–, pero que todas buscaban sacar lo mejor de nosotros como seres humanos; y que además tenían la intención de formarnos para la vida y lograr, a través de las enseñanzas de Nuestro Señor Jesucristo, la convivencia armónica entre los seres humanos, acercándonos al amor de Dios y convenciéndonos de pensar en el prójimo como en nosotros mismos.

Eliézer se había convencido, con certeza, de que esas caricias dadas al mundo por la Iglesia no saldrían en la prensa, por lo que quienes no estaban presentes en la homilía jamás sabrían de ellas.

Mientras caminaba de vuelta al caserío, con el sol abrasador pegado en su espalda, los pensamientos no dejaba de recordar el amor desbordado que prodigaba aquel cura abnegado a los fieles asistentes a la liturgia.

A veces, todo era tan confuso para él… Mientras vivía esa experiencia regeneradora y que reconducía su vida, simultáneamente escuchaba o leía con gran sobresalto en su alma, la alarma que encendía en las poblaciones las revelaciones de curas pedófilos en diferentes partes del mundo, que no se compaginaban con la muestra de cariño infinito vivida en esa recordada mañana.

Imaginó entonces la decepción tremenda que sufrirían él y el resto de la comunidad, si ese cura bonachón fuese acusado de actos tan monstruosos como los leídos por él en los periódicos en algún momento de su vida, y se preguntaba *¿cómo eso influiría negativamente en la feligresía al acercarse a Dios Nuestro Señor, y a la vida y obra de su hijo Jesucristo? ¿Cómo podría estar bien el rebaño, si el pastor no es probo en su proceder?*

Mientras cavilaba sobre estas cosas, caminaba acercándose al Jeep donde, ya montado en el vehículo, lo esperaba su abuelo.

Mientras Eliézer escuchaba el motor que encendía su vida al paso del switch de arranque, notó que los obreros se quedaron, pero navegando en sus propias elucubraciones. No preguntó nada al respecto.

Cuando viajaban de regreso los dos solos, él se atrevió a preguntarle a su abuelo por el cura que enseñaba principios y valores morales a los humildes, pero felices feligreses que asistían cada domingo a los servicios de la Iglesia, y éste les inculcaba a sus hijos, el respeto por la institución a través de la formación impartida.

—¿Qué piensas tú de él?

Parecía que el viejo meditaba en sus silencios, mirando el camino, cuando empezó a decirle que sólo confiaba en Dios, y que le costaba mucho confiar en los hombres… y que los curas, antes de ser curas eran hombres. En ese momento su mirada se perdió en el firmamento, como si meditara la respuesta que en ese momento giraba en su cabeza, como si rebuscara la verdad en las figuras indescriptibles que pintaban las nubes de ese domingo en el firmamento. Hasta que volteó su mirada, y su voz grave y fuerte se dejó escuchar por encima del motor del Jeep, y dijo con plena certeza y convicción:

—El padre Antonio es un buen sacerdote.

Y acto seguido le dijo que la sinceridad y buenas obras de él marcaban el desarrollo tranquilo de los días en aquella sociedad recóndita y sana, y el cura tenía ya más de quince años formando jóvenes en ese caserío y sus alrededores.

Juan de la Cruz le contó cómo su madre y abuela lo llevaban cuando era un niño a la iglesia los domingos, y le explico cuánto valoraba entonces las enseñanzas de sus tiempos en su querida Colombia, propiamente en un pueblito llamado Juan Arias, cerca de Sincé, y en Buena Vista, Sucre, tierra donde se formó.

Y agregó con cierto orgullo:

—Aunque hace muchos años que no voy a la iglesia, jamás olvidé las enseñanzas que recibí allí.

Eliézer, ensimismado, pensaba en esos valores tan arraigados que tenía aquel cristiano, en cuya piel mostraba las huellas del tiempo y de los trabajos vividos en la pobreza honrada.

Y entonces el viejo continuó diciéndole, mientras su mirada se perdía en los recuerdos de su pasado, que regresaban a su vida, a propósito de la conversación con su nieto.

—En mi infancia, no tuve casi ni buena comida, mucho menos casa, ni ropas decentes y menos aún un juguete, mas no te hablaré de las necesidades que padecimos mis hermanos y yo, ni de las razones por las cuales me fui del lado de mi madre a la edad de diez años, pero te digo que de no haber recibido la formación cristiana que recibí de mi madre y de la Iglesia cuando era niño, hoy estoy seguro de que habría tomado un mal camino, y tal vez hasta podría ser que ya estuviese muerto.

Cuando llegaron al fundo, Eliézer le preguntó entonces por los trabajadores, y el anciano, sumido aún en sus pensamientos y con su voz profunda le dijo que nadie que fuese trabajador de él podría ir a sus tierras tomado.

Ante la tajante respuesta de su abuelo, Eliézer decidió no hablar nada más al respecto. Sólo se limitó a caminar y dirigirse al baño a refrescarse, mientras su abuelo se metía en la cocina donde preparaba con exquisitos sabores, sus sueños, que no eran otros que los de la tierra.

Luego de cenar, aquellas dos figuras novelescas volvieron a sentarse uno al lado del otro. Mientras cada uno estaba sumido en sus propios razonamientos, el muchacho pensaba otra vez en cómo le mirarían los hermanos de Marina y los demás vecinos luego del escándalo. Intuyó que esos muchachos querrían golpearlo otra vez, y cuando pensaba en eso, el miedo casi llegaba a paralizarle la respiración.

Mientras tanto, el hombre fumaba su tabaco y su mirada se perdía en la lejanía, tanto como sus pensamientos. El rumor de la tarde le decía a Eliézer que debía guardar esos momentos, puesto que no se repetirían.

Pero los pensamientos que lo perturbaban lo seguían acosando, mientras miraba extasiado la figura de su abuelo que empezaba a perderse cuando las sombras de la noche abrazaban el campo. De pronto, en la agonía de la tarde escuchó al anciano preguntarle:

—¿Qué vas a hacer con tus miedos?

El muchacho quedó perplejo al comprender que su abuelo le adivinaba sus pensamientos. Pero se sentía bien, porque intuía, acertadamente, que tras aquella pregunta su abuelo le demostraba que confiaba en todo lo que le había contado, y lo conminaba a enfrentar la situación.

El frío viento silbaba dándole la bienvenida a la noche, que empezaba a mostrar las luces intermitentes de las luciérnagas, y éstas iluminaban con terca obstinación el patio del fundo, en una danza que parecía irreal y le daba un toque mágico a la oscuridad reinante en el patio de la finca, mientras su cara y sus manos se entumecían y Eliézer observaba extasiado el final del tabaco, cuyo aroma adornaba la intimidad de aquellos dos seres que nunca habían dicho que se querían, pero que ahora ambos lo sabían.

Eliézer lo miró sin que su abuelo volteara a devolverle la mirada, y luego sólo sintió la necesidad de abrazarlo, y así lo hizo. Aquel gesto imprevisto, le tumbó el último "jalón" a su vicio, pero el anciano lo cambio de corazón por el abrazo sincero del muchacho que ahora veía más claras sus noches.

Luego de la plática y lo vivido por Eliézer en los días, ni siquiera el ruido profundo de los ronquidos del fortachón le impidieron conciliar un sueño reparador y profundo que se protegía en la cobija gruesa y maloliente que le tapaba su cuerpo. La paz cubrió sus pensamientos, y una certeza de que todo estaría bien le llenó su vida. Por primera vez, en mucho tiempo, se sintió seguro de sí mismo, quizás porque por primera vez, también desde hacía mucho tiempo, se sintió querido.

Los ladridos de los perros se escuchaban en la lejanía, primero como un leve ruido casi imperceptible, pero poco a poco se fueron acercando a la hamaca de nuestro amigo, y traían consigo un ruido de motor que se acercaba por el camino. Los ladridos de los animales fueron haciéndose más intensos a medida que el vehículo se acercaba, para ser finalmente ahogados por éste.

Eliézer estiró su descansado cuerpo, y miró el despertador que marcaba las nueve de la mañana. Comprendió entonces que había dormido cerca de doce horas en la noche y parte del día. Sintió, mientras se vestía, que su cuerpo estaba fuerte, y salió rápido a lavarse la cara. El sol le encandilaba los ojos y, al acercarse a su abuelo sin camisa, observo cómo su cuerpo sudaba a chorros y sólo tenía puestos sus pantalones, botas y el sombrero para protegerse del sol. Concluyó entonces que, sin ayuda de nadie, había ordeñado los animales esa mañana.

Eliézer observó cómo el anciano se colocaba su camisa mientras se acercaba el visitante. El recién llegado era el señor Tomás, un comprador de quesos que quería negociar con su abuelo la producción de la semana. Los dos hombres empezaron a hablar de los quesos, la cantidad, y el hombre le propuso pagar la mitad del monto en ese momento, y la otra mitad cuando regresara el miércoles de Machiques.

Después de mirar a su abuelo, pero sin consultarlo, Eliézer le preguntó al señor Tomas si lo podría llevar hasta Machiques, y el hombre le respondió afirmativamente, y que le serviría de compañía, puesto que iba solo en su vieja camioneta, una Ford del año setenta y cinco, de color azul, con parches de masilla por todos lados, los cuales eran como heridas de las guerras que la camioneta había vivido en sus andares. Sin embargo, cuando se observaba detenidamente esos pedazos de hierro, se podía notar que se estaba en presencia de un vehículo que aún tenía muchas batallas por librar.

Acto seguido, el muchacho salió casi corriendo a las chozas a buscar sus cosas, y no notó que su abuelo se le había ido detrás. Cuando desenganchaba su hamaca, el cuerpo inmenso de su abuelo tapó la luz que entraba al aposento, creando un cuerpo celeste que parecía de otra galaxia. Al estar a su lado le dijo el abuelo:

—¿Por qué te vas tan rápido? No es mejor que dejes pasar un poco más de tiempo.

Y el muchacho, envuelto en una seguridad pasmosa, que el viejo intuyó que ya nadie podría ahuyentar, le respondió mirándole fijamente a la cara:

—Voy a enfrentar mis miedos, abuelo… Ya es hora.

Y se acercó a él y le dio un abrazo fuerte y le dijo:

—Gracias, muchas gracias, abuelo. Ya me siento mejor y debo regresar.

El viejo asintió y empezó a ayudarle a empacar sus cosas.

Cuando la camioneta arrancó, llevándose consigo los quesos y al muchacho, el fortachón sintió emoción al observar a su nieto partir, pues éste llevaba lágrimas resbalando por sus mejillas. El abuelo pensó que había traído a su nieto a enseñarle, pero que él también había aprendido, pues recordó cosas y momentos de su vida que pensaba que ya había olvidado, y volvieron ahora invitados por las vivencias de Eliézer, que en esos tiempos no tenía paz, pero que él sentía que se iba mejor que como había llegado, algo que era muy cierto. Él mismo, incluso, ahora se sentía mejor. Todo esto lo pensaba sin dejar de observar cómo la vieja camioneta enfilaba su trompa rumbo al río.

El ruido del motor se perdía en la distancia llevando consigo las esperanzas de su muchacho. Por su parte, Eliézer, al observar a través del retrovisor de la camioneta cómo la figura de su abuelo se perdía en la lejanía hasta hacerse un punto muy pequeño en la distancia, sintió nostalgia, por el tiempo y el lugar que apenas iba abandonando, y valoró las cosas que dejaba. Pensó en el gato negro, en los animales que peleaban, en la manera de su abuelo de sembrar la tierra y en las tardes moribundas con sus horas tristes propicias para reflexionar en la propia vida. Le reconfortaba saber lo que se traía consigo, y esto era un tesoro preciado que le acompañaría por siempre: *las armas para apartar el miedo.*

Todo cambiaría nuevamente. Volvería a ver a sus hermanos, a su querida hermanita, cuya sonrisa de bienvenida y abrazo ya estaba imaginando. También caviló sobre los problemas que debía enfrentar, con los vecinos, y pensó además en Rubén y sus secuaces.

En un tiempo que no pudo precisar y al son de los brincos de la camioneta, entregó sus pensamientos al grupo de muchachos que podrían, con su comportamiento, destruir las vidas de muchos en el colegio de curas.

Al llegar al río, el chofer de la camioneta y él, por fin se dirigieron la palabra, ya que el señor Tomas había notado que el muchacho venía absorto en sus pensamientos, y no había querido interrumpirlo.

Observaron cómo el río tenía más agua de la acostumbrada, y que el cauce había aumentado considerablemente para ese día.

Eliézer divisó a los trabajadores de su abuelo del otro lado de la orilla, que les hacían señas para que no pasasen el canal del río. Una lancha, en tanto, que estaba encendida de este lado se disponía a atravesar las aguas mansas, profundas y cristalinas del gigantesco reservorio de agua dulce, que mostraba un rostro más bello que de costumbre, escondiendo con sus tranquilas aguas la fuerza que podía tener ese día su cauce.

Viendo la situación, el buen hombre le dijo a Eliézer que atravesaría el cauce del río con su camioneta, pero que él se fuera en la lancha. Lo que a nuestro amigo, dadas las circunstancias, le pareció la más sensata decisión.

Metió en la lancha las pocas cosas que llevaba y se subió a la embarcación. Junto a dos pescadores emprendieron el paso por el río en las aguas tranquilas a todas luces. Los rayos del sol parecían rebotar en las aguas cristalinas, y maltrataban los ojos si se miraba el reflejo de éstos directamente. Los colores que destellaban en las aguas no tenían comparación con nada. El paisaje apacible semejaba realmente un paraíso, y por momentos parecía que los pescadores que casi a diario transitaban las aguas, igualmente estaban maravillados con el espectáculo que no les cansaba los ojos a pesar de verlo a diario.

A medida que el bote avanzaba, el agua iba tomando fuerza, pero los pescadores eran muy diestros y conocían palmo a palmo el recorrido del río. Eliézer estaba tranquilo gozando el corto paseo, pero no podía ocultar mirar con avidez la pesca que ya traían amontonada.

Al ganar la orilla, los pescadores se bajaron de la lancha, y ayudaron a nuestro amigo a descender. Eliézer se sacudió los pantalones cuando le extendieron una bolsa con pescados para que llevara a su casa. Él agradeció el gesto con un apretón de manos y un "gracias" sonoro. En ese momento se escuchó el ruido del motor de la camioneta, lo que le hizo voltear la mirada, al igual que a todos los demás que no aprobaban aquella aventura y se persignaban.

El paso de la camioneta por el cauce más bajo del río revestía cierto peligro, y se contaban historias de que con menos agua que ahora en ocasiones había arrastrado algún vehículo y su osado chofer no había vivido para contarlo.

El ruido del motor parecía un animal herido, y mostraba los trabajos que pasaba la camioneta al atravesar las aguas mansas del Santa Rosa. El rumor de la corriente parecía aumentar con el paso lento de la camioneta. Desde lo lejos se podía observar que la cara del señor Tomás denotaba preocupación y parecía arrepentirse de haberse lanzado a aquella aventura, pero ya no había vuelta atrás. El agua por momentos tapó la carrocería de la vieja luchadora de mil batallas, pero fiel, continuó, y moviéndose entre baches que la levantaban parecía coger respiro, cuando las bifurcaciones del fondo del río la levantaban por encima del cauce.

Era el vehículo como un animal que luchaba con todas sus fuerzas por sobrevivir a las garras de la fiera mansa que pretendía devorarla entre sus fauces soñolientas y que, por momentos, parecía tragársela... El motor, en tanto, amenazaba con apagarse, colocando el alma de los presentes en la boca, y sacando los ojos de las órbitas del señor Tomás que, antes que por la acción de las aguas, parecía que iba a morir de un infarto. Sin embargo, casi por milagro la camioneta pick-up del año setenta y cinco, marca Ford, avanzaba decididamente, aguantando los embates de las aguas tranquilas, pero poderosas que en algunos instantes parecían vencerla.

El camino para llegar a la otra orilla daba la extraña impresión de ser cada vez más largo, y el agua empezó a inundar la cabina donde estaba el chofer. Sin embargo, el capitán del improvisado barco no estaba dispuesto a abandonar su navío, y perecería con él de ser necesario. Además, el motor no se le apagaba, a pesar de que el agua seguía ganando terreno dentro de la cabina. Sin embargo, hubo un momento en que ese motor hizo un ruido que podía indicar que se daría por vencido, que por fin se apagaría y el río ganaría la batalla, cuando la camioneta agarró un hueco que la hundió un poco más, pero luego casi inmediatamente la levantó, y el agua volvió a llegar al nivel de las ruedas.

Los espectadores de esa especie de proeza de hombre-máquina ante la naturaleza, volvieron a respirar. Los corazones de los presentes aún galopaban como potros desbocados y el alma les volvía, de a poco, haciéndoles recobrar la conciencia.

Ya el peligro había pasado: la fiel camioneta se acercaba a la orilla y parecía haber recobrado su vigor. El ruido del motor imitaba el de algún animal que, tras haber dado una gran batalla por sobrevivir, ahora gritaba su victoria.

El hombre apagó el vehículo y cuando la puerta se abrió y él se apeó, sus pies y ropas mostraron las huellas de la lucha librada. Con el rostro sombrío, aún estaba pálido, pero poco a poco parecían recobrar el color sus mejillas. Todos salieron a su encuentro, y el hombre se sentó en una piedra a tratar de relajar su cuerpo. La tensión había sido mucha para sus sesenta años, y en su cara se denotaba el quebranto por la angustia vivida durante la media hora que duró la travesía.

La orilla del río cobijó el alma del señor Tomás, que se devolvió a su cuerpo mientras se dibujaba en su rostro una sonrisa nerviosa, que no logró disimular la turbación y el miedo que todavía estaban atrapados en aquel ser humano. Eliézer le extendió su mano para levantarlo y el hombre se levantó de la piedra, y por primera vez volteó a mirar al río Santa Rosa. Sus tranquilas aguas eran ideales para relajarle la vida a cualquiera que lo necesitase, y fue en ese momento que a aquel creyente se le escapó un refrán por muchos conocido: "¡Dios, líbrame del agua mansa, que de la brava me libro yo!".

Los allí presentes se miraron y en sus rostros se dibujo una risa contenida, que con tacto aquellos hombres trataron de disimular, pero no tuvieron mucho éxito, y el hombre mayor contuvo un reproche, pero enseguida su rostro cambió, y empezó a reírse, primero someramente, pero luego dio rienda suelta a la presión que su cuerpo tenía, y comenzó a reírse de sí mismo. Y fue sólo en ese momento cuando el resto de los presentes pudieron dar rienda suelta a la risa. Al parecer aquel escape de la muerte se había convertido en una anécdota chistosa, y el señor Tomás no pareció darle importancia a partir de ese momento, puesto que afortunadamente podía contar la odisea vivida.

El señor Tomás, entonces, miró a su vehículo como si fuese un ser humano, cuya histórica proeza le hubiese salvado la vida, y tal vez así fue. Se esmeró con un cariño evidente por revisarla por debajo, arrodillado, dando la sensación de que le estaba rindiendo culto. El muchacho en ese momento atinó a pensar que, ciertamente, la camioneta merecía esos honores. Después, el hombre levantó la capota del motor y empezó a revisarlo minuciosamente.

Mientras esto sucedía, Eliézer observaba el río. Pensó que quizás él debía ser como aquel río tranquilo, expectante, con el alma tranquila como sus aguas, pero fuerte en su interior, sin doblegarse ante nada. Todo esto lo meditaba mientras los hombres de buena voluntad se acercaban con una gran porción de la pesca en un solo plato, que extendían con sus manos para que ellos comieran. Con agrado fueron recibidos los pescados que en los platos aún parecían saltar.

Luego de engullir con avidez aquel desayuno-almuerzo, se prepararon para continuar el viaje de regreso, mientras el señor Tomás se despedía de todos los presentes.

El muchacho buscaba con su mirada respuestas difíciles de encontrar en las aguas tranquilas. Pensaba, al mirar hacia atrás, que las mismas en el pasado debieron haberse llevado la vida de muchos hombres y, probablemente, en el futuro continuarían haciéndolo.

Cuando el ruido del motor de la Ford Custom setenta y cinco se dejó escuchar, se le oía orgulloso y altanero, como si esperara nuevos vítores por su hazaña.

El muchacho se despidió de los hombres con el pensamiento fugaz de que jamás volvería a verlos, y realmente no estaba errado en esto. Sin embargo, el haber sido espectadores de una situación límite como la que habían presenciado, había creado entre ellos un lazo, una especie de camaradería difícil de explicar.

A medida que avanzaba la camioneta por el camino, volvió a pensar en todo lo vivido al lado de alguien que realmente lo quería, de unos labriegos trabajadores, de los amaneceres fríos y de las tardes silenciosas, de la hora triste del monte, de la cacería del gato negro mientras acechaba sus presas en las ramas de los árboles, de la espectacular pelea de toros, de la figura romántica y que languidecía con el final de los crepúsculos de su abuelo y su tabaco. Pero, por sobre todo de lo aprendido, de la paz ganada y de la fortaleza que a partir de ese momento ya no le abandonaría en ningún momento difícil de su vida... todo, todo estaba guardado en el álbum de sus recuerdos, y esos recuerdos llegarían a él sin ser invitados, pero en los momentos en que más los necesitara, aunque esto aún no lo sabía. Al menos no en ese momento.

En esas tierras se convenció con certeza de que el miedo no nos lleva a ningún camino, que nos inmoviliza y que para continuar hay que vencerlo, valiéndonos de lo que sea, pero venciéndolo, luchando mucho o poco, pero para continuar hay que ganarle la batalla.

Su mente dejó, de un golpe, las profundidades de sus cavilaciones para responder el saludo de un niño que le agitaba las manos despidiéndose de él, quizás sin saber quién era, pero con una alegría sincera. Se percató entonces del caserío y se fijó en la paz que se reflejaba en el mismo, en cómo las mujeres molían café y maíz en un bohío, y observó a sus niños jugar entre sí, y con sus abuelos. A medida que avanzaban atravesando el poblado, la gente los saludaba. Se dejó ver entonces, en la loma cercana, el lado derecho de la iglesia, que parecía vestirse de matices de sombras al tener levantado el sol detrás de ella.

En la lejanía se divisaba al cura mientras hablaba con un grupo de jóvenes que le rodeaban, y la cruz fulgurante en la parte más alta del campanario le dio fortaleza y la convicción de que todo estaría bien.

La ansiedad empezó a desaparecer del joven, y le invadió una sensación de seguridad que hacía que el aire pudiese respirarse mejor. Finalmente, abandonaron el poblado, al compás del sonido orgulloso de la camioneta que, tras su proezan al atravesar el río, parecía superar sin esfuerzo los caminos por muy malos que éstos fueran.

El camino de regreso se hizo tranquilo, y los estantillos que bordeaban los potreros a orillas de la carretera, parecían correr a gran velocidad persiguiendo al vehículo que rebajaba la distancia entre la huida de Eliézer y las realidades que éste debía enfrentar. La camioneta recorría los pueblos callados establecidos a orillas de la carretera, los cuales parecían dormitar esa tarde caliente, donde no se veía más presencia que uno que otro transeúnte desafiando el implacable sol.

Durante ese trayecto, el señor Tomás no paraba de hablar de sus vivencias, sin saber que su compañero de viaje, poco o nada le escuchaba por estar sumido en sus propios pensamientos y cavilaciones que aumentaban su seguridad a medida que los kilómetros que faltaban para llegar a su destino iban reduciéndose.

La calma que le embargaba no tenía explicación racional para él. Sin embargo, la sentía, y mientras por la ventanilla de la cabina de la noble camioneta, la brisa golpeaba a ráfagas su rostro, sus pensamientos estaban dirigidos a su mamá, a quien quería profundamente a pesar de sus errores; a su hermanita, que de seguro lo aguardaba con la sonrisa que le hacía enternecer y le mostraba que provenían de los mismos seres humanos, aunque su hermanita, gracias a Dios, era unas cuantas leguas más linda que él.

Dentro de sí mismo había un sentimiento que le imponía ser un ejemplo para la familia, quizás por ser el mayor, o tal vez porque él, a su corta edad, podía ver llegar la desgracia, algo que les estaba vedado a los otros miembros de su familia.

El claxon de la guerrera sonó dos veces enfrente de la casa de Eliézer, haciendo que por instinto los nervios de nuestro amigo se crisparan, al sentir que luego del rugir del escandaloso sonido los ojos escrutadores de sus vecinos se asomarían por las ventanas. Por lo menos, en eso no se equivocaba. De la casa contigua emergieron dos figuras imponentes que estaban marcadas por el tamaño de los cuerpos musculosos y descuidados: los hermanos de Marina. Por la expresión en sus miradas, nuestro amigo supo a qué atenerse en el próximo encuentro. Pero a pesar de esa presencia imponente, la calma no abandonó a Eliézer.

En esos momentos, su hermanita abrió el portón, y el abrazo fue como una medicina que aliviaba su alma de tantos momentos de incertidumbre. Lo único cierto para el muchacho era el inmenso cariño que manaba de su corazón por toda su familia, especialmente por aquella niñita.

Al entrar en su casa ignoró por completo las miradas amenazantes de aquellos hombres jóvenes y fuertes, lo que dejó algo desconcertados a los hermanos. El señor Tomás hizo andar su camioneta haciendo ademanes que no fueron respondidos por estar nuestro amigo entrelazado en un solo abrazo con sus seres queridos, incluyendo su madre, que dejaba resbalar una lágrima por sus mejillas mientras lo abrazaba.

Pasó todo el resto del día en su casa, contando a sus hermanos y madre lo bien que la había pasado en las tierras de su abuelo, sus aventuras y lo tranquilo del caserío en la zona rural y campesina de Aricuaizá. No quiso salir de su casa, pues aunque sentía paz y seguridad dentro de sí, no quería provocar la ira de los gorilas que, seguramente, querrían lastimarlo.

Capítulo IX. La valentía que da el amor

El arrojo de una mujer enamorada, la reivindicación de Eliézer ante él y los demás. La pérdida de Susana su primer amor.

Al final de la tarde se dirigió a la tienda del sector, donde el señor Seneuro, el tendero bonachón, había gastado su vida dándole un buen servicio a los moradores del lugar, con su humilde, pero bien equipada tienda de provisiones. Quería comprar "chucherías" para él y sus hermanos. Mientras caminaba en dirección al abastos, notó cómo sus vecinos, que antes eran cordiales con él, le daban la espalda o trancaban la puerta cuando pasaba por el frente de sus casas. Era evidente que los hechos relacionados con Marina se habían regado por todo el barrio, y lo veían prácticamente como a un monstruo.

Sin embargo, trató de ignorar todos los reproches cobardes de los moradores del lugar, y caminó decidido hacia la tienda.

Mientras conversaba con el señor Seneuro, varios vecinos llegaron a comprar y las miradas de repulsión hacia él no se hicieron esperar, y algunos ni siquiera se voltearon a saludarlo, lo que le hizo sentir muy mal. Pero lejos de amilanarse, Eliézer también decidió ignorarlos, y después de realizar su compra, continuó su camino a casa, tratando de mostrar seguridad en su andar. Al llegar, no comentó nada con su mamá. Pensó que de alguna manera las cosas se arreglarían, y en el fondo sentía que no podía culparlos por actuar así con él, por cuanto no sabían la realidad de lo ocurrido en la casa de Marina.

Acostado en su cama meditaba acerca de los muros construidos por los seres humanos, para denigrar contra los otros, para separarlos, para juzgarlos. Esos muros muchas veces se hacían inmensos, imposibles de vencer, para lograr mirar al otro lado. En esos momentos pensó que él no sería un constructor de muros, que sería un constructor de puentes, porque con ellos se puede ir a la otra orilla y cuando quieras también se puede regresar, es decir, pensaba en ese momento en lo importante que es ver las dos caras de la moneda antes de juzgar una situación.

Cuando la tarde tocaba su fin, y las sombras de la noche se hacían dueñas del pueblo que él consideraba entonces cruel y tirano, decidió visitar a su amada.

Al llegar a su casa sintió un escalofrío recorriendo su cuello, pero aun así tocó insistentemente el portón de la residencia que, con la luz apagada, se le tornaba inhóspita para él, mientras la luz escasa de una esquina le daba una claridad triste al porche del hogar de su amada.

La puerta se abrió lentamente y apareció la figura de la muchacha que le emocionaba el alma. En ese preciso instante recordó sus anteriores pensamientos acerca de ella mientras estaba en el fundo, al imaginar que la iba a encontrar hermosa, pero diferente… No sabía si para bien o para mal, pero diferente.

Contrariamente a lo pensado, el rostro de Susana se iluminó al verlo, con una sonrisa que parecía sacada de un cuento de hadas. Y su vida se volvió a iluminar con la alegría que sólo puede brindar el amor puro y limpio que siente un adolescente cuando ama de verdad.

Ella caminó en dirección a él, pero a medida que se acercaba, su alegría inicial parecía irse calmando, y al llegar a su lado, lo abrazó, pero no permitió que el abrazo fuese muy prolongado ni lo dejó apretarse a su cuerpo. Cuando él empezó a besarle el rostro, y trató de buscar sus labios, ella lo detuvo y le hizo ademanes de que dentro de la casa estaban sus padres, cosa que antes no le importaba, pues hasta ese momento ella siempre estaba dispuesta a arriesgarse a besarlo. A pesar de esto, él no se molestó y justificó su actitud pensando que ella, tras lo que había sucedido entre los dos, quería ser más prudente en su manera de actuar.

Los jóvenes se sentaron en el porche a conversar. Eliézer empezó a contarle las aventuras vividas en la finca de su abuelo. Le habló sobre la siembra del pasto, de la bravura de los animales en celo, le refirió lo sucedido en el río, y su tranquilo cauce y la belleza de su ribera. Le describió cómo el gato, cuando caía la noche, aprovechaba su color negro para acechar y después atrapar sus presas. En esa hora que estuvieron juntos, la conversación en realidad se había convertido en un monólogo de Eliézer. Susana sólo lo escuchaba, y con los gestos de su rostro, él notaba que ella no perdía ningún detalle de su relato y parecía extasiada escuchándolo.

Emocionado por seguir captando la atención de su amada, prosiguió su descripción, pero llegó un momento en que comprendió que ya se lo había contado todo, por lo que entonces le preguntó:

—Y dime, ¿tú que hiciste?

Entonces, mientras la brisa fría de la noche entumecía un poco sus cuerpos, y la luna estaba posada frente a ellos, pero se vislumbraba en el horizonte de manera borrosa, tal vez presagiando la llegada de un invierno que estaba por desatar su fuerza, ella por unos instantes se quedó mirando sus manos, como buscando valor en lo que iba a decirle a su amado. Pero antes que responderle, ella tenía también una pregunta para él:

—¿Por qué te tuviste que ir a la finca de tu abuelo?

A pesar de la brisa, un silencio asfixiante los envolvió a ambos. Era obvio que Susana se había enterado de lo sucedido en la casa de sus vecinos y seguramente lo que le habían dicho la había lastimado mucho. Pero Eliézer pensó, acertadamente, que si ella conociera la realidad de los hechos, la historia sería aún más cruel. Porque, cómo explicarle, sobre todo tomando en cuenta que esa misma tarde habían hecho el amor, que él estaba allí de mutuo acuerdo con Marina para disfrutar de un momento amoroso. Eso hubiera sido una bofetada aún más cruel para Susana. Ahora, mientras todos estos pensamientos se le agolpaban en su turbado corazón, pensaba en qué podría decirle que la dejara satisfecha y le diera a él una oportunidad de poder continuar con la relación.

La muchacha, en tanto, pensaba que no valía la pena tener problemas en su vida por Eliézer, o por lo menos eso imaginó nuestro amigo al mirar su rostro. Él guardó silencio. Su mirada perdida buscaba una respuesta dentro de su corazón que le permitiese seguir luchando por aquel amor. Pero no tenía argumentos que esgrimir que le permitieran convencer a una inteligente muchacha: *la verdad que le hubiera permitido salvar su reputación ante el resto del mundo, ante Susana lo condenaba aún más.*

El silencio se hizo sordo a la petición de ayuda de nuestro amigo y, como quien se juega su última carta, Eliézer se levantó de su asiento y, mientras le tomaba la mano, la miró a los ojos y le dijo, desde lo más profundo de su corazón, que la amaba con todas sus fuerzas. Susana, emocionada, lo abrazó fuertemente, y después de besarlo en la mejilla, mientras le soltaba la mano, con un nudo en la garganta le dijo que ella también lo amaba profundamente, y que tal vez en algún momento podría regresar a sus brazos.

Ese gesto de soltarle la mano, aunque sencillo, gritó como la garganta más fuerte el final de los días al lado de su amada. Eliézer, a pesar de su dolor, comprendió que debía retirarse honrosamente, calladamente. Sólo se acercó un poco y besó su blanca mejilla mientras sentía cómo sus pechos se pegaban a su cuerpo, tal vez por última vez.

El muchacho sintió un frío recorrer su esencia y cómo se desprendía de él una parte de sí mismo. El sabor amargo de la despedida, que le trancaba la garganta y le hacía contener el aliento, le hizo entender a Eliézer que no tenía caso prolongar más el momento de su partida. Su alma rota le pedía salir de ese lugar, pues no tenía el valor necesario para quedarse, por lo menos, no en ese momento. Caminó pausadamente a la verja de la casa sin mirar hacia atrás. Mientras se alejaba escuchó la puerta cerrarse tras de sí.

En esos momentos comprendió que todos esos acontecimientos se los había ganado a pulso, por mentir, por engañar, por dejarse llevar por sus instintos. Comprendió con dolor que no sólo se miente hablando, sino que se miente también actuando, y estas mentiras, engaños, medias verdades duelen más para quien las sufre, y Eliézer mientras se alejaba no podía olvidar la cara de tristeza reflejada en el rostro de su amada.

Eliézer iba conteniendo sus lágrimas mientras caminaba rumbo a su casa. Un nudo en la garganta le impedía intentar siquiera saludar a quienes se cruzaban en su camino y ni siquiera levantaba su mirada, pues no quería que se dieran cuenta que tenía una lágrima en puerta, y sabía que si la primera salía de su prisión, traería consigo un río de ellas.

Su madre lo vio llegar, y percibió que algo andaba mal, pero por intuición supo que no debía inmiscuirse, pues sabía que no iba a recibir ninguna respuesta. Esto, a pesar de que Eliézer hubiese querido tener a alguien a quien confiarle su tristeza y desahogar el dolor que en su corta vida había llegado tantas veces a visitarle.

No podía dejar de pensar en todos los sentimientos y las cosas que para él habían tenido valor y que había perdido en un lapso corto de tiempo.

Al llegar a su cama, una lágrima cayó en su almohada, y entonces sí, no pudo evitar que se siguieran derramando por largo tiempo. Su alma parecía desahogar todos los infortunios que la vida le había deparado, y necesitaba llorarlos todos en ese instante. Sus gemidos y llanto fueron escuchados por sus hermanos, que se acercaron donde él estaba, pero comprendieron que debían dejarlo solo.

Con el dolor recorriendo su alma, pero aún movido por la esperanza, Eliézer pensó que quizás algún día podría regresar al lado de Susana, quizás cuando ella sintiera que lo amaba de verdad y que valdría la pena perdonarlo. Esta esperanza era el único bálsamo para su partido corazón, y era el aliento que lo impulsaba a seguir el camino que le había deparado el destino.

Sin embargo, no era muy optimista y en un momento se le ocurrió una imagen algo graciosa, pero que le hizo sentir frío en todo su cuerpo: *tal vez tendría que esperarla hasta que los sapos aprendieran a bailar un vals.* Pero aun así, pensó, la esperaría, aun cuando en ese momento no podía visualizar cómo podía lograrse que los sapos dejaran de saltar y comenzar a bailar fuera de su estanque.

Mientras lo asaltaban estos pensamientos extraños, sus lágrimas recorrían sus mejillas y seguían empapando la almohada.

La mañana arribó con el canto de los canarios que llegaban al callejón de la casa a beber el agua que salía de una llave rota. El desaliento marcaba su vida esa mañana, pero la esperanza de recuperar su amor perdido lo motivaba. Comprendió que debía asumir las cosas como le llegaran y, sobre todo, que debía salir adelante a pesar de los infortunios que rodearan su vida.

Se levantó de la cama y pensó en el nuevo año escolar que llegaba, y consigo vendrían todas las cosas que debería resolver de una vez por todas. Como las pendientes con su rival Rubén. Pero esa mañana iba a dedicársela a su casa y a sus hermanos, para así poder ayudar a su madre, por lo que no salió de su casa, y luego de almorzar se dio un baño bien ganado y siguió jugando con ellos.

En la tarde se decidió a ir al polideportivo a jugar una "caimanera" de fútbol. En ese momento estaba dispuesto a recuperar todo lo que había perdido, es decir, su lugar en el equipo del colegio y ser nuevamente lo que había sido. Estaba también dispuesto a mejorar sus notas de bachillerato y, en líneas generales, ser mejor que el muchacho que hasta ese día había sido a la vista de los demás, pero sobre todo ante sí mismo.

Decidió, pues, entre otras cosas, valorarse y no volver a su antiguo trabajo de asear bares que tanto desagrado le causaba. Se propuso no realizar más esas labores de limpiar saliva y porquerías de borrachos malvivientes que tanto daño le hacían a su autoestima.

La fuerza de los rayos incandescentes del sol de la tarde exigían un mayor esfuerzo de los músculos sin entrenar del muchacho. En la práctica de fútbol en el polideportivo local, notó que había perdido velocidad y fortaleza en sus piernas, y si quería recuperar su lugar en lo deportivo debería esforzarse mucho más para poder llegar a optar nuevamente por el sitio que él pensaba le correspondía.

Redobló sus esfuerzos, y poco a poco los toques y cruces de balón le fueron saliendo con precisión milimétrica, provocando varias jugadas de peligro en el arco contrario, de las cuales una, al terminar en gol, provocó que le aplaudieran quienes estaban al borde del campo de fútbol. Sintió en ese momento los aplausos como una bebida refrescante para su alma, y una oración conquistaba su cerebro y su humanidad por completo... *¡Sí puedo lograrlo!,* se dijo, y su confianza y soltura fueron en aumento a medida que el tiempo transcurría.

Después de dos horas de juego intensas que habían empezado cerca de las cinco de la tarde de ese día, su cuerpo había perdido dos kilos de peso con sus sudores, pero él se sintió libre, poderoso y feliz en ese tiempo que le sirvió para recuperar la confianza en sí mismo y en los dones que Dios le había dado. Su fortaleza, su salud, su existencia, todo estaba en perfecto balance y equilibrio con la naturaleza, con el medio que lo rodeaba, y estaba dispuesto a mantenerse de esa forma por el resto de su vida o, por lo menos, a seguir luchando para que así fuera algún día.

No supo cuándo la tarde llegó a su final y con ella también el informal juego que consistía en minipartidos a un gol, donde el equipo que ganaba seguía en la cancha a la espera del siguiente rival, y el que perdía debía salir del campo. Y recién tras cinco juegos fue que el equipo de Eliézer perdió y eso sucedió cuando la noche había tocado sus primeras flautas y se apoderaba del pueblo. Se salió del terreno y recostó su cuerpo mirando el firmamento, cuyo celeste llegaba a su fin. Muy cansado, sudaba a chorros y sus sudores le bañaban la cara haciendo que le ardieran los ojos.

Eliézer soñaba que Susana lo estaba mirando. Se veía triunfando en la vida, logrando sus metas, pero en todas ellas la presencia de ella completaba la alegría del logro alcanzado, pues imaginaba que finalmente podría recuperar su amor. Pasó mucho tiempo cavilando así, mirando al cielo, mientras su cuerpo se enfriaba luego de ese esfuerzo. Ningún pensamiento perturbaba sus sueños. Sólo experimentaba el momento de éxtasis interno, y lo disfrutaba.

Estaba ensimismado en todos estos pensamientos, cuando sintió que un compañero de juegos se le acercaba y, tras saludarlo, le tendió la mano para ayudarlo a levantarse, y de un solo tirón lo puso de pie. El recién llegado le dio una palmada en la espalda y lo felicitó por cómo había jugado, mientras se alejaban del lugar conversando alegremente sobre los pormenores de los informales partidos. Ya en la esquina donde debían separarse, se despidieron, y Eliézer continuó su rumbo hacia la casa de sus padres, y en su camino pasó por el terreno donde estaba su amigo: el árbol que entre sus ramas mantenía los secretos guardados y era testigo mudo de los hechos que todavía le perturbaban por aún no haberlos enfrentado.

Su corazón se estremeció un poco al ver cómo las ramas del fiel compañero se mecían al compás de la brisa que le despeinaba sus cabellos, y fue en ese momento cuando se fijó en las desdibujadas sombras que dejaba el crepúsculo, que mostraba sus últimas formas y éstas se ennegrecían con la llegada de la noche.

Las sombras se habían apoderado de la estancia que rodeaba el árbol, y éste parecía, con el vaivén de sus "brazos", mostrar su alegría por el regreso de su querido amigo.

Eliézer caminó despreocupado por la calle, preguntándose en ese momento cuántos secretos más tendría guardado el árbol en ese tiempo en el que no había estado en el pueblo. Las respuestas no tardarían en llegar…

Continuó su camino, despreocupado, seguro y muy esperanzado. Quería y estaba dispuesto a ser mejor.

Cuando dobló la esquina contigua para llegar a su casa, un sudor frío recorrió todo su cuerpo. Sentados en el frente de su casa estaban los hermanos de Marina que, evidentemente, lo estaban esperando. Estos hombres pesaban cada uno más de cien kilos y querían cobrar la supuesta afrenta que Eliézer le había hecho a su hermana o, por lo menos, eso era lo que reflejaban sus miradas llenas de odio.

Los vecinos parecían haberse puesto de acuerdo para estar en el frente de sus casas, y observar lo que ocurriría, y por eso, casi al unísono, voltearon sus miradas hacia Eliézer y también hacia los hermanos de la muchacha, con el presentimiento de que algo iban a hacerle a nuestro amigo.

Todos pensaban que Eliézer se tenía bien ganada la paliza que parecía avecinársele, y la mayoría de los presentes mostraban expresiones de regocijo de poder estar entre los espectadores de la tunda que imaginaban le darían los robustos hermanos. Sus vecinos, como por arte de una magia negra, se habían convertido en jueces y verdugos del muchacho que lucía más desamparado que nunca.

En cuanto lo vieron, los grandullones se levantaron de sus asientos y, con una mirada de furia contra Eliézer, se dirigieron al encuentro del muchacho que, con mucha valentía, apartó el miedo inicial, y decidió enfrentar la realidad, sin importar el desenlace de la refriega.

A medida que se acercaban los hombres, sus figuras musculosas se hacían más imponentes a la vista de cualquiera, y no había duda de que los momentos que le tocaría vivir a nuestro amigo serían terribles. Él había detenido su andar, y un sereno "Padre Nuestro" se dejó escuchar en sus pensamientos. Esa oración lo fortaleció, y la terminó justo en el momento en el que ellos, junto al resto de vecinos ya lo rodeaban. En apenas unos instantes, a viva voz, empezaron a proferir insultos contra el muchacho, y de la manera más obscena que cualquiera hubiese podido imaginarse.

Él, sacando fuerzas de no sabía dónde, se mantuvo sereno ante la andanada de vulgaridades con que lo estaban ofendiendo. Y esto, al parecer, terminó por exasperar a los agresores, pues de repente el hermano menor de Marina, el más fuerte, agresivo y vulgar de los dos, le dio un empujón que envió su humanidad contra las cercas de los vecinos. Entonces, cuando se iba a abalanzar sobre él para golpearlo, se escuchó un grito, lleno de tanta fuerza y desesperación, que detuvo el ímpetu del desalmado hombre. Era Marina, que se acercaba al grupo que tenía rodeado a Eliézer y, decidida, se colocó entre su amante y sus hermanos, mientras de su garganta brotaron las palabras que les dejaron perplejos. Ella les dijo que Eliézer esa noche estaba en el patio porque ella lo había invitado, y todo sucedió porque ella lo amaba de todo corazón…

—Y quiero que lo sepan: ¡LO AMO! —gritó delante de todos, con una valentía de la que ella misma no se habría creído capaz.

Eliézer comprendió que se había equivocado al juzgarla como una "muchacha fácil" a la joven que le había regalado las mieles de su cuerpo. Entendió, entonces, el motivo por el cual se le entregaba, y pensó sinceramente, que no merecía lo que había recibido de ella... *¡Acababa de aprender una nueva lección en su vida!*

El ambiente casi festivo y alborozado por lo que todos presumían una inminente trifulca, cambió por el silencio que ahora reinaba en el ambiente luego de las palabras cargadas de emoción emitidas por esa alma enamorada... Uno a uno los vecinos que antes mostraban la alegría por la tunda merecida que le iban a propinar a nuestro amigo, avergonzados, no se atrevían a mirar a los ojos al muchacho, mientras la luz de la luna en la noche les iluminaba la silueta, ayudada por los faros de la calle. Luego de ese gesto, Eliézer se acercó a ella, la abrazó fuertemente mientras la besaba en la mejilla, y se dirigió a donde estaba su agresor, aquel hombre que le había empujado contra la pared, y lo había insultado tanto hasta hacía apenas unos minutos.

Se paró frente a él y, al mirarlo fijamente a los ojos, el hermano de Marina, avergonzado, giró su cuerpo y permitió que Eliézer saliera de ese verdadero círculo de enfermos que vieron cómo sus pretensiones de violencia fueron abortadas por el valor de la muchacha. Antes de retirarse nuestro amigo sintió una ola de calor que recorría su cuerpo, y en él se reflejaba un tiempo indeterminado de maldades soportadas, de ofensas, de faltas de respeto a su madre y a ellos, cuando su padre no se encontraba en la casa, acciones cometidas por ese joven mal educado y cuyas intenciones nunca fueron benditas. Fue entonces cuando se decidió cobrar todas las afrentas hechas contra él y los suyos desde que esa familia se había mudado al lado de su casa.

Mientras se acercaba al malévolo personaje, Eliézer lo miró fijamente, y apretando su puño sacó un recto de derecha que, lleno de justicia, se estrelló en el rostro del grandullón, quien sintió en su cara toda la ira que un ser humano podía reflejar en un golpe. Su rostro se estremeció de dolor y un hilillo de sangre empezó a bajar sin tropiezos por sus labios, salándole la lengua y mostrando su magra sangre que profusamente manchaba sus ropas y caía sin obstáculos al suelo. Desmoralizado el ahora agredido, no hizo nada por devolver el "guijarro", pues delante de todos y de él mismo, sentía que lo tenía bien merecido.

Eliézer en ese momento sintió cómo su mano adolorida se iba hinchando, pero ante los presentes no hizo ademán de dolor alguno, y acto seguido lanzó una mirada llena de gallardía a todos los enfermizos vecinos y transeúntes que se habían detenido a ver lo que era una paliza anunciada. Los presentes empezaron a dispersarse, y estaba seguro de que así como se había regado su mala fama en un momento, lo ocurrido en ese día también saldría de la garganta de los bocazas del pueblo, sanando su reputación y recobrando el respeto.

Luego de esos acontecimientos, nunca más volvería a satisfacer sus instintos con las mieles del cuerpo de Marina. Jamás tendría para sí el contorno voluptuoso de la muchacha que le había regalado sus bondades y sus ganas a cambio de una flor, no porque fuese regalada o comprada, sino porque en silencio ella lo amaba.

Capítulo X. Los lugares donde el mal gana terreno

La conversación con la joven ultrajada. El rechazo de la novia y su visita a la discoteca para olvidar su despecho. La decepción por el camino tomado por su amigo Enzo. El disfrute del amor de una sola noche.

Mientras descansaba esa noche, su mente viajaba por todos los hechos que le habían dejado intranquila el alma, es decir, por aquellos que aún no había enfrentado.

No tenía a quién confiar sus preocupaciones, pero estaba maravillado de cómo sus oraciones habían sido escuchadas. De esos momentos de desesperación que le habían abrazado, había salido con una certeza: *Dios existe*. Porque él ahora podía afirmar que había sentido por primera vez, de manera palpable, la mano de Nuestro Señor y la manera en que Éste actúa en el universo protegiendo a quienes siguen sus preceptos.

En ese momento recordaba todas las noches de sobresalto pasadas después del incidente en la casa de Marina, y cómo todos los vecinos le habían retirado el aprecio y respeto. También pensó en que su novia se había retirado de su vida, pero en sus meditaciones Eliézer entendió que aunque ella se enterase de los últimos acontecimientos, tampoco eso lo ayudaría, pues aun cuando él había limpiado su imagen ante el resto de la comunidad, Susana sentiría aún más su comportamiento, pues la había engañado.

Sospechaba que ya nada lo podía acercar a ella, tan sólo su amor puro, sincero y de cierto modo utópico que unía sus pensamientos con la silueta que a él le enternecía su ser.

Pero no se dejó ganar por el desaliento. Por el contrario, decidió volcar sus últimos pensamientos a Dios Nuestro Señor, y en esos momentos, la seguridad y la paz abrazaron sus sienes. Se sentía convencido de que luego de los últimos hechos, más que nunca Dios estaba al control de todo, pues sólo Él pudo haberlo librado de una manera tan perfecta de la terrible situación en que se encontraba, y le había devuelto de un solo golpe la credibilidad perdida ante todos.

Por su corta edad y la poca experiencia que tenía hasta entonces, él no podía saber que las tentaciones y los malos caminos eran una constante para todos los seres humanos sobre la Tierra, y que sólo podrían protegerse de ellos si sus convicciones eran firmes para poder apartar de su vida los males que les rodeaban.

La mañana llego rápido, pero su cuerpo no estaba totalmente descansado. No supo precisar la hora en que sus inquietudes le abandonaron para dejar reposar su cuerpo. En esos momentos pensó en el embrujo que rodeaba los crepúsculos con el esclarecimiento de tantas cosas que le ocurrían, y le impresionaba cómo ese fenómeno natural se formaba y desaparecía para mostrarle las realidades que Dios Nuestro Señor quería mostrarle en momentos determinados.

Su hermanita rodeaba su cama de un lado a otro, haciendo que el sueño y la pereza que sentía desaparecieran y dándole paso a una gran ternura. Su mamá lo miró mientras jugaba con la niña, y le dijo que quería conversar con él. Eliézer asintió y le dijo que en un momento estaría con ella.

Luego de asearse, se sentó con su madre, quien lo primero que hizo fue preguntarle por lo acontecido en la noche anterior. Él le dijo que todo estaba solucionado, que era lo importante, y cuando ella lo miró a los ojos, Eliézer interpretó que aquella mirada encerraba una petición de perdón, un arrepentimiento por el comportamiento tan cruel que había tenido. Él lo comprendió, pero había distancias insalvables que, al menos en mucho tiempo, sentía no podían ser solucionadas.

La mujer, aun cuando no se lo manifestara, se sentía orgullosa por cómo su hijo había enfrentado una situación tan difícil y la había resuelto con valentía. Pero lo que más se ponía en evidencia en cada gesto, es que estaba arrepentida por la tunda tan brutal que le había propinado. Y aunque en ningún momento le dijo: "Lo siento, estoy arrepentida", él notó que sí lo estaba, sobre todo cuando le dio un abrazo, un abrazo fuerte que lo llevaba a la cuna de lo querido, que lo hizo sentirse reconfortado, navegando en mares que nos hacen vivir, que nos hacen pensar que sí hay esperanzas, y que todos, todos, podemos cambiar para ser mejores. Esto sólo lo puede lograr el abrazo sincero de una madre, que lleva a quien lo recibe a lo más profundo del océano de lo querido, de lo necesario y de lo que nunca debe faltar en la despensa de un hogar: el amor.

Reflexionando en estos pensamientos llegó al razonamiento de que *aunque nuestros padres nos quieran, jamás serán perfectos, y cometerán muchos errores, pero podemos estar seguros de que no habrá nadie en este mundo que nos pueda querer más que ellos. Sus errores muchas veces marcan los días de nuestras vidas, quizás mucho más de lo que los marcan sus buenas acciones, pero es bueno analizar sus errores, para no cometerlos con nuestros propios hijos, aunque, y para nuestro desconsuelo, seguramente cometeremos otros.*

Las vacaciones de ese año habían sido largas, y Eliézer había atravesado por momentos muy difíciles, pero que le habían dejado grandes enseñanzas. Mientras reflexionaba sobre sus vivencias, estaba seguro de que en esas vacaciones había episodios que jamás podría olvidar. Por alguna razón que no alcanzó a comprender, en esos momentos recordó al gato cuando cazaba en las penumbras de las mortecinas tardes que arropaban el estero en la finca de su abuelo.

En muchos momentos de su vida se sentía que estaba solo, con sus vivencias, y a fin de cuentas a quién podría contárselas si todas eran suyas.

Cuando aquella tarde decidió reconfortar sus pensamientos en los brazos del árbol que siempre había escuchado su inquieta alma, no pensó realmente que aún le resultasen tan placenteros esos instantes. Él había subido a sus ramas, y notó que en ellas no se habían guardado más porquerías mientras había estado fuera. Sintió el sitio despejado, e intuyó que los malvivientes ya no consideraban ese un lugar seguro para esconder y después consumir la basura que destruía sus vidas. Lo peor, pensaba Eliézer, es que en un momento dado también podría destruir la de otros muchachos que se acercaran a ellos y por diversas razones pudieran ser convencidos de entrar al mundo del vicio.

Un mar de preguntas le atacaron cuando el sol de las cuatro de la tarde seguía colocando sus rayos en la tierra, pero con una intensidad que hacía placentera la meditación mientras estaba abrigado a la sombra de las ramas.

Pensaba en el nuevo lugar que habrían escogido los descarriados muchachos para esconder la droga y en quiénes se les pudiesen haber unido al clan. También cavilaba en que, así como había venido, Rubén podría haberse retirado del colegio y asunto arreglado. Esa posibilidad lo ilusionaba, sobre todo porque el miedo no lo había abandonado del todo, y el pensar en un enfrentamiento directo con el muchacho, aún lo perturbaba. No podía separarse de ese temor por más que lo intentara. Por otra parte, si Rubén se retiraba recuperaría de una manera fácil las cosas perdidas, y de alguna manera él pensaba que debía reconquistar aquellas cosas que sentía el muchacho le había despojado.

En eso se equivocaba, pues en realidad nada le había sido arrebatado.

Eliézer meditaba también acerca de la capacidad que tenía Rubén para ser aceptado por todos. Sentía impotencia y le causaba rabia que sólo él –y aquellos que lo tenían como líder, por supuesto–, conociesen el lado oscuro del muchacho. No entendía cómo nadie más se había dado cuenta de su sombría personalidad.

Pero había algo más que le intrigaba en todo el andar de Rubén por aquel liceo: jamás hasta ese momento había visto a sus progenitores en ninguna reunión de padres o representantes, ni siquiera para retirar la boleta de califi- caciones de su hijo. Salvo ese detalle que podría decirse lo ponía en inferioridad de condiciones con respecto a sus compañeros, en lo demás parecía ser el estudiante perfecto: por su apariencia física que envidiaban sus compañeros y atraía tanto a las muchachas, y porque su aspecto de buen muchacho, serio y responsable, tenía fascinados a los profe- sores. Eso sin contar que era el mejor jugador de fútbol del equipo. Sin embargo, Eliézer sabía con certeza que todo en él, en realidad, era un disfraz para ocultar la maldad que encerraba en su corazón.

Entonces se hizo la siguiente reflexión: *la educación de los hijos es demasiado importante como para dejarla sólo en manos de los colegios e instituciones, y peor aún en manos de los gobiernos. Los padres deben tener una amplia participación en la crianza de sus niños, y siempre en perfecta comunicación con sus maestros.*

Eliézer titubeaba al momento de tomar sus decisiones, pero las resoluciones estaban llegando a su corazón. Meditaba en los pasos que debía dar, y volvieron a su mente las imáge- nes de la muchacha que gritaba y luchaba en el cuarto de los curas. Su mente recorría palmo a palmo los intentos de ella por librarse de los depravados. También recordó la lucha desenfrenada del sordomudo y su conversación con él. Sintió un frío repentino en su cuerpo que le helaba la sangre al pensar que todos esos hechos pudiesen estar relacionados con la droga que ya circulaba en los predios del colegio, y entonces decidió que, definitivamente, debía buscar a la muchacha que iba a ser violada, y lograr que ella le contara lo sucedido en esa mañana.

A pesar de sus temores, Eliézer sentía que ya no podía echarse para atrás. El impulso era más fuerte que él mismo, y concluyó que, de ahora en adelante, sus esfuerzos estarían destinados a enfrentar todas las situaciones que le impedían conciliar el sueño tranquilamente. Él no podía seguir con esos secretos a cuestas, pues era muy pesada la carga que lo hacía sentir que por culpa de su silencio otras personas podrían salir perjudicadas o lastimadas.

Cuando su cuerpo, como impulsado por un resorte, se movió de las ramas, ya la tarde había sucumbido a las fuerzas de las penumbras, y en ese momento fue cuando notó nuestro amigo la oscuridad reinante en el territorio del árbol de sus amores y con el que tantas vivencias había compartido. Se lanzó del tronco grueso y cómodo que cobijaba sus pensamientos y, sin despedirse de su amigo, apuró su paso entre la maleza para ir rápido a su casa. Quería llegar, y después de cambiarse de ropa, buscar a la muchacha que había sufrido los embates de los desalmados en el colegio.

Cuando arribó a su casa, encontró a su familia reunida en la mesa. El único lugar que faltaba por llenar era el suyo, pero en lugar de sentarse con los demás, pasó directo al baño a refrescar su cuerpo y a buscar con el chorro de agua gratificante que su mente terminara de sopesar las decisiones que había tomado.

Imaginaba Eliézer, y no se equivocaba en sus razonamientos, que luego de la visita a la muchacha ya no habría marcha atrás posible para la cadena de acontecimientos que estaban por desencadenarse... Mientras se secaba el cuerpo y empezaba a vestirse en su cuarto, que era el último de la casa, escuchaba en el noticiero de las ocho de la noche acerca de la respuesta dada por el gobierno de turno a algunas críticas hechas por la Iglesia, y se referían a un diálogo entre las instituciones gubernamentales y las altas autoridades episcopales. La reunión, al parecer, se desarrollaba en un ambiente donde no faltaban discrepancias, pero en un marco de respeto y de suma consideración por parte del gobierno para con los hombres que dedicaban su vida a Dios.

Allá por el año mil novecientos ochenta y seis, la Iglesia era la Iglesia y, aun cuando no estuviera libre de errores ni fuera infalible, era muy respetada.

Luego de cenar rápidamente, nuestro amigo salió sin dar explicaciones. Su madre alcanzó a preguntarle a dónde iba, aun cuando lo hizo con aire de resignación, pues al verlo salir con sus mejores ropas en esa noche temprana, sabía que no recibiría respuesta alguna.

La luz de los faroles se confabulaba con la luna y las estrellas para que su delgada figura no se perdiera en la penumbra de la noche del pueblo bendito. Caminaba rápida y decididamente en dirección contraria a la ruta de los autos, y así fue venciendo las distancias mientras el sudor le corría por su rostro. Casi sin darse cuenta, ya estaba al frente de la casa, que en un principio parecía sola. Tocó entonces la puerta delantera, y como nadie le contestó, insistió con toda la avidez de respuestas que llenaban su espíritu, y cuya única motivación era vencer el miedo, ese miedo que no lo dejaba dormir ni sentirse en paz, que lo dominaba y lo hacía sentir como un cobarde.

Cuando ya había dado la espalda para marcharse, escuchó el chirrido de la puerta al abrirse. Al voltearse, vio a Laura que, sin poder disimular la extrañeza que le causaba su presencia, intentaba recomponer sus ropas arrugadas, pues se notaba que recién se acababa de levantar. Él la saludó y le dijo que venía a visitarla. La muchacha de cabellos castaños un poco desaliñados, dejó que en su rostro se dibujara una sonrisa que, en realidad, todavía no podía desplazar el gesto de sorpresa que la visita le causaba.

Sin saber qué decir y sin poder adivinar el motivo de la visita, Laura lo invitó a pasar a su casa, y sentarse en la sala, a lo cual Eliézer accedió de buena gana. Ya sentado, el muchacho le pidió un poco de agua. En cuanto ella fue a buscarla, no pudo evitar ver todo lo que la casa le mostraba y que sólo le había confirmado la impresión que le había causado desde su exterior, pues a pesar de que se veía que era una construcción de muy buena calidad, estaba parcialmente destruida por la falta de mantenimiento. Sus paredes estaban agrietadas, se veían telarañas en los rincones y la casa olía a viejo, a guardado. Pero lo que más le impresionó es que tuvo la certeza de que allí faltaba el amor por hacer las cosas como se debe: todo estaba medio limpio o medio sucio, según el lente con el que se mirara.

Luego de haber percibido el poco aseo y cuidados destinados a la casa, nuestro amigo se arrepintió un poco de haber pedido el agua. Pero en ese momento ya llegaba Laura con el vaso, mientras él miraba las piernas torneadas que se observaban bajo la falda floreada de mediano largo que llevaba puesta la muchacha apacible y de buen trato.

Tras su mirada sin malicia, seguían latentes en ella un sinnúmero de preguntas. Su piel era muy linda, mas su cara y mirada mostraban un reflejo sombrío, como si hubiese pasado por acontecimientos que le hubiesen borrado la ilusión a su silueta muy descuidada, pero linda si se la observaba bien, algo que él no había hecho hasta ese día.

Luego de entregarle el agua, ella le sonrió casi por compromiso. El silencio se rompió de golpe cuando, sin dejar que terminara de tomar su agua, Laura le preguntó con voz calmada, pero expectante:

–¿Qué quieres tú realmente?

Él le contestó que quería verla, que la había echado de menos, y que no entendía por qué no había vuelto al colegio. Todo se lo dijo de manera natural, sin dejar entrever sus verdaderas intenciones. Seguidamente le manifestó que echaba de menos su ausencia en el colegio, pues le daba alegría saber que ella estaba allí.

Al principio Laura no le creyó, pues mientras estuvo en el colegio nuestro amigo apenas si había volteado a mirarle alguna vez y, cuando se topaban en los pasillos, casi nunca la saludaba. Por lo menos eso fue lo que ella le dio a entender con su mirada, la cual Eliézer ignoró, consciente de lo que lo había llevado a visitarla.

Se repuso de la mirada inquisidora, y continuó conversándole de cosas triviales, pero siempre con un toque de humor, con las cuales buscaba romper el hielo y ganarse la confianza de ella. Tras varios minutos, la conversación se tornó natural y amena, y nuestro amigo ya no tuvo que fingir querer estar allí, pues con el paso del tiempo ella de alguna manera también logró cautivarlo.

En un momento en que parecía que el tiempo se detuvo acallando los grillos de la noche, ella guardó un silencio agobiante y prolongado, que parecía cortar el aliento mientras él la miraba sin pensar. Entonces ella, como si mirara el farol que iluminaba la calle y con un tono triste, pero decidido en su voz, le dijo:

–¡No volveré al colegio!

Tras escucharla, fingiendo sorpresa por lo que acababa de oír, le preguntó con voz intrigada:

–Pero ¿por qué no regresarás?

Una lágrima incipiente se asomó en uno de sus ojos, y él entendió, cuando ella empezó su relato, que no debía interrumpirla, ni siquiera para darle consuelo. Le contó que una mañana, como a las diez y media, un compañero en el colegio empezó a cortejarla y a decirle palabras muy lindas, que la fueron emocionando, pues nadie le había hablado así hasta ese momento, y que la sola idea de que ese muchacho estuviese cerca de ella expresándose tan lindo, la transportó a un mundo de fantasía que la apartó de toda realidad, la ilusionó con palabras dulces y la manipuló con su mirada aparentemente libre de maldad. Entonces se dejó llevar por lo que él reflejaba, y que luego de robarle un beso, de seducirla con sus manos, de hacerla sentir querida, la convidó a un lugar donde pudiesen estar a solas.

Después de hacer una pausa donde buscaba las palabras exactas para explicarle cómo se había sentido, le dijo que ella, metida en un mundo mágico, accedió a caminar en las nubes de la ilusión hacia donde la había llevado el muchacho que parecía un príncipe sacado de un cuento de hadas.

Le contó entonces que el joven la había levantado de la banca de la plaza del colegio, y tomándola suavemente de la mano la había conducido, mientras ella sentía que el corazón se le quería salir de su pecho, al edificio donde estaba el comedor de los hermanos. Al llegar allí, él la besó apasionadamente en el umbral de la edificación, elevando por completo sus pulsaciones y alborotando su cuerpo con caricias, que la llevaban a lugares de placer y lujuria que hasta ese momento eran desconocidos por ella.

En el relato de Laura se notaba que había una lucha entre el recato que sentía por contar ciertas cosas, con la fidelidad que exigía esta especie de confesión que estaba haciendo, y Eliézer sabía que no debía mostrarse demasiado ansioso, para así facilitarle a ella sus palabras…

Le contó entonces que el muchacho la colocó al pie de la escalera, que ella intuyó llegaba a los dormitorios de los curas, pero con la sangre hirviendo y con una excitación inusitada, sus acciones ya no dependían de su voluntad en esos momentos en que había perdido la capacidad de conducirse y, pensando que sería hermoso, se dejó guiar por la mano suave de su maravilloso príncipe, que le había seducido con tantos gestos, y palabras bellas, las cuales, a pesar de que desde un principio sentía que no las merecía, igual la habían transportado a ese mundo de fantasía con que toda niña sueña desde su infancia, mientras, sin tener conciencia de ello, recorría las escaleras subiendo hacia el infierno que le tocaría vivir.

Cuando llegaron a una de las puertas de los cuartos, el muchacho no paraba de besarla, y tras abrirla, pues estaba sin seguro y, sin encender la luz de la habitación, que a pesar de la hora continuaba a oscuras por las gruesas cortinas que tapaban sus ventanas, la tumbó en la cama y sin dejar de besarle el cuello y de acariciarle los senos, le hizo sentir que su cuerpo estaba a punto de estallar de deseo.

Al llegar a ese punto de su relato, Eliézer vio como la respiración de Laura se entrecortaba y su rostro se sonrojaba, pero no porque estuviera contándole esa experiencia llena de sensualidad, sino por la ira que revivía en su corazón.

Tras una pausa continuó hablando, pero cada vez eran más patentes los sentimientos de rabia e impotencia que se le reflejaban en el rostro y en el tono de su voz.

Prosiguió el relato a nuestro amigo, que estaba absorto escuchando su historia sin perder una coma del mismo. Ella le contó que entonces sintió como alguien más había entrado en la cama y, sin previo aviso, se sintió de repente invadida por el miedo. No sabía qué ocurría, y en su mente, todavía turbada por el placer y la excitación, no le encontraba explicación a la presencia de otra persona en el lecho. Se sentía engañada, pues su cuerpo estaba expuesto a alguien más que no se había ganado ese derecho. Sintió asco y unas ganas infinitas de gritar, mientras un hombre fuerte y pesado, que ella no había percibido que estaba en la alcoba cuando entraron por la oscuridad reinante en la habitación, se abalanzaba sobre ella, a besarla y a pasarle su lengua áspera por la cara.

Ella le contó que entonces empezó a gritar, mientras miraba atónita cómo el muchacho se había apartado de su lado y era reemplazado por ese hombre que ella sentía le estaba mancillando su cuerpo. Y para que su situación fuese aún más desesperada, su falso enamorado había abierto la puerta de la prisión en la que se había convertido el cuarto y la había abandonado con el desconocido. Fue en ese momento, le contó Laura, cuando la luz entró al cuarto al abrirse la puerta, que ella pudo ver el rostro del hombre que parecía un animal, sonrojado y babeando, con sus sudores encima de ella.

El depravado había empezado a arrancarle su ropa interior, con una fuerza que ella con sus escasos cincuenta y cinco kilogramos no podía contener, y sintió que sólo tenía una opción para salir de la tragedia que estaba viviendo: gritar, gritar y gritar con la mayor fuerza que le daban sus pulmones, mientras el aberrado trataba de ahogar sus gritos con sus hediondas y ásperas manos.

Por momentos –prosiguió Laura su relato que ya tenía a Eliézer en vilo– lograba zafar esas asquerosas manos de su humanidad, mordiéndolas cuando se las pasaba por la cara. Cuando sintió que las fuerzas ya le abandonaban, que el peso del animal lujurioso la asfixiaba y prácticamente estaba resignada a abandonarse a los bajos instintos de ese hombre, oyó cómo se abría la puerta, y pudo ver, entre sombras, la figura del sordomudo que limpiaba algunas áreas del colegio, cuya expresión de asombro denotaba que no podía dar crédito a lo que sus ojos estaban viendo.

–El monstruo se retiró de mí con un rápido movimiento –concluyó Laura–, y pude ver que se había ya quitado sus ropas, y pude notar su pene en total estado de erección, y al voltearse vi su trasero mientras trataba de subirse sus pantalones, en los instantes en que el mudo le golpeaba la cara con un sonoro puñetazo que se estrelló en su boca, pero que no fue suficiente para tumbarlo...

Como ya se dijo, mientras ella hacía su relato, Eliézer permanecía absorto, escuchando cada detalle. Él se fijaba en cómo la tez de la muchacha se había transformado, y cómo transmitía, a través de sus palabras y gestos, su desilusión, desolación e ira. Él entendía cómo todo el momento mágico que había logrado construir el joven para ella lo había terminado convirtiendo en un infierno.

En ese momento, nuestro amigo comprendió la magnitud de los sentimientos de decepción de la joven, cuyas facciones al detallarlas durante el relato le parecieron hermosas, pero con demasiadas tristezas y miedos marcados en ellas.

La luna grande, clara y llena como nunca, iluminaba el rostro de los muchachos, que intercambiaban sentimientos, en silencios que les envolvían sus vivencias, excitando sus inquietudes, poniendo a bailar el miedo, las interrogantes y rompiendo con las ilusiones de la muchacha, que sólo pensaba en la maldad vivida mientras relataba los nefastos hechos.

Eliézer, meditando cada palabra que le diría a ella, pensaba ya sólo en dos detalles importantes: los nombres de las personas que le habían hecho tanto daño. Él, por las resoluciones que había tomado tras la visita a la finca de su abuelo, comprendió que no se iría de allí sin obtener de la boca de aquella frágil muchacha quiénes eran los degenerados que la habían engañado y tratado de violar, aunque ya él intuía quién era uno de ellos, tras la conversación que mediante señas había tenido con el sordomudo.

Mirándola a los ojos, mientras la tomaba de la mano, Eliézer la abrazó fuertemente contra su pecho, buscando que se sintiera protegida… que sintiera que le importaba a alguien… que supiera que siempre hay esperanzas. El delgado cuerpo de Laura se estremeció durante el abrazo, y nuestro amigo, por extraño que parezca, intuyó que su cuerpo de mujer hacía tiempo que no recibía una caricia, un gesto, un "me importas".

Sus lágrimas bajaban de sus mejillas profusamente, resplandeciendo a la luz de la luna, como perlas exóticas, e iban a mojar el hombro fuerte del conmovido muchacho. En ese abrazo, las almas de ellos se sintieron reconfortadas. Pero luego de un rato, Eliézer comprendió que debía separarla de sí, y le pareció que ese era el momento ideal para llegar hasta la información que tanto anhelaba conocer.

La tomó por sus manos mientras la invitaba a que se sentaran en la acera, y sin más preámbulos y sin soltarle las manos, sosteniéndolas suave, pero firmemente, le preguntó mientras la miraba a la cara:

—¿Quiénes te hicieron esto?

Un silencio que tornó el aire denso los envolvió de repente. Casi no podían respirar. Ambos, tras comenzar a flotar la pregunta en el aire, buscaron relajar sus almas.

Aunque trataba de disimular su ansiedad, el corazón de Eliézer saltaba como si quisiera salírsele del pecho. Con la mirada clavada en la acera, ella lo primero que articuló fue que no le diría nada.

Eliézer, sabiendo que debía tratar de que ella entendiera que tenía una responsabilidad que asumir, le preguntó de inmediato:

—¿Te gustaría que lo que te ocurrió a ti le ocurriera a alguien más?

Y después de esta última interrogante, continuó hablándole con tono convincente:

—Es posible que podamos parar estas acciones… No es hora de acobardarse. Necesito que me digas quiénes fueron, y entonces te prometo que los sacaremos del colegio... Pero sin tu ayuda no puedo, estoy anulado.

Ella parecía no poder despegar sus ojos de la acera, mientras le decía que no podría, porque uno de ellos era de mucha influencia en la comunidad del colegio, y que la había amenazado con hacerle mucho daño si lo delataba. Esto se lo dijo en el momento en que la sujetaba para violarla... Y qué sucedería después si ella se lo decía... Quién podría velar por su seguridad, si ella por muchas razones estaba prácticamente sola.

Entonces, desde lo más profundo de su alma, él le respondió:

–No estas sola... Te garantizo que Dios está con nosotros ahora, aquí, en este momento, escuchándonos.

Y con firmeza agregó:

–Sabes, no puede ser que te acobardes ahora. Él, Nuestro Señor, nos acompañará en esto y no nos abandonará, y es cierto lo que leí en una de las líneas de *un libro cualquiera*: "El mal triunfa cuando los hombres buenos se quedan callados, y no hacen nada para impedirlo". No podemos quedarnos de brazos cruzados, mientras esas personas siguen haciéndole daño a otros en el colegio... Te pido, por lo que más quieras, dime quiénes fueron los que te lastimaron tanto.

Y mientras Eliézer descubría, en aquella pálida tez, a una muchacha que sería mucho más linda que otras si tuviera un poco de alegría en su corazón, ella continuaba mirando la acera. Pero algo había en las palabras del excitado muchacho por la ira y la pasión, que le habían removido sus convicciones. Su mirada se fue levantando poco a poco y, a la luz de los faroles de la calle, la luna se convirtió en cómplice de la claridad que se reflejaba en su rostro.

De pronto, con una seguridad impensada hasta hacía sólo pocos instantes, ella le dijo:

—Tienes razón, te diré quienes fueron los malditos que me hicieron esto.

La luz de la luna iluminaba la figura delgada de Eliézer que caminaba de regreso a su casa. Aquel viernes se transformó en un día muy importante para su vida. Luego de la conversación sostenida con Laura, ya nada sería igual para él. Transitaba calmadamente por las calles, e iba distraído de toda la vida que le poblaba, de las gentes que le saludaban, del rugir de los vehículos que pasaban a su alrededor. Sus pensamientos volvieron con la amiga que acababa de conseguir...

Era increíble cómo las acciones de esas malvadas personas habían cambiado por completo a esa muchacha. Su mirada estaba perdida, la tristeza le ponía un tono gris a todo su ser, sus desaliñados cabellos denotaban a alguien que había perdido el interés por sí misma y, en todo el tiempo que había durado la conversación, ni una sonrisa alcanzó a dibujarse en su boca, más que aquella cuando lo había saludado.

Un par de dudas se adueñaron de su pensamiento: *¿sería él capaz de devolverle la sonrisa a ella?... ¿Podría, con sus acciones, vestir de colores pasteles la vida de ese ser cuyas ilusiones se habían perdido por el engaño y la lujuria de unos animales vestidos de personas buenas?*

Sumido en sus pensamientos, caminaba como un noctámbulo, movido por el deseo de devolver la sonrisa a la muchacha, algo que no sabía si podría llegar a lograrlo, pero mientras tanto imaginaba lo linda que sería ella con un poco de alegría en su vida.

Todos sus pensamientos fueron interrumpidos por el sonido de la música que manaba de la única discoteca del pueblo, y que distaba a sólo cuadra y media de su casa. A medida que se acercaba, lograba escuchar con mayor claridad los ritmos que salían de ese lugar al que nunca había entrado, y podía observar cómo un numeroso grupo de personas se arremolinaban en la entrada, haciendo que todo fuese un tumulto desordenado para entrar en el lugar, que era prácticamente la única manera de divertirse que tenían muchas personas en el pueblo para esa época.

Como ya se dijo, Eliézer jamás había entrado allí, pero esa noche en especial sintió una gran curiosidad por ingresar al interior de esa estructura que hasta entonces sabía que estaba prohibida para él. Se acercó a donde se arremolinaba la gente, y observo que entre todos casi no se notaba su presencia; se montó en la acera de enfrente y vio cómo la muchedumbre, ordenadamente, finalmente empezaba a ingresar al establecimiento.

A él le asombraba la cantidad de féminas que se acercaban y pasaban dentro del sitio. Todas iban tan bellas, tan bien ataviadas, que sus instintos de hombre se prendieron inmediatamente. En ese momento, fijándose en el portero que regulaba la entrada de las personas, descubrió un hombre de negra tez, con un vozarrón muy fuerte y que se caracterizaba por el maltrato que le daba a quienes entraban a la discoteca, así como por el temor de quienes estaban pasando por la tortura de entrar allí. Eliézer pensó que la gente no sabía si quería entrar rápidamente por disfrutar pronto de lo que la discoteca ofrecía, o era porque querían dejar de ver al hombre frustrado, cuyo apodo, muy apropiado, era *el Diablo*.

Tal vez el mote se había originado por esa mirada llena de rabia que mantenía tras esos ojos claros que causaban sorpresa por el color oscuro de su piel. Éstos le daban un aire de malignidad, algo contra lo que, pensaba Eliézer, no podía hacer nada el pobre, pues esos rasgos físicos no estaban en sus manos. Sin embargo, en lo que sí tenía responsabilidad era en que parecía acostumbrado a tratar mal a todos, pero cosa extraña: la gente olvidaba ese maltrato como clientes, y se tragaban los malos momentos que el portero les hacía pasar, probablemente porque el premio que recibían dentro de ese lugar valía la pena.

Estaba él meditando todas estas situaciones, cuando alguien le hizo señas a modo de saludo. Era su amigo Enzo Pietro, un muchacho unos años mayor que él e hijo de inmigrantes italianos, de quien admiraba su capacidad para inventar y construir que, sentía, pareciera que les corre por las venas a todos los europeos.

Cuando Eliézer, por ejemplo, quería que le construyeran un volantín o un papagayo siempre buscaba a Mario, quien en diciembre hacía también globos gigantescos de múltiples colores que se perdían en la densidad del espacio. Además, creaba pueblos enteros para jugar a los carritos en años recién muertos, cuando aún la infancia estaba en sus vidas. Hacía tiempo que no se veían, pero había mucha camaradería entre ambos.

Cuando se saludaron con un fuerte apretón de manos, Enzo le preguntó con la seguridad que le daba el ser un asiduo del lugar:

—¿Quieres entrar?

Eliézer quedó sorprendido por la pregunta, pero le respondió que no tenía la edad suficiente para hacerlo. El muchacho le respondió que eso no importaba, que él podía hacer que pasara. Además le brindaría la bebida adentro.

Esa era una proposición que nuestro amigo no podía rechazar. Acto seguido, caminaron juntos a la entrada de la discoteca. Él no tenía idea de cómo Mario haría para meterlo en el lugar, pero pensaba también en la pena que pasaría si no lo dejaban entrar al recinto.

Cuando llegaron al frente de la disco aún había muchas personas tratando de ingresar. El italiano se hizo un lugar entre los que se agolpaban a la entrada, llevando casi a la rastra a nuestro amigo hasta la puerta del establecimiento. Estaba a punto de enfrentarse con la escrutadora y odiosa mirada de aquel hombre maleducado, que por lo demás, en ese instante sintió que lo odiaba y le temía simultáneamente, quizás por ese marcado carácter que intimidaba a cualquier persona, más aún a un muchacho de su edad.

El italiano se colocó frente a él, y le hizo señas al portero para que dejara pasar a su acompañante. El negro de mirada penetrante, que hacía que a nuestro amigo le latiera el corazón como una estampida de elefantes, se dio cuenta nada más al mirarlo que Eliézer no tenía la edad para poder entrar, pero cuando hizo un ademán para impedirle pasar, su amigo descendiente de europeos sacó un billete y, disimuladamente, le puso el dinero entre sus manos. El hombre cuyos valores, por lo visto, no eran tan caros, lo tomó guardándolo rápidamente en su bolsillo.

A partir de ese momento, como que le empezó a parecer que Eliézer tenía más edad de la que aparentaba. Sin embargo, cuando ambos iban pasando por la puerta delante de los que hacían cola para entrar, el negro quiso lucirse con el italiano, mofándose por haberle quitado el dinero, y le preguntó con tono burlón y despreocupado:

—Enzo, Enzo, ¿verdad que yo me parezco a José Alberto, *el Canario?*

El negro hacía referencia a un conocido cantante de salsa de la época que tenía la piel negra como el susodicho. Pero la broma no le salió como esperaba, pues el italiano le respondió con voz sarcástica:

—A un canario no sé, pero a un zamuro sí... ¡eres igualito!

Las carcajadas en el lugar no se hicieron esperar. Parecía que todos habían entrado en un ataque de risa, incluyendo nuestro amigo, quien no podía parar de reír, a pesar de la iracunda mirada del hombre ridiculizado por la respuesta del muchacho.

El portero malencarado, luego de la broma, les había dejado entrar inmediatamente para recuperar el respeto del resto de las personas que esperaban entrar a la discoteca de mala muerte.

Por la oscuridad reinante en el antro, al principio Eliézer apenas si podía ver a las personas que se le aproximaban, y sólo lograba encontrarle forma a unos cubículos con la entrada de forma ovalada, que dentro tenían una mesa y sillas a su alrededor, en las cuales había varias parejas. Pero la escasa luz no permitía ir más allá. Continuaron caminando a un lugar con un poco más de luz, donde estaban colocadas sillas y mesas en las cuales grupos de personas compartían despreocupadamente.

El lugar tenía una barra prolongada con unos cuadros luminosos de Bob Marley que le daban un toque excéntrico. El sitio era ideal para socializar, pero aunque esto no ocurriera, igual se pasaba bien en la discoteca del pueblo, ya que la mayoría de las personas presentes eran conocidas.

Muchos de los clientes allí sabían que nuestro amigo, al igual que varias muchachas presentes en el lugar, eran menores de edad, pero eso realmente a nadie le importaba.

Las niñas convenían al lugar, pues harían vaciar los bolsillos a varios viejos lujuriosos, los cuales llegaban con dinero para gastar en el sitio. Y es que las jovencitas estaban allí como carnada para atrapar a esos viejos sin escrúpulos que estaban dispuestos a pagar generosamente por el derecho a estar con alguna de las muchachas cuyos períodos de regla no llegaban a diez.

Él, inconscientemente estaba dándose cuenta de lo que ocurría, mientras sus valores rechazaban lo que percibían sus sentidos. Pero en ese momento pensó que no podría jamás cambiar todas las cosas, y prefirió olvidarse del tema y disfrutar del momento. Su mirada siguió escudriñando el lugar para descubrir una nueva constante.

El lugar estaba lleno de parejas que no eran esposos. En la mayoría de los casos, las mujeres de los hombres presentes estarían en sus casas, mientras ellos disfrutaban en la discoteca con una mujer veinte años más joven que ellas. Sin embargo, esto respondía a la idiosincrasia y cultura de los moradores del pueblo, y nadie parecía sorprenderse por ello.

Con mucha curiosidad, nuestro amigo continuaba observando todo lo que le rodeaba, y apenas si escuchó cuando Enzo Pietro le presentó a esa joven mujer que, en un principio al no poder mirarla bien, no le llamó la atención, y por eso tras el saludo rutinario, continuó explorando el sitio. Pero eso cambió cuando ella, mientras se cruzaba de piernas y le dejaba ver su blanca sonrisa, le hizo un ademán indicándole que tenía que decirle algo.

La corta falda dejó entrever los "picones" de la ropa interior, que dejaban luego ver unas largas y gruesas piernas que difícilmente se podrían pasar por alto.

La muchacha y Eliézer empezaron a conversar en voz baja, mientras ella estaba sentada en una de esas sillas giratorias al borde de la barra. Parado a su lado, él casi tenía que hablarle con su boca pegada a su oreja, pues la música no dejaba escuchar fácilmente sus voces.

Desinhibido por dos tragos de whisky que se había tomado hasta entonces, Eliézer la escuchaba mientras ella le contaba lo que hacía, y él la hacía reír con sus ocurrencias, dejando que su cálida voz le llenara de aliento tibio su cuello mientras le hablaba cerca del oído.

La nueva experiencia le gustó mucho. Allí descubrió la posibilidad de encontrar mujeres que, por poco dinero, estaban dispuestas a complacer a un hombre, mientras otras llegaban hasta enamorarse.

Luego de la breve conversación, fueron a bailar a la pista, que estaba alejada de las miradas indiscretas y que, por la oscuridad reinante, ofrecía un lugar perfecto para alborotar las hormonas. La primera pieza que bailaron fue Volveré, un merengue de Rubby Pérez.

Sus cuerpos armoniosamente acompasaban las notas de la canción. Él le tenía la boca cerca de su cuello, respirándole lenta, pero profundamente. Ella dejaba descansar sus manos en la cintura y la espalda de él. Tras dos canciones más de ese ritmo, colocaron música romántica en inglés, abriendo con una del álbum de Air Supply... Y bailando pegados, mientras se sucedían las canciones, sus cuerpos se iban calentando y sus hormonas se elevaban a niveles de ebullición.

El pene de nuestro amigo quería tocar el cielo, pues parecía tener manos, mientras aquella muchacha de jóvenes tiempos, pero de largos caminos recorridos, sentía la fuerza del mar en su carne. Con su piel erizada sentía cómo el impetuoso muchacho buscaba su boca, que ella, con un resto de pudor trataba de negar y evitar así el encuentro de aguas desbocadas. Sin embargo, la joven mujer sentía que por más que se resistiera, por más que corriera, no tenía escapatoria, porque sus instintos le hacían sentir que realmente quería ser atrapada.

Por fin, las mieles de su boca se tropezaron en aquella persecución con la boca ansiosa del muchacho. Sus labios se entrelazaron con la fuerza de la raza para permanecer en este planeta, sin temores, llenos de vida, con deseos ardientes que sólo pueden ser calmados por la relación carnal.

Mientras la seguía besando y le rozaba su vientre con la fuerza del pene que sobresalía de su jean, él empezó a proponerle que se fueran de allí. Pero sólo obtenía como respuesta el silencio por parte de ella... Luego de un rato, él sentía que su cuerpo se retorcía producto de sus pasiones reprimidas, como torrentes de aguas represadas, cuyas fuerzas estaban destinadas a romper cualquier muro que se interpusiera entre él y la naturaleza misma.

Ella, mientras la música romántica terminaba y daba paso a la música de Michael Jackson, el rey del pop de los años ochenta y noventa, lo invitó a sentarse en uno de esos cubículos de forma ovalada en la entrada. Él aceptó de buen grado, pues en esos momentos ella lo hubiese podido conducir a cualquier lugar del mundo con sólo pedirlo, que él hubiera aceptado, únicamente para poder continuar besándole su boca con sabor a miel, y mantener su aliento fresco en su cara, mientras la vida le regalaba esos momentos que pensaba no merecer, pero que le pertenecían.

Caminaron, pues, presurosos a encontrar los besos que, perdidos en el aire, encontraban refugio calentándose unos con otros.

Cuando entraron a los cubículos no se fijaron en quiénes había alrededor. Eliézer mucho menos. Sin embargo, en un momento en el que se detuvieron para mirarse a los ojos, él descubrió que la mujer no necesitaba de mucho para ser convencida. Ella era capaz de dejar su aliento en sabanas baratas con tal de que un ruiseñor sólo insinuara que la quería. Era como una muñeca frágil de amor, que en la sencillez de su existencia no se daba cuenta, mientras los regalaba, de los tesoros que rodeaban la isla de su vida.

En tanto estos pensamientos, traídos por su intuición, recorrían los espacios vacíos de su mente, volteó a mirar las mesas de los demás cubículos contiguos, lo que se podía hacer fácilmente, pues los mismos no tenían paredes que los dividieran. A pesar de la oscuridad reinante, ayudado por la luz que reflejaban las pistas de baile, descubrió el rostro de Enzo en la mesa contigua, y lo que vio lo dejó perplejo, pues su amigo conversaba con un hombre a quien él no lo tenía por muy buena ficha, pues en los pueblos todos se conocen. El mencionado personaje era tenido por todos como un *jíbaro,* es decir, un distribuidor de drogas, de los pocos que transitaban esos oscuros callejones en el pueblo.

Ellos no se percataron de su presencia, pero a partir de ese momento, los sentidos de nuestro amigo se pusieron alertas, encendiéndose como farolas de colores vestidas en navidad.

Fue mientras ella le hablaba sobre un tema al que él no le prestaba atención por estar mirando al par de sujetos, en que Eliézer vio un intercambio entre ellos de un paquete cuadrado, pequeño, que parecía ser dinero, recibiendo Enzo a cambio otro paquete, un poco más pequeño. Acto seguido, encendieron lo que parecía ser un cigarrillo cada uno, satisfechos con la transacción realizada.

Hasta esos momentos sus miradas no se habían cruzado, pero por instinto, cuando Eliézer observó que encenderían los cigarrillos, se volteó volcando su atención hacia la princesa del momento, esa que estaba dispuesta a ser su compañera de amor en las penumbras suaves de la noche. Pero a pesar de que simulaba que sólo tenía ojos para ella, no podía dejar de sentir el peso de la mirada de Enzo cayéndole en el cuerpo. El hecho de que al voltear nuevamente hacia donde estaba su amigo, éste ya se hubiera marchado junto con su nefasto acompañante, le corroboró que, aun cuando sus miradas no se habían llegado a cruzar, ambos sabían que se habían visto.

Eliézer y la joven decidieron volver a la barra donde se habían conocido, pero querían, luego de la buena dosis de besos que se habían dado, refrescarse la garganta mientras preparaban su viaje a los brazos del placer.

Eliézer pidió dos cervezas. Mientras esperaban las bebidas, contemplaba cómo los cabellos negros, largos y lacios de la muchacha hacían contraste con lo blanco de su piel. Sus facciones eran suaves, delicadas, adornadas por unos pícaros hoyuelos que se le hacían en las mejillas al sonreír. Él no se explicaba cómo era posible que ese angelical rostro estuviese a disposición, quizás, del mejor postor del momento.

Mientras seguían conversando, y él recorría sus mejillas con una mano y con la otra le rozaba sus torneadas piernas, hizo su aparición el italiano que, al parecer, guardaba tras una sonrisa nerviosa la incertidumbre de no saber si había sido observado por su amigo mientras realizaba subrepticiamente el negocio prohibido.

Eliézer no se esforzó mucho por encontrar temas de conversación, quizás porque tenía temor. Ese temor que no parecía abandonarle, fundado o infundado, pero cierto. Y así, mientras ella, ajena a todo lo que acontecía, sonreía y hablaba de trivialidades, ellos se estudiaban y respondían con frases cortas las tercas conversaciones de la muchacha.

Pero llegó el momento en que las expresiones entre los muchachos denotaron que cada uno había descubierto la verdad del otro, y ya para entonces la gitana guardaba silencio. Enzo lo invitó a separarse unos metros, y lo encaró de manera directa, diciéndole con tono de culpabilidad, que sabía que lo había descubierto, pero que él podía dejar ese vicio cuando quisiera. Eliézer, observando sus enrojecidos ojos, dejó escapar la decepción que le causaba el hecho de que su amigo, poseedor de tanta capacidad creativa, estuviese inmiscuido en el flagelo que empezaba a apoderarse de las sociedades en el país. Pero no tenía intenciones de delatarlo.

—No te preocupes por mí —le dijo con tono seguro—, yo jamás diré nada al respecto. Sólo quiero que te preocupes por ti… y ojalá sea verdad el hecho de que tú puedes dejar ese vicio cuando quieras.

Las frases dejaron entrever la incredulidad que sentía Eliézer ante las palabras de aquel italiano bonachón. Por su parte, para Enzo dos cosas quedaron bien claras: una, que Eliézer jamás haría nada para perjudicarlo y sabría guardar silencio, y la otra que aquella amistad sin maldad, tejida durante los años de la infancia, si bien no había llegado a su fin, nunca más sería la misma.

Luego de la corta, pero intensa conversación, volvieron al lado de la doncella que, desde su silla giratoria, tenía rato tratando de encontrarlos en medio de la oscuridad del sitio.

Ellos se acercaron a la joven, y Enzo se despidió diciéndole a su amigo que tenía cuatro cervezas pagas en la barra, pero que él se marcharía. Eliézer le guiñó un ojo en señal de agradecimiento, y el muchacho partió perdiéndose en las penumbras del lugar: ladrón de sueños, destructor de esperanzas, perfecto para evadirse de las realidades que aquejan a sus clientes, pero ideal para satisfacer necesidades inmediatas, como la vida misma.

Los jóvenes salieron de esa discoteca, y fueron buscando como gitanos un lugar donde darle rienda suelta a toda la lujuria retenida. Mientras se dirigían a un pequeño hotel que estaba a dos cuadras de distancia de la discoteca, vio que eran las dos de la mañana, y recordó que aún no había regresado a su casa. El tiempo se le había pasado volando, pero pensó que a cambio de una soberana reprimenda se gozaría las mieles de la mujer que le había regalado la noche, haciéndole olvidar por completo todo lo que hasta ese momento le había rodeado, y logrando que él se dedicase por completo a su existencia y a las sensaciones que su sonrisa le provocaban sin ni siquiera proponérselo.

Una vez llegados al sitio, la fogosa pareja le dio rienda suelta a los besos, estrenando la libertad de manera vertiginosa, salvaje, sin reservas, volando libres por sus cuerpos desnudos y sedientos, cuyos límites no se divisaban en el horizonte pintado por el deseo y el desenfreno de aquellos jóvenes que se convertían en uno.

El tiempo transcurría inexorable, implacable, y por más que Eliézer sentía el aire acondicionado trabajando al máximo, su cuerpo sudado aún jadeaba satisfecho, pues había recibido el alivio que necesitaba al tener aquella dama consigo.

En la oscuridad del cuarto, la muchacha mostraba las curvas de su cuerpo dormido bajo las sabanas pequeñas que le tapaban sólo la mitad del torso, dejando al descubierto sus senos que, como altas colinas, mostraban un horizonte lejano de éxtasis... Sus piernas torneadas le habían mostrado lo que significa ser deseado, necesitado, provocándole a él las más indescriptibles sensaciones de placer. Pero había cosas que Eliézer en esos momentos pensaba, y lo mantenían absorto en la figura de la mujer que yacía descansando sus fuerzas en el lecho, mientras él miraba su sueño refugiado en la vigilia constante de sus ojos.

Eliézer recorría con su mirada su cuerpo de niña ya muchas veces recorrido, pero de niña. Lleno de una ternura infinita le dio un beso suave en la frente, mientras observaba con la tenue luz que se filtraba en el cuarto, su sonrisa de satisfacción. La imaginaba viajando en sus sueños, de hadas y princesas rescatadas, que aunque simples y sencillos, jamás tocarían sus sienes.

Mientras terminaba de vestirse, aquellos pensamientos le inquietaron por ella. Pero era hora de partir, justo antes de que el alba empezase a tocar las colinas de la sierra bendita. Besó sus mejillas nuevamente, y su mano rozó su espalda dormida con tal cariño que sintió cómo su cuerpo se reconfortó ante el contacto de su amante sincero, que recién en ese momento tan crítico como es la hora de la despedida, pensó en que nunca, nunca supo el nombre de la rosa...

La luz le entró de golpe, hiriéndole los ojos, provocándole rabia, quebrando el descanso.

Ya era mediodía y su madre había corrido la cortina de la ventana y no dejaba de pelear y reclamar al muchacho, pero éste apenas si le entendía sus gestos, mas no sus palabras. Sus sentidos no se habían despertado por completo. A una andanada de preguntas, sólo le respondió la de la hora de llegada en la noche, pero con una mentira.

Su padre estaba en la casa, y lo conminó a que se levantara. Al escuchar su voz, su ánimo mejoró, abandonó la cama casi de golpe, duchándose la noche, limpiando su alma, grabando recuerdos y escuchando caricias amarradas que hablaban de pasiones.

Por momentos, mientras el agua le caía a cántaros, su mente volvía a saltar y le parecía escuchar, en las confesiones de la muchacha herida, la realidad de muchas niñas abusadas. Pensó lo que haría con aquellas verdades... *¿Podría convertirlas en verdades para los demás?* y *¿qué consecuencias le traería esto?* El miedo, como fantasma expectante, aparecía y se apoderaba de su corazón, pero una fuerza interna que empezaba a pernoctar en su alma inquieta lo espantaba con mayor facilidad que en el pasado cercano y no le permitía habitar cómodamente en la vida fascinante del aprendiz de Quijote andante, aunque por momentos, Sancho Panza (el miedo, la flojera, la comodidad) apareciera en sus actos, teniendo que espantarlo, a fuerza, como se espanta una hiena cuando quiere apoderarse de su presa.

Cuando él sentía que su voluntad triunfaba, su alma se fortalecía. Y eso le hacía pensar que cada vez le sería más fácil tomar algunas resoluciones, que por difíciles se retrasarían en el tiempo, pero cuyos problemas persistirían en su vida mientras no los encarara de la única manera en que se resuelven algunas situaciones: enfrentándolas de manera abierta.

Al tiempo que sus padres hablaban del inicio de clases de ese año escolar, que ya se avecinaba, Eliézer pensaba en los anhelos que le acompañaban, como era el hecho de imaginar que Rubén se hubiese retirado del colegio y, por consiguiente, no tener que luchar por las cosas que, equivocadamente, pensaba que le pertenecían.

Aún no tenía la madurez necesaria para entender que nada nos pertenece por derecho, que hay que luchar por todo, que ni siquiera la libertad de nuestros pueblos es un hecho, pues nubarrones negros se forman alrededor de las sociedades dormidas. Y el pensar que todo iba a regresar a su estado original, sin que ello significara un esfuerzo por lograrlo o tener que enfrentar el peligro que podía suponer el dañino sujeto, era una situación demasiado cómoda y utópica que sólo se les da a unos cuantos privilegiados, o más bien desventurados si se lo piensa bien, que no tienen que luchar por lo que poseen, porque tal vez otro ya luchó en lugar de ellos. Pero "Sancho Panza", es decir esa sensación que se apoderaba de él y lo empujaba a esquivar sus responsabilidades, esta vez se iría de su vida más fácilmente. Ahora, por lo menos, sintió que sabía cómo echarlo.

Sus pensamientos se dirigieron al cura que, faltando al voto de celibato, a su promesa de dedicar su vida a Dios y en beneficio de sus fieles, había traicionado a toda la comunidad que le había entregado su confianza. Le costaba creer que detrás de su apacible y bonachona apariencia, fuese capaz de ese abominable acto, y mucho menos lo podía creer luego de poder percibir nuestro amigo la dedicación que aquel hombre le imponía a cada una de sus enseñanzas.

Sin embargo, una duda lo perseguía, ¿podría haberse equivocado Laura al identificarlo? Al pensar en esto, Eliézer sintió un líquido que se calentaba en su cuerpo, hirviendo sus fuerzas, calentando su vida, sintiéndose engañado, perdiendo la confianza en todos los curas, a quienes hasta entonces había admirado, por haberlos observado realizar los más loables actos y por la forma en que entregaban sus vidas para lograr los propósitos más altruistas, como lograr una sociedad mejor, a través de la formación de mejores personas, de hombres más comprometidos el uno por el otro.

Todas estas consideraciones y reclamos se los hacía a la vida mientras, como ya se dijo, observaba a su padre conversar con sus hermanos y con su mamá acerca del período de estudios que estaba por iniciarse. Pero él sólo escuchaba las voces como murmullos distantes que se asemejaban a un enjambre de abejas cuando se acerca. Aunque no los escuchara ni participara activamente en la conversación, sus ojos no podían dejar de observar a su padre. Y podía ver cómo su altivez y orgullo antiguos habían desaparecido, y sus ojos, siempre con ojeras, parecían más tristes, más melancólicos. Su sonrisa ya no era ni la sombra de la de antaño, y cuando se dibujaba tímidamente, casi obligada, se plasmaba en su cara como una gaviota que ya no quiere desplegar sus alas porque ya perdió sus deseos de volar. Sus escasos cabellos se teñían de blanco alrededor de su calva, y su mirada insegura parecía un cedro enfermo que espera la llegada del milagro de otra primavera... o la muerte.

En su vida se dibujaban triunfos efímeros y derrotas permanentes que tumbaban su alma, mientras aquel cedro dentro de sí mismo, sólo miraba el horizonte, no con esperanzas, sino con el miedo de que ya el leñador lo estuviera aguardando para derribarlo para siempre.

Ojalá que él se hubiese perdonado, que fuese feliz, que no le importase el desamor de lo amado, y que las sombras de la soledad estuviesen pendientes de sus triunfos, de sus fracasos, de su vida, de sus amores. La edad entumecía su cuerpo, a pesar de ser un hombre relativamente joven. La mujer que siempre reclamaba, ya no lo amaba, ya su alma no estaba agradecida, no porque fuese mala, sino porque así es la vida: cuando ya no admiras, por ley, ya no amas.

Sus conclusiones lo apartaban de la primavera, su corazón no sonreía, y el tiempo pasaba inexorable mientras él ya no vivía. Como dice el tango: "Las mieles del tiempo plateaban su sien", en tanto las ganas lo abandonaban, volando lejos de su mano amiga, lejos de su alma protectora, que ya nada protegía. Los sabores amargos se repetían en las vivencias del hombre que no cuidó lo que, en realidad, ya no era suyo por pertenecerle a su estirpe.

Mientras el tiempo cobraba sus errores, él no pensaba ni siquiera desde lejos, que por aquel amor de padre, su vida siempre sería recordada, que no sería olvidado y que por más años que pasaran, siempre una lágrima furtiva saldría de los ojos de quienes lo amaban...

En esos momentos de entendimiento de aquel muchacho, mientras observaba a su padre, un escalofrío recorrió su ser, mientras lo miraba jugando con la niña que, con sus rizos de oro, le devolvía a su vida los trozos de felicidad que tanto agradecía, y por eso, mientras abrazaba a su hija nadie más existía, quizás también porque él no sospechaba cuánto lo quería y lo necesitaba el resto de su prole.

Tal vez, después de todo, sólo por ella sufría: por dejarla cuando tenía que regresar a su trabajo y, sobre todo, por el futuro que le esperaba si divisaba al leñador cantando su canción mortecina en la hora triste del monte, y tal vez era cierto, ya el leñador vendría.

Luego que la tarde moribunda daba paso a la noche, el muchacho se sumía en sus determinaciones. Sus anhelos lo llevaron con el recuerdo de su amada, sus pensamientos bailaban al compás de sus pasos que hacían mover sus caderas y el reflejo de su silueta se plasmaba en sus recuerdos como una grabación al fuego.

Cobijó en su alma la esperanza de que ella también lo recordara, de que también lo extrañaba en su vida, de que entre ellos aún había un puente que los unía, que la vida no quería separarlos, e imaginaba que por eso, ese puente permanecía uniendo sus orillas.

Cuando llegó el momento, Eliézer partió con la ansiedad del enamorado que corre como las aguas de un río que ha salido de su cauce, con la fuerza de la esperanza que se abraza con la pasión, y trae anhelos de la carne, de la vida, de la fuerza de la tierra.

La ansiedad no le permitía ver más allá de sus deseos, de su amor, de sus propios afectos agitados que se habían juntado formando un tropel de sentimientos que se peleaban por entrar, a la vez, por la misma puerta.

Tocó con insistencia el portón con el candado que colgaba en el mismo. Si bien la respuesta no fue inmediata, no fue tanta la espera como la sintió él en su espíritu, donde los segundos, mientras aguardaba por ser recibido, se le convirtieron en eternos. Ganado por la ansiedad, divisó a alguien que corría las cortinas mientras él esperaba, y acto seguido se escuchó el ruido de la cerradura que abría la puerta y la silueta de la muchacha, con aire sosegado, apareció en el umbral.

En su rostro se dibujó una sonrisa sincera, pero suave, con emoción, pero no desbordante. Él trató de asumir una actitud controlada, aunque le costó hacerlo. Tras el saludo, se sentaron en el umbral de la casa sin saber que iba a ser la última vez que lo harían.

Él, consciente de sus sentimientos reprimidos, intentó sacarlos en la conversación, pero ella, con gestos sencillos y contestaciones inteligentes, desviaba sus intenciones de hablar sobre la relación entre ellos. La conversación, entonces, giraba en torno a los temas que proponía Susana, como si ella tuviera un libreto… el inicio de las clases, los profesores y cualquier otra cosa banal que no le significara peligro de flaquear en su propósito de seguir adelante con la separación.

Como no podía convertir en aliadas sus palabras, Eliézer intentó aproximarse a ella por otros caminos, y se acercó a su mejilla y la besó suavemente. Ella, sorprendida, no pudo hacer nada por apartarlo, y sintió cómo sus sentidos se alborotaban ante el empuje emocional del muchacho que, besándole el cuello, le decía que la quería, que la amaba profundamente. Ella en ese momento no tenía fuerza de voluntad para detenerlo, ni detenerse, y sus labios se entrelazaron en un beso apasionado, que mostraba los verdaderos sentimientos de ambos y que no dejaban espacio a la duda, y que los mismos parecían traer la primavera a su corazón cubierto por el hielo del tiempo sin ella.

Susana, que le había enseñado el valor del amor verdadero, con la que había aprendido que los sentimientos son más importantes que el sexo, estaba allí con él. Sus almas parecían abrazarse nuevamente mientras la besaba, sus manos recorrían su cuello, mientras rozaba sus sedosos cabellos. Ese beso a él se le antojó esperanzador, propicio para renovar sus lazos y devolverle la ilusión redentora a su alma perturbada por todos los acontecimientos pasados, y más aún, para aquellos que estaban por venir.

Pero no todo estaba escrito de la mejor manera para nuestro amigo, porque de pronto ella, haciendo uso de su fuerza de voluntad y poniéndole un dique a sus propios sentimientos y emociones, lo apartó decidida de sus labios. En un instante, su mirada se endureció, pero no sólo contra Eliézer sino contra ella misma, como reclamándose el hecho de no haber impedido que él la besara y, sobre todo, de haberse dejado llevar por sus emociones tras el primer beso. Pero ahora, ya dueña de la situación, se recompuso, y su tez tomó el reflejo duro de su alma, dispuesta a hacer valer las resoluciones tomadas antes de la visita.

Ella le dijo claramente que sólo podían ser amigos, que debían olvidar todo y continuar con sus vidas adelante. Él, ante sus palabras, no tuvo otro camino que tragarse sus besos y contener a duras penas las ganas de estrecharla entre sus brazos. Pero lo más difícil ahora era hacerle entender a su corazón que debía contenerse, que todo lo que sentía no servía de nada, puesto que ella no lo necesitaba.

Él decidió levantarse y no prolongar más los dolorosos momentos que le colocaban en el alma un dolor inmenso por el rechazo de la persona amada, pero sobre todo por el sabor a despedida que le quedaba plasmado en lo profundo de su ser. Mientras le decía adiós a la presencia de ella, hizo esfuerzos por mantenerse orgulloso, altivo y tomar una actitud de gallardía ante la despedida que, fría, se colaba en sus poros.

Y así lo hizo, aunque sentía que sus pies flaqueaban mientras daba media vuelta, alejándose sin besarla, sin voltear atrás, sin mirarla nuevamente, aunque sintiera en ese momento que nunca la había amado tan profundamente.

Su mundo se desvanecía a cada paso, mientras se alejaba recordando el momento en que ella le había soltado su mano. Quizás por su inexperiencia y juventud no había comprendido todo lo que encerraba ese gesto, y aun cuando no sabía por qué, sentía que ese amor frustrado se llevaría consigo una parte de él que ya no volvería jamás a su vida.

Mientras caminaba con aire ausente, como sin rumbo y la luz de los faroles iluminaban su figura melancólica y la reflejaban en las cercas de las casas por donde pasaba, su corazón roto sangraba, su llanto contenido no podía calmarse. Y su vida, otra vez parecía no tener rumbo.

Cuando comprendió que sus pasos lo llevaban a su casa, dirigió su mirada a la discoteca, cuya música transitaba la distancia hasta sus oídos, prometiendo relajarle la vida. Titubeó un poco antes de decidir continuar su camino hasta allá, pero sus pasos se enfilaron en dirección al "antro que tuerce caminos", pero quizás poseía el don de ser un mal necesario. Esa necesidad de ahogar su dolor por la perdida sufrida, lo llevaba a buscar en el pecado el consuelo al amor que le soltaba la mano mientras le decía que lo amaba. Era el primer día de la semana, y no había ido a misa a su encuentro con Dios, pero en ese momento no parecía tener cabeza para pensar en ello, mas el resto de la noche le reclamaría esa falta.

Tal como lo esperaba, el hombre con negra tez que había sido burlado por su amigo Enzo, estaba en la entrada del antro, despejada en ese domingo. Con manifiesta mala intención, el hombre lo miró de reojo y, sin pronunciar palabras, le hizo un ademán para que entrara, quizás porque pensó que Eliézer le tomaría el pelo delante de los pocos presentes si lo dejaba afuera. Algo imposible, tomando en cuenta el temor que le infundía al muchacho.

Pero parecía ser su día de suerte, al menos a partir de ese momento, pues sin necesidad de padrino alguno había logrado entrar a la discoteca por segunda vez. Esta vez lo hizo por una puerta contigua a la que había utilizado el día anterior. Caminando lentamente por el pasillo llegó hasta la barra principal, donde pudo ver muchas mujeres, todas excesivamente pintadas y con una vestimenta provocativa, que parecían, como si en sus ojos tuvieran un escáner, analizar las posibilidades que tenían con cada individuo que traspasaba el umbral para llegar donde ellas estaban.

Sus sentidos se despertaron en la soledad manifiesta en el interior del lugar que se tornaba gris en la noche, donde sólo resaltaban las féminas, que parecían sacadas de una pintura triste, y en cuyos rostros se reflejaban las luces del cuadro iluminado de Bob Marley, lo que seguramente les ayudaría a borrar la tristeza a sus vidas. Ante tal espectáculo él se preguntaba, *¿quiénes son?, ¿qué hacen allí?...*

Mientras se sentaba en la parte más lejana de la barra, y pedía una cerveza, escuchaba una canción de Paul Anka que sonaba en el fondo, y que a él en lo particular le gustaba mucho porque en una parte de la melodía se podían escuchar unos sonidos que parecían salir de una flauta o trompeta, pero él desconocía en realidad de qué instrumento provenían.

Una vez sentado, supo que necesitaba de por lo menos un rato a solas. El ambiente triste le daba tiempo para pensar en la muchacha que, a todas luces, no lo había dejado de querer, pero en su fuero interno, se hacía una sencilla pregunta: *¿Por qué?, ¿por qué ella no quería volver con él a pesar de amarlo, casi con la misma fuerza con que él la amaba a ella?*

El tiempo le daría las respuestas.

Mientras estaba sumido en estos pensamientos, se fijaba en cada una de las damiselas que, postradas en la barra, mostraban sus encantos a los recién llegados, haciéndoles una clara invitación a la tertulia, a compartir, para empezar, y seguramente después, ir mucho, mucho más allá si las posibilidades económicas lo permitían.

Observó, además, a un grupo que a lo lejos, sentado en la oscuridad del sitio, parecía disfrutar de una reunión alrededor de una mesa. Le llamó la atención que se sentaran en la parte más oscura y recóndita del lugar. Eliézer sólo alcanzaba a ver las formas y figuras de los allí presentes que, según podía contar, eran cinco personas, mas no podía identificarlas.

Pudo ver también cómo alrededor de esa mesa, las "luciérnagas" parecían encenderse cada vez que aspiraban sus cigarrillos. A lo lejos podía divisar levemente las facciones de los presentes en la reunión, sin identificarlos aún, por lo lejos, por las penumbras, mientras la banda *REO Speedwagon* dejaba escuchar sus melodías, con aquella canción muy propicia para él, *I can't fight this feeling anymore,* que se traducía en "No puedo luchar contra este sentimiento".

Dejó de observar al grupo mientras escuchaba la melodía que lo transportaba a los brazos de la silueta que lo rechazaba, tirando a la nada lo que él tenía para darle. El tiempo inexorable le enseñaría que no importa si lo que quieres entregar es lo mejor de ti, si la persona no quiere todo lo que tú le estás dando.

Justo en el momento en que la canción llegaba a su fin, fue cuando vio que, del grupo de las "luciérnagas" una mano se agitaba, haciéndole señas para que se acercara a ellos.

El pensó que alguno de los allí presentes debía conocerlo, y le pareció bien un poco de compañía. Se levantó con su cerveza a medio beber, y con una posición orgullosa se acercó al grupo que estaba conformado por ciertos amigos de la cuadra, con los cuales había compartido muchos juegos desde niño. Jesús, uno de esos muchachos, le conminó a que se sentara con ellos, mientras hablaban de las mujeres que estaban sentadas en la barra.

Eliézer percibió un olor extraño que le era familiar, pero guardó silencio, más bien se interesó por las féminas:

—¿Y quienes son esas mujeres?

—Son putas de la cordillera que vienen a rebuscarse en domingo, y te digo que hay tres que están muy buenas.

Cuando Jesús se refería a la "cordillera", Eliézer entendió que hablaba de la zona de tolerancia. Pero más que el lenguaje muy poco considerado de Jesús, a Eliézer le sorprendió que en el grupo con sus amigos hubiese un homosexual declarado en todo el pueblo al que, por su corpulencia, llamaban *la Nutria Gigante*. No entendía qué hacían allí reunidos con ese individuo.

Él jamás se sentaría a la mesa con un "mariconazo" de esos, como los llamaba, y la curiosidad envolvió sus sentidos que, alertas al máximo, se preparaban para toda la información que recibiría, y las decisiones inmediatas que debería tomar.

Sentado en la mesa, pero disimulando su postura vigilante, agudizó sus sentidos mientras observaba a aquel hombre que, sin pudor alguno, estaba enamorando a Luis, otro amigo sentado en la mesa. Sin embargo, eso no era lo peor, lo más lamentable era que éste se dejaba enamorar, lo cual hizo sentir asqueado a Eliézer. Pero se mantuvo allí, sin perderle pisada a esa pareja de homosexuales que estaba a punto de formarse y que, para hacer aún más incómoda su situación, estaban sentados a su lado.

Eliézer prosiguió haciéndose el distraído mientras fingía tener centrada toda su atención en las damiselas. Por su parte, Luis, intuyendo que Eliézer se daba cuenta de todo cuanto acontecía con él, le hizo un ademán a *la Nutria Gigante* para que se acercara a nuestro amigo, tratando de persuadirlo también, y éste con dinero en mano se le acercó, pero Eliézer, fingiendo que no lo inquietaba esa situación, le mostró serenidad y lo rechazó con seguridad y determinación, situación que desencantó al individuo que, para más datos, era un fiel amigo de todas las mujeres que estaban esperando que les brindaran un trago.

De manera amigable, nuestro amigo le pidió que se las presentara, más que todo para que no quedara rencor por la negativa a sus proposiciones. A pesar de que Eliézer le había hablado de manera muy amable y respetuosa, el grandullón, refunfuñando, le dijo que más tarde lo haría, y fue a sentarse nuevamente al lado del muchacho al que tenía casi convencido para que calmara sus ansias.

El acoso por parte del homosexual continuó, y Eliézer intuía, aunque le costaba creerlo, que a su amigo sus fortalezas le estaban flaqueando, y *la Nutria Gigante* seguía ganando terreno, aunque el mismo estuviese enmontado.

Había otra cosa más que le llenaba de curiosidad: en todo el tiempo que llevaba en la singular reunión, una media hora, mientras conversaba con Jesús, Wilfredo y Daniel, dos amigos más que estaban sentados a la mesa, ninguno de ellos había hecho siquiera el intento para encender un cigarrillo, y poner a danzar las "luciérnagas" en la oscuridad, que estaba acompañada de un frío insoportable. La tertulia continuó, mientras cada quien a su manera hacía fiesta con el "levante" de aquel inseguro compañero, tal vez necesitado de dinero fácil, *¿o acaso su amigo Luis fuese también homosexual?* La duda que planteaban todos, en medio de las risas, era si, finalmente, Luis se iría con *la Nutria* o no.

A estas alturas, Eliézer no tenía dudas, pero no emitió opiniones al respecto, mientras todos los demás se reían y por momentos él también lo hacía. Sin embargo, comenzó a notar que sus amigos y compañeros de mesa estaban incómodos con su presencia allí, y aunque él lo percibía cada vez con más claridad, se quedó sentado con terca obstinación en su silla, mientras los muchachos hacían gestos nerviosos, como restregar sus manos dentro de sus bolsillos o cambiar constantemente la pierna que cruzaban.

Parecía que a todos de alguna manera los hubiese invadido la misma inquietud, y sus cuerpos cambiaban de posturas constantemente. Eliézer intuía que había un hielo que querían romper con él, pero para algunos en el grupo, él era un hielo demasiado grueso por los valores que sabían que tenía y, tomando en cuenta eso, no les parecía confiable.

Ante todo esto, que Eliézer percibía con claridad, él se hacía el desentendido y seguía conversando alegremente de las féminas, sin darse por enterado que sus inquietos compañeros estaban deseosos porque se fuera de una buena vez.

Pero el homosexual, por no conocer a Eliézer, iba a traspasar umbrales que sus amigos jamás hubiesen intentado. Efectivamente, *la Nutria* se levantó con aire decidido, y sacó de su bolso unos cerillos envueltos a mano, que fue ofreciendo a cada uno de los allí presentes, sin que ninguno en la reunión se atreviese a rechazar los petardos que cercenaban sus vidas.

Uno a uno fueron tomando el pito que les ofrecía el homosexual gigante, cuyo volumen corporal se imponía a la voluntad de todos los allí presentes. El tipo era, definitivamente, un desgraciado corruptor de menores, ya que para ese entonces tenía treinta años aproximadamente, mientras que Eliézer y sus amigos estaban alrededor de los dieciséis.

Nuestro amigo observaba cómo recibían los pitos, y también notó que algunos, avergonzados, no querían mirarlo a la cara. Además, se evidenciaba, que estaban molestos con *la Nutria* por su falta de tacto para con ellos, pues los había puesto en evidencia ante un amigo que hasta ese día no conocía el secreto que los acompañaba.

Cuando por fin llegó donde estaba nuestro amigo, le extendió su mano con el veneno y se lo ofreció. Eliézer, sin mediar palabra, se levantó de su asiento, le dio la espalda y caminó sin despedirse de ninguno de los presentes con dirección a donde estaban las meretrices.

La Nutria rechinaba de rabia sus dientes por el rechazo recibido, pero cuando se dio cuenta de que había cometido un error con el recién llegado, lo llamó en repetidas ocasiones, y aunque el vozarrón del hombre se superponía a la música del lugar, Eliézer no volteó a mirarlo, y se sentó en la barra que acogedoramente le esperaba.

Al llegar se acercó a una de las mujeres y empezaron una amena tertulia, casi que obligada. Ella tenía la boca seca de tenerla cerrada, y no había un caballero que le brindase una cerveza, le escuchó decir. Él, por su parte, quería disimular a toda costa el incómodo episodio vivido.

Eliézer estaba alarmado al ver cómo el flagelo de finales de los años ochenta en que se había convertido la droga, estaba ganando adeptos entre sus amigos y conocidos. Esto lo tenía perturbado, un sentimiento que se profundizó cuando pudo observar cómo el baile carnavalesco de "luciérnagas" se había encendido nuevamente y hasta parecía que con más intensidad.

La mujer de la barra, en tanto, intentaba ganar la atención de Eliézer, que apenas si la escuchaba. Se sentía asqueado con las cosas que le estaban rodeando, y mientras ella hablaba tratando de hacer que se quedara a su lado, un escalofrío recorrió la nuca de Eliézer, cuando pensó en la posibilidad de que él mismo se acostumbrase a ese ambiente rodeado de tanta miseria humana. Porque hasta ese momento, y estaba seguro de ello, para él los hechos y vicios presenciados eran oscuros callejones, pero si seguía asistiendo a esos lugares, pronto serían avenidas que algún día podría llegar a transitar...

Todo esto pasaba por su mente, cuando su amigo Luis, acompañado de *la Nutria Gigante,* pasó frente a él en dirección a la salida del lugar, dispuesto a recorrer un camino que le llevaría a la vergüenza y posterior destierro del pueblo, cuando el mismo homosexual que le había seducido en varias oportunidades, dejó correr el rumor del "romance" compartido por ambos.

Su deshonrosa decisión terminó marcando su vida en ese pueblo pequeño.

Eliézer no quiso mirar su partida, y tampoco Luis volteó a verle, avergonzado, quizás, de la manera en que tendría que ganarse el dinero, mientras las "luciérnagas" en el apartado rincón continuaban iluminando la oscuridad del antro triste.

Eliézer decidió, luego de analizar sus pensamientos que se habían convertido en convicciones, abandonar el lugar, dejando a la muchacha, que ni siquiera había alcanzado a mirar, con la palabra en la boca. Había reflexionado sobre sí mismo en esos instantes, y decidido con firmeza que no acostumbraría sus noches a una andanada de vicios, homosexuales y mujeres de oficio.

Abandonó el lugar de inmediato, dispuesto a trazar con mejor letra las próximas líneas del libro de su vida.

Capítulo XI. Los tiempos en que el cedro es vencido

El cedro vencido. La desesperanza por los tiempos difíciles que viven los hermanos.

Cuando amaneció esa mañana, curiosamente su madre no tuvo que levantarlo de la cama para asistir al colegio. Más bien, él ayudó a sus hermanos a hacerlo, aun cuando ya José, su hermano menor, con la inquietud del primer día, tenía rato levantado, y a Enrique sólo hubo que darle un sacudón para que se parara de la cama. Su madre les tenía ya la ropa planchada y, ya acicalados, partieron los tres rumbo al colegio, alegres y emocionados Enrique y José, en tanto Eliézer sentía como su cabeza era bombardeada por las preocupaciones.

Todo era algarabía en la institución educativa. Los muchachos, con sus ropas nuevas y sus zapatos brillantes se ufanaban de todo. Donde estudiaba Eliézer era un colegio donde había muchachos que carecían de lo más necesario para tener una buena educación, mientras que otros tenían padres con mucho dinero. A pesar de eso, por lo menos dentro del colegio, realmente todos se sentían iguales, y no había rechazo social hacia los menos favorecidos.

Pero ese ambiente no había nacido de manera espontánea, sino que había sido inculcado por los curas que educaban en el colegio, quienes gracias a esa manera singular de formar a los niños, rompían las barreras creadas por la sociedad y hacían que los alumnos fuesen tratados sólo tomando en cuenta su manera de actuar y jamás por las cosas materiales que tuvieran o les faltasen.

Parados en las filas escuchando el Himno de Venezuela, algunos rebuscaban con su mirada la figura de los compañeros más apreciados, otros levantaban la mirada para decir una plegaria, mientras otro grupo, con sus mentes soñolientas, aún no se despertaban en aquella nublada mañana.

De pronto, Eliézer vio a Susana cuando le hacía un saludo con un ademán que a él le pareció superficial, fingido. Él le devolvió una sonrisa que trató de que tuviera el mismo tinte que la de ella. Después buscó con la mirada a sus hermanos, y no pudo ver a José, pero Enrique sí estaba cerca de él, y podía divisar sus escasos cabellos castaños claro, finamente peinados y cuyos resortes él había logrado vencer con el secador.

Eliézer sentía un poco de vergüenza al ver lo cuidadoso que era su hermano con su aspecto físico, con su limpieza. Nuestro amigo tenía otra visión al respecto, y realmente no se preocupaba mucho por sí mismo. Mientras pensaba en Enrique, su mirada se topó con la de Rubén. Allí estaba el molesto condiscípulo, con la inseparable expresión sarcástica en su mirada, la cual se trabó con la suya en una lucha de poderes donde, al menos en ese momento, el miedo no existía.

Aunque los motivos para ese reto los había dado nuestro amigo, al despreciarlo, internamente se preguntaba de qué otra cosa podría estar enterado su condiscípulo.

Ambos parecieron percatarse del hecho de que el enfrentamiento sería inevitable. Sus cabellos se mecían un poco al compás de una suave brisa que había empezado a poblar el patio.

Los muchachos empezaban a romper filas para dirigirse a los salones de clases respectivos. Pero ni siquiera en ese momento, Eliézer y Rubén dejaron de mirarse fijamente y desafiantes, mientras los áulicos secuaces de este último mostraban sus caras por primera vez luego de las vacaciones.

Tras saludar a todos sus amigos, se distanció por completo de sus pensamientos, mientras el director Juan Jiménez empezaba su clase de química. Las horas transcurrieron rápidamente, y hacia las diez de la mañana el timbre ensordecedor que se escuchaba a varias manzanas a la redonda anunciaba el receso.

El hambre hacía su aparición en escena. Eliézer contaba con cinco bolívares para saciar la necesidad propia, pero pensaba en sus hermanos, en lo que ellos harían para alimentarse. Mientras caminaba deprimido hacia el colegio de monjas contiguo al colegio de ellos, que era de primaria, iba pensando en esto, pero el hambre hizo que se comiera la arepa con mortadela que a él le sabía a gloria. Sin embargo, tras terminar la comida, volvió a pensar en sus hermanos, y sintió un remordimiento de conciencia tremendo, y empezó a buscarlos con su mirada. Ellos, que compartían con él los colchones hediondos a orines por las continuas micciones nocturnas de cuando aún eran niños, sus ropas, sus sufrimientos. En pocas palabras, lo compartían todo. Pero ahora, él ya había comido y sus hermanos no.

No tardó mucho en divisar a su hermano Enrique que, sentado frente a una mesa de ping-pong hecha de concreto, parecía distraído mirando el horizonte. Él se le acercó, y extrañamente, aunque sabía que su hermano no tenía nada para comer, no le hizo mención de esto, quizás para no recordarle que tenía hambre. Enrique, en cambio, le habló de la hija del juez del pueblo, la cual le parecía tan linda que se sentía hipnotizado por ella. Los abuelos de la niña tenían tanto dinero producto de su trabajo en una finca de su propiedad, que eso hacía que su hermano se sintiera acomplejado, porque la sentía distante, aunque tal vez no fuera así, porque en determinado momento, mientras ambos conversaban, ella volteó a mirarlos y le regaló una sonrisa a su hermano mientras movía su manita en forma de saludo.

Una estela de buenos sentimientos navegaba entre los dos muchachos.

Luego de conversar con Enrique y de percatarse que estaba bien, aunque seguramente hambriento, se fue a buscar a su otro hermano, pues no le había visto y quería acompañarlo. Eliézer se sentía verdaderamente mal, pues él estaba con el estómago lleno, y ellos no habían probado bocado. Era un desagradable sentimiento que le perseguía, haciéndolo sentir culpable.

Cuando se levantó del lado de Enrique, al caminar unos metros y doblar a la otra parte del patio, allí lo vio junto a otro niño, recogiendo botellas vacías. Intuyó inmediatamente lo que hacían. Movidos por la misma necesidad, recogían las botellas de refresco que los alumnos dejaban botadas en todo el colegio y, al llevárselas al dueño de la cantina, éste les daría a cambio un desayuno a cada uno.

Eliézer, avergonzado por lo que hacía su hermano, no se acercó a él, e hizo como Pedro cuando negó a Jesús. No quería que los vieran juntos ni que supieran que ellos eran hermanos, pues vio como una deshonra que todos supieran la mala situación que vivían en su casa.

Recordó entonces los días cuando en su casa todo lo había en abundancia y también la época en que, estando en primaria, dos viejitas les llevaban a él y a su hermano Enrique, entonces en kinder, sus desayunos en bolsitas que llevaban grabados sus nombres. Las mismas les eran entregadas tanto a ellos como al resto de los niños… ¡Qué tiempos pasados, llenos de nostalgias vestidas de olvido!

Caminó presuroso al baño, a dar rienda suelta a su llanto, a su tristeza. *Cómo era posible que él y sus hermanos estuviesen viviendo semejante situación,* se preguntaba.

Todos estos recuerdos le hicieron llorar amargamente. Incluso, el hecho de no acercarse a su hermano significaba un dolor adicional, pues se avergonzaba de un niño que recogía unas botellas para comer. Pero mientras lloraba se preguntó, *¿qué otra cosa decente podía hacer él? ¿Cómo más podría mitigar su hambre?* Sin poder evitar que sus lágrimas siguieran saliendo, Eliézer se preguntaba cómo era posible que no los quisieran y que en cierta forma los abandonaran, pues parecía que sus vidas no les importaban a nadie.

Él sabía que algo no estaba bien, pero no entendía, pues la rabia y la impotencia le cegaban el entendimiento, y por eso se repetía, *¿por qué todo eso tendrían que estarlo viviendo él y sus hermanos?, ¿por qué tanto desamor?* Ya había llorado sus amargas conclusiones cuando sonó el timbre para que los alumnos retornaran a sus salones. Entonces mientras él lavaba sus lágrimas en el lavamanos, imaginó que el agua también se llevaría sus lamentos, pero lo que en realidad quería era que por el sumidero se perdieran las realidades que él estaba viviendo, que todo fuese un amargo sueño, que la finca de sus amores no la hubiesen perdido, y pudiese regresar a ella un día, volver a cabalgar en su caballo *el Manzano,* recorrer sus potreros, pescar en el caño y estar con los obreros mientras ordeñaban el ganado.

Pero cuanto más su mente viajaba por sus recuerdos, más sufría y quería terminar con esto, prometiéndose, mientras lavaba su cara, no renegar nunca más por lo perdido. No sólo por lo que se sufre cuando se hace esto, sino por lo estéril que termina resultando.

Justo en medio de la gritería de los muchachos que se dirigían a sus salones de clase, entendió que debía realizar sus sueños solo, es decir, que no contaría con apoyo de nadie para alcanzarlos. Tendría que tejerlos con hilos de esfuerzo propio y con agujas que punzarían su sufrimiento. Pero esto no lo amilanaba, pues a un mismo tiempo comprendió, por encima de todo, que tenía la resolución de lograrlos. Quizás en ese momento no tuviese claros los medios para hacerlo, mas de algo estaba seguro: *jamás se daría por vencido.*

Luego de tomar esa resolución, se sintió un poco más aliviado.

Con el correr de los meses sus sentimientos se fueron haciendo cada vez más duros. Y a ello ayudaba el que, aun cuando alguna vez se había prometido abandonar ese trabajo que le bajaba la autoestima, seguía limpiando los bares de mala muerte. Pero el dinero le venía bien, y gracias a ese trabajo, la comida no faltaba en su casa, tomando en cuenta que lo que ganaba su padre apenas si les alcanzaba para cubrir algunas necesidades.

Rubén y sus seguidores seguían en el colegio, pero Eliézer había percibido que se estaba operando un cambio en él: aquel personaje que siempre estaba impecablemente vestido, se empezó a volver descuidado, desgarbado en su andar y torpe en sus ademanes. Sus olores corporales empezaron a mostrar a un muchacho descuidado hasta en su limpieza personal. Y aunque seguramente él fue de los primeros en descubrir la transformación, pronto la mayoría de sus compañeros de estudios también empezaron a notar ese cambio que no lograban comprender.

Eliézer descubrió, además, que el grupo que le seguía tenía dos nuevos adeptos, y él temía que su número siguiera en aumento. Eliézer continuaba callado, quizás porque muy dentro de sí el miedo tenía nuevamente un hogar seguro, y que éste se reía de él, así como de los demás.

De vez en cuando nuestro amigo iba a visitar ese amigo que siempre estaba allí cuando lo necesitaba, el viejo árbol, que le esperaba con los brazos abiertos, y después lo cobijaba mientras le contaba de sus sueños, le hablaba de sus fracasos y compartía con él sus pequeños triunfos, que consistían en las cosas sencillas a las que podría aspirar él: una buena fiesta en el Club de Ganaderos, un beso furtivo de una linda dama, un "te quiero"... aunque no lo mereciera al escucharlo... aunque no lo sintiera al decirlo.

A veces sus pensamientos cabalgaban a los brazos de Susana. Ella se había alejado completamente de él, pero en las ramas de su querido árbol, la recordaba... Evocaba su rostro de porcelana, su piel blanca como las nubes de verano que se pasean por el firmamento. Pero ella no hacía figuras. Susana sólo tenía que ser ella misma para extasiarlo, para enamorarlo otra vez, para devolverle esa alegría perdida. Soñaba con sus manos mientras recorrían sus sienes, recordando sus quejidos, sus sudores, sus deseos.

Sus sueños se rompían al recordar la frialdad que le había mostrado al decirle adiós. Ella fue tantas cosas a la vez, que le costaba creer que hoy no estuviese con él, acompañándole, que no fuese nada, sobre todo porque quizás no era verdad. Eliézer no conseguía olvidar su silueta, que aún a pesar del tiempo no se perdía en sus brazos.

Mientras el tiempo pasaba, su alma lloraba y se endurecía, pero algo le hacía recordar que tal vez el gato aún cazaba en las tierras lejanas cuando caía la noche.

En esos meses sus días estaban marcados por la soledad. Pero no por la soledad física, sino por la soledad espiritual, la cual mitigaba asistiendo a misa los domingos y compartiendo más con sus hermanos, entre los cuales había uno que, por alguna razón, pensó que siempre estaría más unido a él que los demás.

Ese era Enrique, que siempre estaba siguiendo sus pasos. En su inocencia, él buscaba su compañía, quizás porque se sentía más seguro ante las carencias y, sobre todo, las ausencias que todos padecían.

Él y sus hermanos aprobaban sus materias, pero no eran buenos estudiantes, y probablemente esto se debía a que el cariño y la dedicación hacia ellos en esos tiempos escaseaban, y como no se expendía en ningún lugar público, necesariamente eso significaba una frustración para ellos.

Pensando en las carencias que estaba sufriendo, se propuso firmemente no cometer el mismo error cuando tuviese sus hijos. Decididamente, él se propuso que jamás permitiría que se sintieran así.

El mes de diciembre llegó cantando con promesas de buenos días por venir, con la ilusión intacta de sus hermanos menores: de recibir regalos, de ropas nuevas, de buenos momentos, de villancicos, de misas de gallo, de hallacas y de papagayos. Toda la ilusión llegaba en ese mes en que cada quien quería dar lo mejor de sí, en que las peleas se terminaban y parecían los conflictos hacer un alto para la paz.

Era la mejor época del año, sobre todo para aquellos que el resto del año lo vivían con estrecheces y penurias.

En esos días, todo era ilusión y, a pesar de las limitaciones, en su casa por fin Eliézer vivía un tiempo tranquilo, por lo menos sus padres ya no discutían tanto.

Su progenitor ya había dejado de estar con otras mujeres. Quizás porque estaba cansado de esa doble vida o, tal vez, pensarían algunos, por no tener ya dinero para gastar, pues lo poco que ganaba sólo le alcanzaba para cubrir parcialmente las necesidades de la casa.

Pero Eliézer había visto otros padres que sin importar cuán poco ganaran, no dejaban de malgastar el dinero en vicios, y con esto sentenciaban a sus familias a pasar mayores necesidades aún. Definitivamente, esto se lo agradecía a su papá, y le daba gracias a Dios, puesto que finalmente en su casa reinaba la calma y había mucha paz.

Eliézer sospechaba que, desde hacía unos meses, su padre había vuelto a enamorar a su madre. Ella, aunque ya no tenía las comodidades de antes, se veía nuevamente ilusionada. El amor parecía reinar otra vez en el hogar, pues su madre se hizo más dedicada, y eso los benefició a él y sus hermanos, que en ese breve tiempo pasaron menos trabajos.

No se equivocaba Eliézer cuando pensaba en que la principal responsable de todo el cambio operado en su padre era su hermana, la niña cuya inocencia había logrado que cambiara y que comenzara a sentir que los rencores, desamores y malos momentos que pudo haber vivido en su vida, en realidad había valido la pena vivirlos.

Cuando nació su hija parecía como si todos sus demonios del pasado hubiesen desaparecido, como si la providencia en esos momentos en que el sol de su vida entraba en el ocaso indetenible, le hubiese regalado una muestra de lo que es el verdadero amor. Eliézer, en sus meditaciones con respecto a su padre, estaba seguro de que, hasta el nacimiento de la niña, él no había amado nunca como la quiso a ella. La pequeña fue quien logró el milagro que las muchas oraciones de su madre no habían conseguido, de cambiar en su espíritu el desarraigo, la inconstancia y la rebeldía que caracterizaban su personalidad y había heredado por la manera distante en la que había sido criado.

Ella, esa niña, lo cambió. En esos momentos nuestro amigo pensaba que para el bien de la familia, la niña debería haber nacido antes. Quizás, de haber sido así, su padre habría podido evitar muchos de los caminos equivocados por los que decidió transitar en su vida.

Cuando recordaba el amor que se profesaban la niña de tres años y su padre, no podía evitar la emoción. Ella parecía un torbellino de risa y picardías cuando la figura de su papá aparecía por el umbral de la puerta. Su llegada, al final de la semana, la mantenía expectante, quizás porque ya intuía que él vendría, y para ella era todo un acontecimiento: sentir su abrazo, su sonrisa. El pergamino de buenos momentos entre ellos les hacía bien a todos. Pero su partida era igualmente triste para él. Ella normalmente dormía en la cuna comprada especialmente para su llegada, y él debía despedirse con un beso furtivo en su frente para no despertarla.

En sus cavilaciones, Eliézer intentaba ponerse en el lugar de su padre, y cuando lo lograba, imaginaba entonces cuántas lágrimas derramaría aquel hombre a la hora de partir y también en la soledad de sus últimos días en la hacienda donde trabajaba.

El 13 de diciembre de 1986, día de Santa Lucía, Eliézer esperaba a su padre con alegría, pues era el baile anual de las debutantes en el Club de los Ganaderos. A las muchachas que habían cumplido sus quince años, se les organizaba una fiesta amenizada por grandes orquestas de la época, y él le pediría a su padre dinero para asistir y comprar su entrada. Con el dinero ganado en los bares le alcanzaba para unos pantalones y pagar sus bebidas adentro.

Hacia las diez de la mañana, su padre llegó. La alegría expectante que tenía el muchacho se borró casi de inmediato al ver el rostro de su progenitor: estaba demacrado, sus ojeras se asemejaban a dos cavernas profundas aún no descubiertas, sus ojos habían perdido la luz, y el muchacho, entonces, tuvo un presentimiento, pero no quiso comentar nada en su casa.

Él lo abrazó, pidiéndole la bendición, y acto seguido el resto de sus hermanos le dieron la bienvenida sin percatarse de lo que Eliézer había percibido.

El desasosiego que sentía tras ver a su padre fue menguando en los pensamientos de nuestro amigo cuando se dirigió a cobrar el dinero de las limpiezas. Sin embargo, al pasar por la casa de una tía, hermana de su madre, entró y le comentó lo que había visto en su padre. Ella le contestó que tal vez eso era producto de que su papá no tomaba vitaminas ni nada que lo fortaleciera, pero que eso le pasaría rápido.

La respuesta no borró sus inquietudes, aun cuando intentó olvidarse de lo que no sabía si eran presentimientos o conclusiones basadas en lo que había observado a través de los ojos —después sabría con certeza— ya moribundos de su padre.

La mitad de la tarde había pasado cuando Eliézer entró nuevamente en su casa. Ya a esa altura se había olvidado por completo de sus presentimientos, y al llegar lo buscó directamente en el patio donde él solía estar a esa hora. Como no lo encontró, le preguntó a su madre, y ella le contestó que estaba en el cuarto.

Él entonces se dirigió a la habitación. Entró sin mucha delicadeza, y lo encontró recostado en la cama, vestido todo de kaki. Las penumbras provocadas por la gruesa cortina de la ventana no le permitían observar su rostro con claridad, pero en ese momento volvió a ver sus facciones resquebrajadas y sus ojeras que, a pesar de la oscuridad reinante, sobresalían en los contornos de su rostro.

A pesar de lo que sus sentidos percibieron, Eliézer no cambió el motivo que lo había llevado a buscarlo y le planteó con mirada expectante:

—Papá, necesito algo de dinero para ir a la fiesta de las debutantes en el Club Gadema.

Al escucharlo, él lentamente metió la mano en la parte de atrás de su pantalón kaki, y sacó su cartera. Pero cuando intentó darle el dinero, levantó bruscamente la pierna izquierda.

Sin saber por qué, pues no conocía nada al respecto, Eliézer intuyó que su padre había sufrido un paro cardíaco.

El tiempo pareció detenerse y sintió que le faltaba el aire. Mientras intentaba socorrer a su padre, empezó a clamar por ayuda. Sin dejar de gritar, cuando Eliézer prendió la luz del cuarto, observó en el rostro de su padre una lágrima resbalar por su mejilla y cómo sus ojos fueron perdiendo la luz de la vida sin cerrarse. En ese momento, parecía que él luchaba buscando un motivo para volver, pero aunque lo tenía, su cuerpo estaba perdiendo la batalla definitiva por la vida.

Eliézer parecía escuchar entre sueños su voz desesperada, pero sus ojos habían tomado un color grisáceo que marcaba el hecho de que su alma ya se había desprendido del cuerpo de su padre, que iba dejando tras de sí un sinnúmero de interrogantes e inseguridades a aquel joven, mientras el último suspiro de vida abandonaba su cuerpo.

Lo que sucedió a continuación fueron momentos de confusión, de desespero… momentos que parecía estar viviendo y no.

El leñador había venido por su árbol, al cual se le habían terminado sus primaveras.

En ese último suspiro se esfumaron sus sufrimientos, sus quejas contra la vida por no haberse criado al lado de su madre después que ella se había casado tras la muerte de su padre.

Con él murió también la rebeldía que lo llevó a viajar por distintos lugares, sin encontrar en éstos su lugar en el mundo.

Con él se fue su espíritu aventurero que lo llevó a las minas de oro venezolanas, lidiando allí con damiselas de todo el orbe.

Con él se fue la actitud de perderse en sus sueños mientras recorría el mundo buscando llamar la atención de su madre y reclamándole así el haberlo apartado de su lado.

Con él se fue su espíritu bonachón y sentimental, aunque a veces no lo demostrara, pero que no pasaba desapercibido a los demás al recibir sus favores.

Con él también se fue su alma desafiante que enervaba con su actitud a quienes imponen las normas en la sociedad.

Con él viajaría también la valentía que tuvo no sólo para decirle a su acomodada familia que estaba enamorado de aquella muchacha hija de la cocinera de la finca, sino para después casarse con ella y levantar una familia, de la cual Eliézer era el hijo mayor.

También se llevaba consigo, mientras la luz de sus ojos se apagaba, la poca seguridad que Eliézer pudiese tener en la vida, la sensación de seguridad que su presencia o ausencia le inspiraban, las lágrimas y lamentos de sus hermanos, que parecían sucederse como distantes, como etéreos, como irreales.

Se llevó consigo la protección dada a su madre.

No volvería a escuchar su voz aunque ésta ya hubiese perdido su fuerza.

No vería nunca más un juego de béisbol sentado junto a él, y su presencia, aunque estuviese distante, ya no moldearía su comportamiento ni el de sus hermanos.

Ya su hermanita no lo esperaría los sábados para refugiarse en sus brazos.

Ya no serían inseparables en el amor, en sus vidas, y la vida de aquellos muchachos iba a estar marcada por lo que cada uno pudiese hacer, sin apoyo, sin guías, sin ejemplos a seguir.

Pero había una pregunta que Eliézer se hacía a medida que su casa se llenaba de gente, mientras el médico certificaba la muerte, mientras su mundo se detenía, *¿por qué aquella vida repleta de gente y, a la vez, tan desolada?* No le encontraba respuesta a su interrogante, y veinticinco años después aún no se la encuentra.

Pero la misma vuelve aun sin ser invitada, como los recuerdos, que llegan a nosotros sin tener tarjeta y se meten en la fiesta de nuestros momentos, sin abandonarnos, hasta que por buenos los retenemos, o por malos los rechazamos, pero siguen allí, expectantes, esperando la oportunidad que las situaciones vividas les traigan al tiempo presente, haciendo del pasado un mar de momentos que moldean nuestra existencia hoy.

Él aún se pregunta, *¿dónde iba el amor de aquel hombre?* Ese amor verdadero por su hija, por su esposa, por quien había desafiado todas las reglas que la sociedad le había impuesto.

Ese amor que rozaba lo infinito, ese amor cuya sinceridad ha traspasado la barrera del tiempo, llegando al recuerdo de nuestro amigo como grabado a fuego, como una muestra de lo eterno, y cuyos efectos, a pesar del tiempo transcurrido, todavía permanecen en la familia...

Tan cierto, que sus recuerdos hoy le muestran a aquella familia el poder de ese sentimiento que aún hoy los une.

Pero Eliézer pensaba en el hombre cuyo cuerpo inerte reposaba en el ataúd. Aquel hombre que no entendió que se puede estar en este mundo, sin regalarse... que regalarse, en definitiva, es no quererse, que para que otras personas nos quieran debemos mostrarnos tales como somos, sin restricciones, y que las cosas cara a cara son honestas, que no sólo es deshonesto el que roba, que también es deshonesto el que no dice lo que siente, lo que piensa y, peor aún, cuando otros abusan de uno mismo, porque sé es deshonesto con el ser más preciado después de Dios: uno mismo, y eso de alguna manera también mata.

El tiempo inexorable caminaba en la noche, desgastando con su tic-tac las últimas horas en que verían el cuerpo de su padre. Con tristeza, Eliézer pensó que ni él ni sus hermanos habían logrado impedir que se diera por vencido, que renovara sus fuerzas.

Tampoco habían logrado hacerle entender que, a pesar de sus equivocaciones, ellos lo querían y, mucho más aún, lo necesitaban...

Y nuestro amigo, al pensar en esta verdad, se preguntaba, ya estérilmente, *¿por qué no lo quiso entender?* Y si lo quiso entender, *¿por qué no los protegió con su trabajo, con su esfuerzo? ¿Por qué otras personas parecían ser más importantes para él que su propia familia?*

Sin embargo, gracias a Dios, el parecer y la actitud de aquel hombre habían cambiado con la llegada de su hija, que le renovó las fuerzas y las ganas de luchar, mas no pudo corregir el daño que ya había hecho a su cuerpo luego de tantos años de fumar sin parar, de comer de manera poco sana y, sobre todo, por pensar que no los merecía.

No obstante esto, Dios, en sus inescrutables designios y en su increíble misericordia, había permitido que él se fuese con un poco de orgullo... Es cierto, también con humildad, pero con la certeza de su honestidad grabada en todos a cuantos conoció. Pero para muchos parecía que esos valores no tenían peso al mirar los bolsillos limpios de su padre, como el alma de un niño, y por alguna razón retumbaba en su pensamiento una frase que decía: "Por sus frutos los conoceréis".

La noche, plagada de tristezas, se llevó las alegrías de la fiesta prometida. Éste parecía un mundo irreal, un mundo donde sólo existían interrogantes por contestar, donde la inseguridad iba haciendo casa en el alma de Eliézer, cuya juventud no le permitía saber en esos momentos la dirección que tomaría su vida, pues no le habían dejado ninguna instrucción para saberla.

Estupefacto, Eliézer descubrió que, realmente, lo acontecido no le importaba a nadie, que los únicos que caminaban con dolor las horas de la muerte de su padre eran sus hijos y su esposa. A los demás no les importó que él, en tiempos recientes, hubiese cambiado sus vidas con sus propias manos, con su generoso corazón, con la benevolencia que habitaba en él, quizás, porque era bueno, quizás por esa necesidad de ganar, entre extraños, afectos que pensaba que no tenía en su casa. Pero, acaso, se preguntaba nuestro amigo, *¿él y sus hermanos no necesitaban de los bienes que él había perdido o regalado? ¿Cómo era posible que no los hubiese querido?*

El tiempo lo mantenía absorto en sus pensamientos. Ya no lloraba, sólo analizaba su futuro, y no sabía dónde iría, qué dirección tomaría. No podía mirar el horizonte, pues no tenía ninguno. Y mientras sentía así, le partía el corazón ver a la niña caminar cerca del ataúd, diciendo en sus cortas, pero inteligibles palabras, que su papá estaba durmiendo.

El corazón se le hacía un nudo al ver a su hermanita, que en su inocencia no entendía que su padre ya no estaría más a su lado, que no sentiría nunca más el amor de su abrazo, que no la llevaría más a la iglesia los domingos, y que ya no degustaría con él los cepillados de frutas comprados en un sector de su pueblo llamado Ranchería, y que, por más largas horas que lo esperase los sábados, ya él no volvería.

En un momento en que sintió que necesitaba algo de soledad, Eliézer volvió a la cama donde había muerto su padre. Allí estaba su cartera. Sintió curiosidad por revisarla. Fue un impulso indetenible a esta curiosidad que guío sus pasos al revisar aquella intimidad de su padre.

Al revisar entonces la deteriorada cartera, encontró primero algo de dinero, sus documentos de identificación personales, pero en un compartimiento escondido halló la foto de su hermano Enrique y de su hermanita, en la cual aparecía con sus cabellos rizados y amarillos con un gesto característico.

Mientras fruncía su ceño, desesperadamente, Eliézer empezó a buscar su foto en todos los compartimientos de la cartera de su padre, pero por más que la revisaba y casi la destruía en su intento, no pudo encontrarla... simplemente porque no la había.

La intuición que le perseguía desde hacía mucho tiempo de ser alguien secundario en sus afectos, se convirtió en una certeza que le agregaba una herida más a un corazón decepcionado por el proceder de un hombre al que había amado profundamente.

A él le hubiese encantado encontrar su fotografía en esa billetera, eso se habría convertido en un grato recuerdo porque le hubiera indicado que, a pesar de todo, él lo llevaba siempre consigo. Pero, en cambio, la ausencia de su foto marcaba su vida con un sabor amargo que no olvidaría. Le dolió que no tuviera un recuerdo de él y creyó, en ese entonces, que ni en la cartera ni en ninguna parte.

En esos instantes en que vivía momentos tan dramáticos, Susana apareció en el umbral de la puerta del cuarto contiguo a la sala donde estaba su padre. Sintió su abrazo efusivo, y un río de sensaciones y de consuelos abrazaron su alma. Se sintió mejor, y entendió que le seguía importando. Deseó que se quedara con él, aunque, en realidad, ella nunca se había ido: siempre lo acompañaba. Aun cuando no pudiese tocarla, allí estaba ella dibujada en sus recuerdos, llenando sus días, así fuese sólo en esas figuras que no le abandonaban, en esos sueños en que se veía tomado de la mano con ella, transitando la playa que recorre las costas de su vida, a pesar de que al despertar ella nunca estaba allí...

En ese momento le agradeció al universo la presencia de su amada en el cuarto.

Sus manos recorrieron sus mejillas secando sus lágrimas, y mientras le besaba su rostro de porcelana, ella percibía el sabor salado de éstas en su paladar; pero él sintió que a ella no le importaba, que ella estaba allí porque quería, y ese gesto fortaleció su alma en el momento en que más lo necesitaba.

Conversaron largamente, y por momentos, a pesar de la tragedia que estaba viviendo, él pensaba en la dicha que sentía al tener a la muchacha a su lado. Su mundo de dolor era más llevadero, cuando tenía a su lado la mujer que provocaba la magia del amor en su vida. Cuando ella le tomaba sus manos, él sentía que aún lo amaba, y los recuerdos llegaron sin ser invitados, llenando la estancia de buenos momentos.

Sin embargo, un sentimiento de pena por él mismo recorrió su vida, ya que por alguna razón supo que no la tendría nunca más, y que las vivencias a su lado tomarían el destino de las aguas del río, que no regresan, que siguen su curso como la vida misma, aunque amen su cauce, aunque quieran permanecer quietas, inmóviles, aunque amen las lagunas formadas a su paso, deben continuar hasta llegar a su verdadero destino que, en el caso de Susana, no estaba al lado de Eliézer, cuyo universo ya estaba cambiando.

Las horas transcurrieron, mientras ellos hablaban. El mundo alrededor parecía temblar, mientras sus cuerpos se rozaban y el amor rondaba las calles cercanas a sus vidas.

Eliézer estaba conmovido, y con el corazón abierto a la vida de Susana, que se alejaba de él a pesar de amarlo. Él sabía que jamás la olvidaría, pero le correspondía secar sus lágrimas, esconder el amor, matar la ilusión y empezar de nuevo. Esto ya lo sabía, pero su alma se resistía, pues la procesión de recuerdos y cariños, de momentos que no volverían, se invitaban a cada reunión que él tenía consigo mismo, y no se iban hasta que, piadoso, el sueño terminaba la fiesta.

Pero a pesar de las tristezas, esos recuerdos le demostraban que él había vivido y había conocido el amor.

La mañana siguiente llego rápida, con un sol que calentaba la sierra de Perijá. Ese domingo traía consigo nostalgias, recuerdos, vivencias felices, en tiempos cercanos que, a pesar de todo, parecían acontecidos hacía muchísimo tiempo. Él miraba alrededor y aun cuando no tenía luces de lo que pasaría con su vida, no decía nada. Tal vez nadie podría saberlo, aunque con el pasar de los años comprendería que todo, todo su futuro estaría en sus propias manos, y que Dios se hace presente brindando todas esas oportunidades que el ser humano necesita.

Los hermanos de su padre fueron llegando casi al mismo tiempo. Aquellos hombres imponentes llegaron en sus carros lujosos, llamando la atención de los presentes.

La pulcritud en sus vestimentas y sus modales contrastaban con el resto de los que estaban allí reunidos. Pero Eliézer y sus hermanos casi no los conocían, excepto al tío Gonzalo, un hermano de su padre, que fue más apegado a él, y por quien Eliézer guardaba gran cariño, por la familiaridad con que los trataba. A los otros sólo los miraba como seres distantes de sus vidas, lo que realmente eran.

En ese momento, en cambio, lo reconfortaba la presencia de su abuelo, quien le había hecho vivir días que jamás olvidaría, y cuya sencillez contrastaba con la opulencia de sus familiares paternos.

Pero de repente llegó un Mercedez Benz, color negro, del que se bajó el hombre para el cual su padre había estado trabajando casi hasta el día de su muerte. Era su primo hermano, un hombre blanco, con ojos azules penetrantes y observadores, de rostro serio e implacable. Tras bajarse del vehículo llegó a donde estaba su madre y le extendió sus condolencias. Parecía ser un hombre justo y su reputación era intachable. Casi de inmediato este hombre termino de captar la atención de

Eliézer, y a partir de entonces no se separaría de sus pasos en el resto de sus vidas, pues había intuido que ese era el ejemplo a seguir, que así debería conducir su vida en adelante, y que la recia virtud de carácter que parecía manar de su personalidad bien formada era lo que él quería para sí mismo.

Aquel hombre se hizo cargo de los gastos del entierro de su familiar, y prometió apoyarlos para sus estudios y para su manutención, lo cual no se quedó en ofrecimientos o en esperanzas metidas en un bolsillo roto. Esto lo sabría Eliézer con el tiempo.

Una luz de seguridad iluminó su ser luego de la llegada de aquel hombre justo, cuya vestimenta, toda de kaki, semejaba la manera de vestir de su padre. Tenía unas gomas de la marca Nike de color negras, que le daban un aire diferente al resto de las personas presentes, y aunque la realidad de la muerte de su padre le rasgaba sus internas cavilaciones, su llegada cambió por completo su percepción del mundo que lo rodeaba. Quizás porque en esos momentos acababa de comprender que no estaba solo realmente. Que empezaría una lucha fuerte por cambiar su vida y por mejorar el destino de su familia, pero no estaría solo en aquella tarea, como en un principio había pensado.

El cura llegó alrededor de las cuatro de la tarde y dijo unas palabras que se hicieron ininteligibles debido al llanto de los presentes, incluyendo el suyo propio y, sobre todo, el de su hermano menor José al pie de la urna, de la que no se separó por un largo rato. Su hermanito estaba desconsolado, su llanto era terriblemente triste y sus lamentos de dolor empezaban la danza de la despedida.

El momento de cerrar la urna fue calmado, a excepción del llanto del niño que parecía retumbar en toda la casa. Aquella tristeza era indescriptible. Eliézer no podía calmar su llanto desgarrador, pero poco a poco lo fue dejando de escuchar a medida que el cortejo, luego de salir de la casa, ganaba algunas cuadras en la ruta a la iglesia.

Eliézer buscó con su mirada a su hermanita, y se percató de que una tía la llevaba en la camioneta con su esposo, mientras él, su madre y hermanos caminaban la última procesión de aquel cedro vencido.

El hombre altivo y justo, el primo con el que su padre trabajaba, mandó con un chofer el auto hasta la iglesia, y él decidió cubrir la ruta del cortejo fúnebre caminando junto a un colaborador en sus fincas. Esto le pareció a Eliézer un gesto de aprecio sincero, y mostraba que era un hombre con altos valores humanos.

Sus pasos eran seguidos por aquel muchacho, el cual nunca más dejaría de seguirle, esperando hacerse su propio camino y el de los suyos.

Luego de la misa, el cortejo partió hacia la última morada del padre de Eliézer.

Nuestro amigo caminaba calmado, triste, pero calmado. Su madre, adelante, pegada al féretro, lloraba la partida de su esposo, el hombre que le había dado su apellido, el que la había protegido. La vida con él no había sido fácil, pero sabía que la había querido, como sólo un amor verdadero obliga a un hombre a romper barreras para estar cerca de su amada. Para él, ella era poesía, cándida rosa, luna sonreída, pero ya se marchaba, y no dejaba la luz encendida, quizás porque pensaba que su hora triste no llegaría, por lo menos no todavía, no ahora que había luna, que los luceros brillaban y lo que menos sabía era que dejaba tras de sí una tristeza tan profunda como la vida misma.

Ya la hora de partir había llegado. La hora en que se termina el camino, en que se apagan los sueños. La hora en que este hombre se retira. Pero Eliézer entendería con el tiempo que los hombres no mueren, no mueren mientras exista alguien que en sus recuerdos les dé cobijo, y la vida de aquel hombre estaría por cierto escrita donde termina, pero los espejos de su alma irían danzantes para tejer los caminos que él esperaba se construyeran con sus dias.

A medida que el féretro se acercaba, cargado en hombros desde la iglesia, Eliézer buscaba con su mirada a su niña, aquella niñita por la que su padre hubiera querido seguir viviendo, aquella cuyas sonrisas la vida le devolvía, caminaba en brazos de alguien, que no imaginaba siquiera quién con el tiempo sería ella.

Al entrar al camposanto, la niña buscó los brazos de su hermano, que observaba a través del llanto como su vida transcurría.

El domingo moribundo era testigo de las palabras de Nuestro Señor, al decir que volveríamos a la tierra, y ésta abriría sus brazos en señal de bienvenida para recibir al hombre, que ya no sufriría. Mientras lo colocaban en la tumba, su niñita no sabía el por qué a su papi lo ponían allí, e iban tapando su ataúd con lápidas de amargas despedidas, mientras las rosas le caían, las lágrimas se secaban rápido encima de aquel cofre caliente aún por la intensidad de los rayos del sol, en la tarde que agobiaba a los presentes con sus calores asfixiantes y cuyos últimos rayos se llevaban consigo la promesa silenciosa de aquel muchacho, que estaba seguro de que su padre había escuchado y que le devolvería la paz al alma que en ese momento partía.

A la niñita, que era su luz, que en sus sueños quizás aún lo aguarda, él juró por su existencia, que a ella, a ella, nunca le faltaría nada, que llegaría tan lejos que sería difícil alcanzarla, y que en esto también estaba empeñada su alma, que la protegería con todo lo que tenía, y que en su vida no padecería por carencias ni escasez.

Todo esto lo hacía mientras la llevaba cargada en brazos y la última tapa cubría la tumba bendita.

Cuando todo hubo terminado, el hombre justo se acercó a él y a su madre, para ofrecerles su despedida, y le dijo a aquel muchacho que lo esperaba en su finca el jueves de esa semana.

Las personas se dispersaban. Su madre se fue con unos compadres que le ofrecieron llevarla, y él se fue con no supo quién a su casa. Su madre se llevó a su hermanita, y él camino sin rumbo, perdido en la realidad que tocaba su vida. Mientras todos se alejaban, él luchaba contra sus silencios, contra la mediocridad con la que había estudiado hasta ahora, con la poca fortaleza que tenía su corazón. En ese momento pensó que debía doblegar sus instintos, vencer sus tentaciones, dominarse y conducirse mejor para poder alcanzar sus metas y triunfar, aun cuando en ese momento no supiera cuáles eran.

Sin embargo, aquel hombre cubierto con aire de justo, le brindaba una esperanza no sólo para él, sino para toda la familia, y esto le daba un poco de paz y calmaba la incertidumbre con respecto a su destino.

La tarde melancólica marcaba, con su crepúsculo, el final de esos momentos que, por duros, parecían eternos.

Capítulo XII. Venciendo a "Sancho Panza"

El enfrentamiento inevitable contra la maldad.

Las clases habían entrado en receso por las vacaciones de diciembre, y él y su madre conversaron para decidir qué hacer. Por lo pronto, Eliézer se reuniría con el primo de su padre y, tras la reunión con él, seguramente tendrían una mejor visión del panorama y podrían allí decidir qué camino tomar.

Ese diciembre fue muy triste para él y su familia. Sus hermanos estaban inconsolables y se sentían desprotegidos ante lo sucedido. Él no podía saber en ese momento qué pasaba por la mente de cada uno de ellos, pero pensaba en la obligación que tenía consigo mismo de salir adelante, y de ayudarlos a ellos en esa tarea, que era levantarlos y lograr que ellos tuviesen un mejor futuro.

El nuevo año traería para nuestro amigo los retos y enfrentamientos que, por cobardía y por comodidad, había dejado de lado. Dejando que hasta ese momento "Sancho Panza" gobernara su vida y evadiendo los problemas que esta le pedía resolver. Algo que no había hecho hasta ese momento, pero en un futuro cercano debería sacar a relucir su quijotesco corazón, para que las circunstancias cambiaran para él y para todo el entorno del colegio de curas donde estudiaba.

Ese diciembre de 1986 y sus significativas fechas, fueron tan dolorosas, que, aun pasado mucho tiempo, Eliézer no querría recordarlas.

El mes de enero llegó cantando con sus brisas secas que peinaban la sabana. Las clases se habían reiniciado, y nuestro amigo, decidido a ser mejor, se esforzaba por estudiar más, mientras seguía soñando con un futuro mejor en momentos en que la podredumbre de los bares se pegaba a su cuerpo. Aun habiéndose prometido que no lo haría mas.

Fue la mañana del veinticinco de enero de ese año mil novecientos ochenta y siete cuando comenzó el principio del fin de los hechos que debían desaparecer de la comunidad estudiantil.

En el receso de ese día, en que Eliézer sentado conversaba despreocupadamente con su amigo Samuel, observó cómo la patota de desalmados iba atravesando las canchas de básquetbol del colegio y como jauría de perros merodeaban a una presa suculenta, que no era otro que el hermano menor de Eliézer, José. Cuando nuestro amigo los vio conversando con él, como impulsado por un resorte se levantó de la banca y, sin ponderar las consecuencias de sus actos, se acercó a donde estaban los muchachos viciosos, y tomó a su hermano por el brazo, separándolo de ellos. En sus ojos iba encendida la rabia, un fuego que no dejaba apagar los impulsos que ya no se detendrían. Sentía que habían querido dañar a su hermano, y él estaba dispuesto a todo por proteger los destinos de una familia de la que ahora se sentía responsable.

Definitivamente, los malsanos muchachos eran un flagelo que ya debía ser enfrentado.

Cuando nuestro amigo tomó a su hermano de la mano y lo separó de los viciosos con un movimiento cuya violencia el niño no entendió en ese momento, Eliézer y Rubén no pudieron evitar lanzarse miradas de desafío: el enfrentamiento a todas luces era inevitable y parecía que por fin los rivales saldarían sus viejas cuentas. La mayoría de los presentes sólo observaba, pero los cobardes secuaces de Rubén, querían caerle todos a Eliézer. Sin embargo, cuando los amigos de éste,

Pedro Ramos, José Iglesias y Gerardo Lubo, se dieron cuenta del plan del grupo de Rubén, se interpusieron en sus intenciones de manera decidida, y los otros dieron un paso atrás en sus intenciones.

Eliézer, entonces, tomó a su hermano de la mano, y el niño con un signo de interrogación en su cara siguió obediente a su protector, pero sin entender su actitud ni la de los amigos de él.

Todos se retiraron con el sabor a pelea en la boca. Eliézer se fue con sus amigos y por un momento le dijo a su hermano que se apartase, pues debía tener una conversación a solas con ellos.

El desafío estaba pendiente, y ya todos sabían que era ineludible. Él se sentó en una banca con tres de los muchachos, relatándoles todo lo acontecido. Les contó desde lo visto por él en el terreno, y los vínculos con las drogas de los muchachos. Les refirió, además, lo que sospechaba había ocurrido con Laura, la muchacha que había sido ultrajada en las habitaciones de los curas y estuvo a punto de ser violada, y lo que le había contado el sordomudo, en aquella conversación que, por lo singular de la misma, para él era inolvidable. También les mencionó su charla con la agraviada.

Mientras relataba a sus amigos todos sus descubrimientos en los meses pasados, sólo guardó silencio en cuanto a la identidad del cura, que olvidándose de la promesa hecha, había faltado a todos los votos que había jurado mantener y se había convertido en una manzana podrida que había que arrancar del saco antes de que le hiciera daño a alguien más, si es que ya no se lo había hecho y él no lo sabía.

También sentía, al referir los hechos, que se quitaba un peso de encima, y con el alivio notaba que su alma tomaba la paz que necesitaba. Sin embargo, pronto descubriría que su indiscreción le saldría cara, que la sensación de paz que sentía en ese momento, pronto le cobraría un alto precio.

Los muchachos viciosos odiaban a Eliézer, aun cuando no tenían la certeza de que él supiera algo de sus andanzas. Eran ellos quienes iban en el carro misterioso, cuando Eliézer conversaba con el sordomudo. Sin embargo, hasta ese momento en que nuestro amigo decidió contarlo todo, Rubén no sabía la información que sobre él y sus seguidores manejaba su adversario.

Eliézer ahora estaba decidido a llegar hasta el fondo del asunto y extirpar a los indeseables de la comunidad del colegio. Durante mucho tiempo, por miedo o por comodidad, había evadido la responsabilidad que la vida había colocado en sus manos, pero ya el momento de enfrentar su desafío se estaba acercando, y él sentía que debía hacer lo que le correspondía, so pena de que el mal siguiera creciendo y afectando a inocentes, como su hermano por ejemplo.

El timbre marcaba el final del receso, cuando Eliézer tomó la resolución de hablar con el director, para contarle lo que momentos antes les había relatado a sus tres amigos y que, a la luz de los hechos posteriores, él entendería que había cometido un error al hacerlo.

Pero antes de dirigirse a hablar con él, Eliézer llevó a su hermano a su salón. En el camino le iba haciendo advertencias muy serias de que por ninguna razón quería volver a verlo en compañía de ninguno de los muchachos que intentaron conversar con él en el patio del colegio. José lo miraba extrañado, y aunque desconocía las razones de su hermano para ordenarle tal cosa, sabía que debía obedecerle.

Eliézer entonces fue a la oficina del hermano director a contarle todo cuanto sabía. Aun cuando inconscientemente podía sospecharlo, no tenía la certeza de que, efectivamente, en ese momento estaba siendo observado.

Conociendo el conato de pelea durante el receso, aquel hombre justo dedicado a su labor de enseñar en Cristo, había accedido de buena gana escuchar lo que el muchacho tenía que contarle, seguro de que podía interceder para que la disputa entre los jóvenes no llegara a mayores. Por ello, desconociendo el tenor de lo que le iba a contar Eliézer, el rostro del hermano director al principio tenía una sonrisa, pero a medida que el joven iba avanzando en su relato cambió a una actitud de total atención por la gravedad de los hechos, al tiempo que, por momentos, parecía ir atando cabos que lo llevaban al muelle donde estaba el barco.

Muchas veces su rostro tomaba un aire incrédulo, pero acto seguido se recomponía y continuaba escuchando la historia que a cualquiera le hubiese parecido inverosímil. A medida que avanzaba el relato en labios de nuestro amigo, la tez del hermano director se fue tornando inexpresiva, y a Eliézer llegó el momento en que le era imposible saber lo que estaba pensando.

Nuestro amigo se paseó por las cosas en el orden que se fueron sucediendo: desde el momento en que había entrado a las habitaciones de los curas; lo escuchado, los golpes tras las puertas, lo visto esa mañana hasta llegar a sus hallazgos en el terreno donde estaba el árbol. También le refirió lo del relato del sordomudo sobre los hechos acontecidos y lo que le había contado la muchacha, Laura, cuando fue ultrajada en el desgraciado día en que creyó en los cortejos del muchacho que la había seducido, y la conexión que ella le contó existía entre Rubén y el cura, además de sus temores de que le ocurriera algo grave si contaba lo sucedido. También le comentó lo sucedido esa mañana cuando vio a los muchachos viciosos conversando con su hermano.

Una vez terminada la conversación, y luego de haber sopesado lo dicho por su joven interlocutor, el director cambió su aparente serenidad por un aire enfurecido, y le dijo al ahora incrédulo muchacho, que saliera de su oficina, y que le parecía muy injusto con las personas mencionadas lo que él estaba diciendo. Sobre todo, le hizo hincapié en que debía abstenerse de repetir semejante historia, pues si lo que le acababa de contar a él estaba de boca en boca en el colegio, lo expulsaría inmediatamente.

Eliézer no podía dar crédito a la reacción de aquel hombre que él siempre había considerado justo.

Ahora, con muchas más interrogantes que antes de entrar en el recinto y con más desconfianza en sí mismo porque sus decisiones, por correctas que parecieran, siempre terminaban creándole un escenario hostil, lo miró fijamente, pero en los ojos del muchacho no sólo había decepción, sino que estaban cargados de ira y del valor que sentía llevaba consigo el hombre que a partir de los hechos narrados comenzaba a formarse.

La mirada de Eliézer hizo palidecer el semblante de aquel cura justo, mientras un frío intenso recorría su fuero interno. Aunque él no estaba consciente de ello, el cura intuía que no había nada que detuviera las resoluciones de ese joven que él había ayudado a formar. Y con la decisión íntima de afrontar todo cuanto le tocara vivir, nuestro amigo salió del lugar con la determinación alojada en su alma de que ese sería el día en que comenzara a brillar la luz de la verdad, y cuyas consecuencias iban a empezar a marcar para siempre la vida de muchas personas en aquel colegio.

Cuando salió de la dirección, ya los alumnos del colegio se habían ido a su casas, excepto dos de los secuaces de Rubén que, sentados en una banca contigua, no le perdían pisada. Él les lanzó una mirada penetrante, en la cual ellos percibieron que no les temía, que estaba dispuesto a enfrentarlos, y este recado que no contenía palabras pero sí la postura de nuestro amigo, se lo llevaron a su jefe o protegido. Cuando salió del colegio encontró a otros dos amigos de Rubén apostados en el ciclón que bordeaba el colegio. Al lado de ellos estaba su amigo Gerardo Lubo, quien se sorprendió al verle salir, y nuestro amigo vio en sus ojos la traición. Él les había contado a sus enemigos todo lo que Eliézer les había relatado en el traspatio. Eliézer pudo conocer entonces el sabor a decepción tan profundo que se sentía al ser traicionado.

La rabia le cegaba, el dolor le embargaba la razón, pero Rubén, aquel muchacho contra quien principalmente debía librarse la batalla que ya estaba cantada, no estaba presente en el frente del colegio. Ya su transporte había pasado por él, y parecía que el resto de la "bandada" no se movería si su líder no estaba presente.

Eliézer los miró a los ojos a todos, y continuó su camino, pasando desafiante entre el grupo de malhechores que estaban reunidos en la entrada del colegio.

Transcurrieron tres días sin que nada hiciera pensar que las cosas pudiesen empeorar. Pero una mañana, los bedeles quedaron sorprendidos al llegar a los salones de cuarto año de bachillerato, que tenían a su lado los laboratorios de química y física.

Las cuatro dependencias estaban destruidas. Les habían roto los techos de asbesto, y les habían rociado pintura en aceite a las cuatro aulas. Habían saqueado o dañado los equipos para la enseñanza en los laboratorios. También habían destruido sus pupitres y desprendido los abanicos de los techos. Todo estaba hecho un desastre. Una multitud de muchachos estaba reunida en torno a los salones de enseñanza en ruinas.

Cuando Eliézer llegó y vio la aglomeración de estudiantes, se acercó y se percató del desastre que aun frente a sus ojos él no podía creer. Pero como ya le había ocurrido en otras oportunidades en el transcurso de su vida, sintió una mano que aprisionaba su brazo con fuerza, y lo separaba del grupo. Era el director que, con una mirada severa y llena de ira, lo miraba mientras sus ojos eran el reflejo de lo que guardaba dentro de sí en ese momento, y le pedía que lo acompañara a la dirección. El resto de los alumnos observaba los acontecimientos y ya comenzaban a prejuzgar a Eliézer.

Sentado en el despacho de la dirección ya conocido por nuestro amigo, Eliézer escuchaba las preguntas que el director le hacía, y no daba crédito a lo que sus ojos observaban ni a lo que sus oídos escuchaban. Las preguntas lo herían profundamente, y las respondía con los ojos a punto de estallar en lágrimas. Esto significaba para él una humillación indescriptible, y un gran dolor, sobre todo porque quien se lo propinaba era alguien para él muy querido.

Sin embargo, haciendo acopio de valor, Eliézer aguantó el interrogatorio denigrante, lacerante, que dañaba su amor propio, y ponía a sangrar sus ya múltiples heridas.

A pesar de que veía el sufrimiento del muchacho, el director no parecía creerle, y mandó a llamar a su madre, que por la manera tan apremiante en que por teléfono fue citada al colegio, en apenas quince minutos hizo su aparición.

La tez preocupada de la mujer se dejó ver incluso antes de trasponer el umbral de la puerta de la dirección, pero hizo su entrada sin preámbulos.

Con una preocupación que no podía disimular, ella le preguntó al director lo que pasaba, y éste comenzó a explicarle que en la mañana se habían encontrado con los salones destruidos y que el hecho vandálico había ocurrido la noche anterior. Seguidamente le dijo que Eliézer era uno de los sospechosos, pues un alumno le había contado que, como a las doce y media de la noche, cuando regresaba a su casa con sus padres tras el velorio de un familiar, había visto a su hijo mientras éste saltaba la cerca que bordeaba el colegio, por el lado del campo de fútbol.

La respiración de nuestro amigo empezó a tranquilizarse, cuando escuchó la voz de su madre, severa y decidida, pero ese tono fuerte empleado, no estaba dirigido a él, sino al director, y entonces comenzó a explicarle que su hijo no había sido, pues él se había acostado temprano en la noche, debido a que tenía fiebre y que durante toda la noche, ella había estado vigilándolo, debido a que no sabía si el medicamento que le había dado era efectivo, pues dicha fiebre era intermitente.

–Eliézer, hermano director, se durmió más o menos a la una y media de la mañana, y estuvo todo el tiempo bajo mi supervisión –terminó ella su relato sin poder disimular su indignación.

El cura, ante la congruencia de las declaraciones de madre e hijo, quienes evidentemente no habían tenido oportunidad para reunirse, pero concordaban en todos sus argumentos, quedó convencido de que la información que primariamente había recibido era falsa, y su cara empezó a mostrar arrepentimiento por la forma en la que había tratado a su alumno.

Estaba el religioso en estas cavilaciones cuando de la garganta ya reseca de Eliézer salió una pregunta que retumbó en el despacho:

–¿Quién le dio a usted esa información?

El director guardó silencio, y el mismo envolvió la seguridad que antes había mostrado al acusar a aquel muchacho apoyándose sólo en un chisme o una mentira. A pesar de no ser respondida su interrogante, nuestro amigo intuyó de dónde había venido todo, y su madre, llena de rabia, le pidió que la llevara al sitio donde habían hecho el daño.

El hermano, con aire apenado, se levantó de su silla, y se dirigieron al sitio, donde varios bedeles trataban de limpiar y ordenar las aulas, mientras algunos de los alumnos que aún permanecían en el área, observaban con mirada inquisidora a madre e hijo.

La madre de Eliézer estaba fuera de sí, y con tono sumamente airado, le preguntó:

–¿Usted cree que en verdad esto es obra de un solo muchacho? Aquí debieron actuar por lo menos cuatro personas para realizar semejante desastre.

El cura, ante ese razonamiento tan lógico que, por precipitado y prejuicioso, él no se había dado tiempo de hacerse, presentó sus disculpas delante de todos a Eliézer, y a su madre, por el mal rato que les había hecho pasar, y en su rostro se notaba la expresión de querer arreglar cuentas con quien le había mentido.

Pero no tendría tiempo, ya su alumno sabía quién era el culpable, y debería arreglar todo lo antes posible. Él sabía que un problema como ese sólo se resolvía de una manera: enfrentándolo.

Cuando iban saliendo de la dirección, las miradas de Eliézer y Rubén se cruzaron, en un desafío que, se sentía en el aire, presagiaba un enfrentamiento inminente. Él se acercó a su contrincante, y le dijo que en la tarde se verían las caras, que ya él sabía todo. Su madre, en tanto, presenciaba la inusual conversación, y observaba la cara de disgusto de su hijo mientras hablaba con aquel muchacho.

La rabia trancada que tenía, no la habría podido contener de no haber estado su madre en el sitio. Eliézer, entonces, pareció olvidar todas sus equivocaciones anteriores, y agradeció infinitamente su presencia en el liceo, y por cómo lo había defendido, aunque no le dijo nada.

Al salir, sus amigos lo esperaban, y Eliézer les relató los acontecimientos, mientras su madre esperaba por él en la otra orilla del pavimento y a la sombra de la tiendita que siempre acompaña a los colegios en los pueblos pequeños.

Las cartas estaban echadas, en la tarde había un encuentro de fútbol en el colegio, y ese era el lugar del enfrentamiento, tácitamente aceptado por los dos bandos.

Eliézer llegó a su casa con el cuerpo caliente. No sabía si por el sol o por la rabia que sentía al recordar lo acontecido en la mañana. Pero también por la intención de los malhechores de inducir a su hermano al mundo de ellos. Ese mundo del vicio que tantas vidas costaría a lo largo de los años a la humanidad. Estaba también el hecho de la reacción del cura ante lo que le había contado, que no le había creído y le había prohibido que dijera nada.

Por más que le daba vueltas al asunto, no alcanzaba a comprender cómo un hombre justo protegía a un grupo de viciosos desalmados.

Pero en ese momento, mientras almorzaba, en su casa, se levantó de la mesa y fue donde estaba su hermanito, y le preguntó:

—¿Qué te dijeron a ti esos canallas?

—Me preguntaron qué hacía, y yo les respondí que estaba recogiendo botellas para llevarlas a la cantina, y así tener desayuno.

—¿Y qué más agregaron luego de que les dijiste eso? —le inquirió con voz trémula.

—Ellos me dijeron que tenían una manera para que ganara más plata y en menos tiempo.

La respuesta enmudeció a Eliézer. A todas las dudas que le generaba la situación que enfrentaba con los viciosos, ahora se añadía una más a la que parecía imposible encontrarle respuesta: *¿sabrían que el niño era su hermano?* Esto era importante para él, pues le demostraría hasta dónde el grupo estaba dispuesto a llegar.

Todo este análisis ocurría mientras su madre le gritaba que las moscas se paraban en su almuerzo.

La tarde llegó con tambores de guerra sonando en el colegio. Los amigos de Eliézer no pensaban dejarlo a merced del grupo de Rubén, y por eso, si se daba la circunstancia, podía darse una épica batalla de grupos que, como suele ocurrir en este tipo de enfrentamientos anunciados, había recibido la debida publicidad.

Todos estaban expectantes, el sol radiante caía sin clemencia y bañaba los cuerpos de los estudiantes. Eran las tres y media cuando Rubén llegó a la casa de estudios, donde le estaba esperando su grupo, menos el Iscariote que se había colado entre ellos.

Eliézer les contó de la traición y, de momento, los otros no le podían creer, pero se cercioraron al verlo hablando con los vándalos desalmados. Desde ese momento, ya él sabía la profunda rabia que sentían por él, pero en este punto tenía fortalecido su corazón, aunque por dentro sentía que el mismo seguía galopando. No obstante, sus palabras salían firmes y serenas, y estaba dispuesto a enfrentar todo lo que el destino le tuviese deparado.

Eliézer y su grupo se adentraron en la cancha de fútbol. Con esa actitud estaban llamando al bando de Rubén que, al ver que todos estaban expectantes, esperando su reacción, aceptaron el reto y se dirigieron como jauría hambrienta al lugar de la batalla.

El sol era casi insoportable, y a medida que avanzaban, la tensión en cada uno de los participantes en la anunciada contienda iba en aumento. Por lo menos había algo tranquilizador en todo esto, y era que la batalla se libraría como caballeros.

Por lo menos, en teoría, es decir, a los puños. Y todos los allí reunidos iban a ser testigos de la actuación de cada uno.

La gritería iba en aumento, y Eliézer en un acto que quedaría grabado en la mente de todos los allí reunidos, se persignó solemnemente, seguro, sin temores ni vergüenzas, orgulloso desde ese momento de sentirse bajo el manto de Dios Nuestro Señor.

Sintió entonces la misma extraña paz y seguridad que le embargaba en los momentos en que su vida había corrido mayor peligro. Esa sensación que lo acompañó cuando los hermanos enfurecidos de Marina prácticamente querían lincharlo y la que había sentido cuando su ahora declarado enemigo estuvo a punto de descubrirlo en el terreno donde estaba el árbol que cuidaba sus sueños. Esa paz y seguridad que le traía la convicción a su espíritu de que todo, todo, estaría bien.

Cuando los bandos estuvieron suficientemente cerca comenzaron las ofensas e improperios buscando intimidar al contrario. En ese punto, y antes de que se desatara una batalla campal, Eliézer dio un paso adelante y se colocó en el medio de los dos bandos, y por unos instantes meditó sus palabras. Después, seguro de sí mismo y con determinación, le habló a los presentes:

—Sé que ésta es una pelea que no puede detenerse —en esos momentos los que estaban en pie de guerra empezaron a callar y le escucharon—, pero no es justo que por problemas entre dos personas, salgan lastimadas muchas más, así que ofrezco una solución a esto...

Y tras una muy breve pausa y mirando a Rubén a los ojos, agregó:

—¿Por qué no arreglamos todo esto solos tú y yo? ¿Por qué no peleamos solamente nosotros? Y el que venza al otro pues estará bien servido, y no tendremos que exponer a los demás a daños innecesarios.

La mayoría en esos momentos bufaban de ganas por enfrentarse entre sí, pero Eliézer los fue calmando con sus palabras, mientras miraba a los ojos a Rubén, con la ira contenida en sus puños... Pero en sus maneras y con las justas palabras en la boca, fue logrando que su propuesta fuera aceptada como la solución más acertada y justa...

Al sentir que se quedaba sin el respaldo de sus secuaces, Rubén sintió resquebrajarse la confianza que le caracterizaba, pero comprendió que no podía negarse a ese desafío, pues quedaría como un cobarde ante todos. Entonces, dando un paso adelante en señal de haber aceptado el reto, conminó a su adversario al centro del ring humano que se había formado en torno a ellos.

El sol calentaba como un incendio de un potrero en verano, y las ganas de Eliézer ya estaban listas para calmar toda la rabia contenida por cobrar todas las deudas que, a su juicio, tenía Rubén con él.

Cuando estuvieron cerca, ambos se pusieron en guardia de pelea, y Rubén lo atacó primero con un golpe a la cabeza que nuestro amigo supo esquivar. Mientras, la gritería ensordecedora no cesaba, Eliézer, aplicando sus conocimientos de boxeo, se agachó como si fuese a darle en el estómago, lo que provocó que Rubén bajara sus manos para protegerse la zona baja y, como un rayo, le lanzó un recto de derecha que se estrelló con toda la fuerza de su rabia contenida en la barbilla del otro. Rubén acusó el golpe y dio dos pasos atrás, aquejado por el dolor, y porque el mundo empezó a perder la forma ante sus ojos. Inmediatamente recibió una andanada de golpes, que cada uno dibujaba en el consciente de Eliézer una factura por cobrar.

Los golpes recibidos lo tenían maltrecho, pero su cuerpo fuerte logró reponerse, y lanzó un golpe que se estrelló de lleno en el pecho de nuestro amigo y lo hizo dar un paso atrás, robándole el aire. Mientras tanto, la gritería aumentaba, aunque los gladiadores no lograban escucharla.

El muchacho vicioso empezó a lanzar golpes desordenados, pero con una fuerza tremenda. Eliézer logró esquivar casi todos, pero uno pasó en medio de su guardia y se estrelló de lleno en su ojo izquierdo, y nuestro amigo sintió un dolor fuerte, se le nubló su vista y quedó totalmente desorientado. Mientras trataba de recuperarse, varios golpes se estrellaron contra su humanidad provocándole un dolor que iba en aumento. Sin embargo, lejos de amedrentarlo, esto lo llenó de una fortaleza hasta ahora desconocida, inclusive para él mismo. Podría decirse que en ese momento perdió la cordura, lo cubrió una sombra de ira y rabia que no podía contener, y empezó a buscar con cada uno de sus golpes los ojos de su enemigo, logrando asestarle uno de manera tan certera que le nubló la vista e hizo retroceder a Rubén, quien tras el impacto intentó abrazar a Eliézer, consciente de que, por ser más fuerte, así podría neutralizarlo.

Sin embargo, en aquel ring humano, que se acercaba y alejaba de los contendientes al ritmo de los más exaltados, Eliézer se movía de tal manera que no le permitía que lo agarrara, y en cambio le estaba desfigurando la cara, y con cada golpe que él le propinaba sentía cobrar la cantidad de muchachos que estaba pervirtiendo, induciéndolos al abismo del vicio...

Recordó también en ese momento, la inocencia perdida de aquella muchacha, que se sintió atraída por este desalmado... El hecho de haber querido culpar a Valmore de una atrocidad que ellos habían cometido, dañando la reputación del noble sordomudo... La osadía de querer pervertir a su propio hermano... El hecho no sólo deplorable de haber destruido los salones y laboratorios, sino que encima lo quiso incriminar a él en ese acto de vandalismo, contrario, a todas luces, a los valores de Eliézer y su familia...

Todo, todo, iba cobrado en la fuerza con que Eliézer golpeaba a su enemigo.

Pero su victoria, si es que se producía, no sería gratuita, pues Rubén, en un arranque de fuerzas sacó un golpe que se estrelló en la boca de nuestro amigo, que sintió cómo el sabor de la sangre invadía su paladar mediante un río tibio que corría a través de su boca. El mundo comenzó a darle vueltas, mientras escuchaba muy lejanas una gritería que prácticamente la tenía encima. Tras ese terrible golpe, sintió varias réplicas, y puede decirse que estaba a punto de desfallecer, cuando vio a su amada entre las contorsionadas figuran que se dibujaban en sus golpeados ojos.

Un crepúsculo rojizo y hermoso se unió a la reunión de aquella muchachada, dándole un melancólico toque a la tarde que mostraría la realidad a todos, y les daría muchas lecciones a los muchachos y miembros de la comunidad del colegio.

En ese momento una fortaleza venida de lo más hondo de sus afectos, le inundó el cuerpo, lo revitalizó y, levantándose de sus derrotas, de sus fracasos, de sus intentos para lograr la nada, esquivó los siguientes embates de su adversario, mientras sus sentidos volvieron, y con una furia infinita, descargó sus golpes en la humanidad del vicioso, con los que quería enseñarles a las gentes de aquel pueblo, *que el diablo viste de etiqueta*, y en este momento él estaba dispuesto a destapar todas las verdades ocultas en aquel año y medio terrible para la vida de nuestro amigo.

Sus puños seguían estrellándose sin cesar en la cara y el estómago de Rubén que, ya sin fuerzas y con el rostro destrozado, cayó desvanecido en el suelo, mientras convulsionaba buscando el aire que se le había escapado de los pulmones.

Ya no se levantaría más del suelo, cuya arena cubría su cara dándole un aire macabro al muchacho en otros momentos tenido como muy buenmozo.

Eliézer observó que del lado de afuera del ciclón, y como si fuese un fantasma que hacía señas y muecas, saltando de alegría estaba Valmore, el amigo cuya honestidad había sido mancillada por esos malhechores.

En ese instante iban llegando el director junto al cura que había traicionado sus votos y engañaba a todos con sus posturas altruistas y dedicadas a los más necesitados: el hermano Vicente. Un religioso que llevaba una doble vida y había hecho tanto daño que no era posible medirlo ni en extensión ni en profundidad, y cuya maldad aún no había sido expuesta a la luz de todos, que se mantenían inocentes a los abusos de aquel falso misionero de Dios.

Pero Eliézer estaba dispuesto a terminar con todo, y mostrar la verdad de cuanto ocurría, y cuando lo fueron a sujetar, levantó su mano derecha en señal de autoridad, y esos compañeros que querían ayudarlo se detuvieron al instante, como si un muro de contención les impidiese avanzar. Nuestro amigo se acercó al cuerpo inerte de su enemigo, cuya respiración ya había recuperado su ritmo normal, aun cuando estaba demasiado golpeado para incorporarse, y le rompió la camisa delante de todos. Los presentes observaron atónitos las marcas dejadas por la flagelación en su espalda que ya estaban de color verde, exponiendo el sádico castigo del que había sido objeto y mostraba las horas de dolor que había sufrido Rubén. En ese momento, pero sólo en ese momento, Eliézer sintió compasión por el vicioso vencido.

Entonces, y casi como por voluntad divina, su alma volvió a llenarse de ira, la rabia volvió a colarse en su ser, le tapó el entendimiento (la misma rabia que embargó el alma de Jesús cuando desalojó a los mercaderes de la casa de su Padre) y pensó que tal vez el muchacho no era responsable de sus actos y que, definitivamente, el cura era más culpable que él, y dirigiendo su mirada encendida a la cara del fingido hombre de Dios, caminó hacia él, sin que se escuchara ni un murmullo ni un grito ni un trinar de aves... Parecía como si el mundo se hubiera detenido por un minuto, y el único que se movía era Eliézer, con sus facciones destrozadas, con sus narices y su boca aún sangrantes y con los ojos de los presentes clavados en su humanidad como saetas ardientes que le herían la piel.

Mientras caminaba hacia quien había quebrantado la promesa hecha a Dios y olvidado sus deberes de maestro con quienes educaba, sin medir la magnitud de los daños que cometía en contra de la comunidad del colegio, ya el cura sabía lo que se le avecinaba, y cuando Eliézer llegó ante él, notó cómo su respiración entrecortada le mostraba un corazón galopante por el temor y a un hombre petrificado por el miedo a que su castillo de naipes de mentiras, engaños y abusos se derrumbara.

El director, a su lado, parecía no inmutarse, y en ningún momento dio muestras de querer intervenir para impedir que todo se resolviera según ya se preveía, por más que esto de alguna manera perjudicara la imagen del colegio y de la Iglesia. En su fuero interno él sabía que el muchacho, a fuerza de determinación y convicciones, se había ganado el derecho a desenmascarar al corrupto.

Seguidamente, Eliézer soltó un golpe rápido como un rayo que llevaba en él, toda su fuerza, toda su rabia, todo su llanto y preocupaciones, pero sobre todo, la decepción profunda por el hombre que deshonraba con sus actos la institución a la que pertenecía.

El impacto en la barbilla le hizo caer en redondo por el suelo, boca bajo, al cura Vicente. La incredulidad, entonces, se apoderó de todos. Nadie entendía por qué había golpeado al cura bonachón, *pero nada permanecerá oculto eternamente.* Y aunque la frase se le cruzó a nuestro amigo sin saber a quién pertenecía, era una realidad que estaba dispuesto a mostrar a todos los presentes en esta especie de coliseo romano.

Se dirigió hacía el cuerpo inerte que yacía en la arena con la cara cubierta por la tierra, y levantando la *chemise* que cubría su rollizo cuerpo, le mostró a todos los rastros del castigo que, al igual que Rubén, tenía en su espalda.

Los ojos incrédulos de los presentes no dejaban de mostrar sorpresa, y sus mentes se llenaban al mismo tiempo de interrogantes que conocerían sólo con lo que a continuación sucedería.

El muchacho, seguido por la mirada de todos, les gritó a todo pulmón, que quien había intentado violar a la muchacha en el colegio, no era Valmore, que hasta ese momento había permanecido como espectador en la parte de afuera del campo de fútbol —y en ese momento todos volteaban a verlo—, sino que habían sido estos dos desalmados.

Los presentes aplaudieron, y empezaron a pedirle al sordomudo que saltara la cerca y entrara a la institución.

El director mostró una cara de avergonzado por no haber prestado atención a lo que le dijo su discipulo, mientras todos abrian paso a Eliézer que maltrecho, luego de mirar por algunos momentos y con asco a aquel malhechor que olvidó en los libros, que olvidó su promesa, que no pudo saber que las gentes del pueblo ni borrachos ni locos olvidan un momento, este se limpiaba la sangre que manaba de alguna parte de su cara.

Pienso que, a esta altura, y tomando en cuenta que Eliézer le había referido los pormenores de las andanzas de Rubén y el cura Vicente, ya el director no podía mostrar asombro. En cambio me parece válido lo que dice abajo que tenía un sabor amargo por haber dudado del discípulo.

Mientras, un sabor amargo recorría la boca del director por haber dudado de su discípulo y haberle retirado su confianza.

Eliézer se abría paso entre la muchachada, y lentamente se dirigía a los baños a lavar su cara, a lavar sus lágrimas, a lavar su sangre, pero en ese momento, lastimosamente no podría lavar su alma. Sólo las estelas del tiempo lograrían hacerle entender y confiar de nuevo.

Él observaba cómo la sangre se mezclaba con el agua, perdiéndose en el sumidero del lavamanos del baño, entendiendo el dicho que expresaba: *la mentira ha recorrido medio mundo cuando la verdad aún no ha terminado de ponerse sus zapatos.*

Ahora Eliézer caminaba adolorido por las calles camino a su casa. Dos buenos amigos lo acompañaban, acosándolo a preguntas que él no quería responder, al menos no en ese momento. Prefería seguir absorto contemplando cómo las sombras de la noche se apoderaban del cielo, y el crepúsculo que había adornado con sus sombras la última parte de la jornada en aquella tarde, ya borraba las obras formadas en su lienzo... Pero dejando a nuestro amigo con una paz infinita, y con la satisfacción del deber cumplido. No supo por qué, pero en ese momento recordó el gato del fundo de su abuelo, y se preguntaba si en la tarde mortecina, aún el felino cazaba aves.

Transcurridos varios meses aún podía verse la estela de sentimientos y afectos en la comunidad estudiantil que los hechos habían dejado. Y de algo podían estar seguros quienes los habían presenciado aquella tarde: en sus mentes quedarían grabados por el resto de sus existencias, con secuelas y enseñanzas palpables en sus vidas.

Y cuando se cumplieron dos años del día en que Eliézer había desenmascarado a Rubén y al cura Vicente, de este último lo único que se había sabido es que, luego de lo ocurrido, había renunciado a su supuesta vocación de entrega a Dios. El muchacho, en tanto, había sido expulsado del colegio inmediatamente. Con el tiempo se supo que él y su familia se habían mudado del pueblo, sumidos en la vergüenza y buscando un sitio donde poder tratar la adicción de Rubén a las drogas.

La comunidad estudiantil, por los momentos, estaba salvada de los tentáculos del mal que amenazaban con propagarse por todas las aulas de la institución. *Pero el mal no descansa y siempre hay que estar preparado para dar la batalla, pues éste triunfa cuando las personas de bien no hacen nada para detenerlo.*

Luego de la pelea, Eliézer tardó en recuperarse. Sus manos estaban demasiado golpeadas; también su cara que, por momentos, podía decirse que el más bello de los arcoíris no tenía la gama de colores que mostraban sus ojos. De igual manera, había perdido una parte de sus dientes y aún sufría, producto de los golpes recibidos, algunos problemas como dolores de cabeza y náuseas.

Todo esto como recordatorio presente del costo de sacar los males que estaban enquistados en nuestra sociedad. Pero ese precio había que pagarlo, y realmente, de todo su corazón, él estaba seguro de que había valido la pena.

Aquella muchacha que había sido su amor se iba a casar con un acaudalado ganadero del pueblo, y su futuro estaría asegurado. Era por eso que reprimía sus besos... era por eso que su vida ya no formaba parte de su futuro... era por eso que fue apartado a pesar de ser querido, de ser amado, quizás porque ella contaba con que la brisa del tiempo se llevaría los momentos vividos junto a él, sin dejar rastros de ellos, y tal vez tenía razón. Pero él viviría con ellos pegados a sus sienes, pues a fin de cuentas quién podría arrebatárselos.

Una tenue sonrisa de satisfacción se dibujaba en su rostro, dándole momentos de felicidad, cuando esos recuerdos llegaban a su pensamiento, fuesen invitados o no. Aquel rastro de amor no se borraría jamás de su vida, pues los mismos le traían ese sabor dulce a su boca impregnados por el néctar de sus labios, llenando de felicidad sincera su ser. *¿Y cuánto vale un momento que nos hace feliz? ¿Cuánto vale un rato de alegría?* Aunque sea efímera, aunque sólo la podamos percibir nosotros, aunque sólo esté en nuestra mente, pero al hacernos felices por nada del mundo un momento es olvidado.

Una noche cualquiera, sentado en el pórtico de la casa, Eliézer conversaba con su hermanita, que descansaba en su regazo mientras él le charlaba de cosas banales... La noche fresca estaba preciosa, estrellada. Pero él, en esos momentos estaba triste: por lo perdido, por las personas que se habían ido y que ya no volverían, que aunque presentes en sus pensamientos, nunca más estarían con él, unos porque se habían marchado de este mundo y otras porque eligieron caminos distintos a su vida. Sin embargo, sentía paz por lo ganado, y a cualquiera le parecería absurdo, pero también sentía agradecimiento por cada uno de los momentos vividos. Hasta por aquellos que habían estado marcados por el dolor y la decepción, puesto que esos, sobre todo, habían sido los que le habían dejado las más grandes enseñanzas.

Las estelas del tiempo se llevaron el amor que nunca volvería a sus brazos y, además, cosas que jamás le devolverían, pero guardaba la esperanza cierta de que nuevamente este sentimiento aparecería en su vida, y ciertamente era muy joven para dar por un amor todo cuanto tenía, aunque en esos momentos aún no lo comprendiera.

Aquella niñita de sus ojos le hacía preguntas, una detrás de la otra en esa noche estrellada, sacándole de sus pensamientos y devolviéndole al mundo real. Ella, en algunos momentos, cuando lo veía a él navegar por otros mundos, reclamaba su tiempo, y en un momento mientras miraban el cielo le preguntó, con su inocente voz:

—Eliézer, ¿es verdad que papi está en el cielo?

Su pregunta era lógica, pues era lo que siempre le respondían al ella preguntar por el amor de su vida hasta ese momento, su padre, a quien extrañaba desde lo más profundo de su alma de niña. Su ausencia se había convertido en una procesión cruel de dolor, de preguntas sin respuestas, de momentos que se perderían en su memoria, por tener tan sólo tres años cuando él se había marchado, aunque Eliézer sabía que aquel amor no desaparecería jamás de su alma.

Su hermano, en un momento mágico para él y que nunca, nunca olvidaría, buscó la estrella más grande en el firmamento, y se la señaló, como si con eso reconfortara su tristeza por la ausencia de su padre, y le dijo señalándola:

—En aquella estrella grande que ves allá… en esa estrella está papi, y desde allá nos esta mirando y nos cuida.

Mirándola fijamente, él notó cómo a ella se le iluminaba la cara con la emoción, y viendo la distancia que la separaba de su padre le ofreció la solución más práctica que pudiera salir de su inocente alma de niña:

—Entonces, vamos a buscar una escalera grandísima que llegue hasta el cielo, para buscar a papi en esa estrella grande, y lo traemos aquí otra vez.

Cuando la niña terminó de hablar, las lágrimas no podían ser contenidas por Eliézer. Su llanto le anegó los ojos, y en ese momento, sólo en ese momento, se dio cuenta de que aunque quisiera, no siempre podría darle todo cuanto ella anhelaba.

Pero nuestro amigo no lloraba sólo por ella, lloraba, además, porque a él también le hubiera gustado encontrar una escalera para que lo llevara hasta donde estaba su padre, y decirle, después de darle un abrazo muy fuerte, que lo amaba, que nunca más le reprocharía nada, que no lo juzgaría más y que, desde el fondo de su alma, nunca, nunca lo olvidaría.

Finalmente, Eliézer comprendió, transcurridos ya veinticinco años de esta historia, que cuando un niño es golpeado, o abusado de cualquier manera, probablemente haga lo mismo de adulto con el pretexto de educar a sus descendientes, escondiendo detrás de esta violencia sus propias frustraciones y los maltratos vividos.

Laura, la muchacha ultrajada por el cura, volvió al colegio, y terminó su bachillerato luego de enterarse de que sus malhechores se habían retirado de la institución. La sonrisa había tornado esa tez grisácea en un rostro sonriente y lleno de vida, que luchaba por alcanzar sus metas.

Los muchachos que se bañaron desnudos en el río durante la convivencia, hoy día tienen veinte años de casados y una hermosa familia.

Todo valió la pena para ellos. También para Eliézer.

Aquel amor platónico y siempre furtivo ha desaparecido en las estelas del tiempo, aunque a veces golpea con su aroma a primaveras, los recuerdos que se retrotraen en su mente en momentos en que la providencia junta a esos seres humanos. Sólo un suspiro se deja escapar del corazón de aquel muchacho obligado a vencer sus derrotas.

Y al árbol, aquel árbol de sus amores, de sus sueños incumplidos, de sus deseos reprimidos, se lo comió el progreso, pues alguien compró el terreno donde reposaban sus raíces y lo convirtió en un centro comercial, borrando éste la huella de su existencia. Ya no hay trinar de aves, ni tardes moribundas en sus ramas, ni crepúsculos soñolientos que se pierden con la llegada de las penumbras, sólo queda una estela de alivio que siente Eliézer cuando el viento le golpea la cara trayendo consigo el recuerdo de su discreto y fiel amigo.

Su hermanita, la niña de sus amores, hace años que dejó de verla, ya no existe, pues hace tiempo que ella se fue a vivir a otra parte. Sólo quedan recuerdos guardados de su sonrisa y sus cabellos rizados en su pensamiento, aunque el supo en ese momento que su amor de hermanos perduraría por siempre en las estelas del tiempo, devolviéndole una sonrisa a su cara.

Eliézer todavía divisa en sus recuerdos la figura romántica de su abuelo, que para él aún fuma su tabaco en aquellas tierras lejanas. Tal vez aquel gato negro aún caza en las mortecinas noches mientras sus ojos encienden como farolas la misma, ayudando a las luciérnagas a iluminar el estero, haciéndole vivir nuevamente los momentos en las tierras a las que nunca más volvió, pero que jamás podrá olvidar.

Epílogo

Han pasado veinticinco años de aquello hechos, que aún permanecen en la memoria de quienes los vivieron.

A la luz de los acontecimientos mundiales negativos en torno a la Iglesia, y magnificados por los medios de comunicación, pudiéramos pensar, si no analizamos detenidamente la situación actual, que negros crepúsculos se ciernen alrededor de la misma. Pero el tiempo y las acciones de la Iglesia, respaldada por la labor de cientos de miles de hombres santos que actúan con apego total a sus preceptos, siempre le brindarán un claro amanecer a esta institución mundial que jamás gobierno alguno podrá doblegar.

Eliézer comprendió entonces la increíble labor que hace la Iglesia por el desarrollo de las sociedades, y porque éstas puedan vivir y evolucionar en paz bajo sus preceptos, independientemente de la religión que profesemos, pues en la mayoría de ellas rigen los mismos valores, que en primer lugar nos impiden con nuestros actos dañar a nuestro prójimo. Si sólo ese precepto se siguiera, podríamos lograr sociedades menos violentas, con bajos índices de criminalidad y lograríamos, en definitiva, la paz ciudadana tan anhelada por nuestros pueblos.

Sin embargo, es cierto que por más grande y eficiente que sea la Iglesia, nunca será perfecta. Y aunque sean unos pocos los que rompan sus preceptos, ellos le hacen mucho daño a la institución y propician que los periódicos hagan mucho escándalo de lo que un mal cura pueda hacer contra sus feligreses. Pero todas esas obras de formación que hace la Iglesia, todas esas caricias que da a la humanidad con sus bondades, con la formación de ciudadanos honestos y servidores de su prójimo, pasan desapercibidas y nunca reciben la debida publicidad, tal vez porque este tipo de informaciones no vende diarios.

Pero aunque materialmente los gobiernos tumben de las iglesias la señal del cristianismo, es decir, la cruz, siempre habrá un hombre dispuesto a dar la vida por volver a levantarla.

Más allá de todo eso, les recuerdo el bajo porcentaje de hombres que ahora están en prisión y cuya educación desde niños la tuvieron en un colegio donde se forma a sus alumnos bajo preceptos religiosos. Según estudios realizados a nivel mundial este porcentaje no alcanza el 0,4% de los formados en esos planteles educativos.

Entonces, no podemos juzgar a toda una institución mundial por los errores de unos pocos que abandonan sus preceptos, y se desvían de sus caminos y que, en consecuencia, hacen verla como si fuese algo malo por la propaganda amarillista de los medios dirigida no sólo a informar, sino a escandalizar para vender periódicos.

Los gobiernos que cometen el error de sacar a Dios de sus escuelas, logran con esta decisión, sociedades sumamente violentas. Sus cárceles se llenan de personas que pudiesen haber sido mejores ciudadanos de haber sido formados bajo preceptos religiosos, pues estos espacios son llenados con mala información, con vicios y desviaciones, mientras el amor por el prójimo no existe en sus vidas. Y si además los personeros del gobierno declaran a los medios que a la Iglesia no hay que respetarla, o se les llena a sus jerarcas de adjetivos peyorativos públicamente, entonces, *¿a quién van a respetar esos niños y jóvenes que hoy se están formando?*

Y si escuchan, además, al presidente de algún país, que definitivamente es un líder que arrastra un alto conglomerado de personas con sus actos, y éstos le siguen, descalificando o restándole importancia a las opiniones de los prelados o autoridades de la Iglesia, al igual que a los voceros de las instituciones nacional y mundialmente constituidas como la ONU, OEA, Human Right Watch, o a los presidentes de otros gobiernos por estar en desacuerdo con sus puntos de vista. Además de poner en tela de juicio las decisiones de los magistrados de los tribunales de la república, y destituirlos, o destruirlos, torturarlos, cuando las mismas no se ajustan a su manera de pensar o van contra sus intereses personales, saltan un par de preguntas, *¿a quién respetarán nuestras juventudes? ¿Cómo podremos controlar a estos jóvenes si se les está inculcando que no deben respetar a nadie que esté en contra de sus opiniones o puntos de vista?*

Estoy convencido de que si un niño está bien educado y formado con principios sólidos, es muy poco probable que desvíe su camino cuando sea mayor... Será humilde, puede que no alcance todas sus metas, pero por encima de todo, será honrado.

Además, en este punto me pregunto nuevamente, *¿quién se cree lo suficientemente grande como para juzgar a la Iglesia?* La Iglesia se ha reinventado, a través de la historia, y se ha adaptado al desarrollo de los pueblos, y tengamos la certeza de que ha expiado sus errores cometidos en el pasado y hará lo propio con los errores cometidos en el presente.

De manera, pues, que considero un error garrafal apartar a nuestros niños de la formación religiosa, y que de seguro este error lo pagarán nuestras sociedades, volviéndose más violentas, acabando con la paz ciudadana y haciendo del país que cometa dicho error una sociedad sin valores morales y cuyo destino final será su propia destrucción.

Este libro aspiro a que se convierta en una herramienta más de lucha contra la violencia infantil, la cual destruye la vida de millones de niños en el mundo, y aunque parezca cruel debo decir que en muchos casos las maltratadoras de sus propios hijos, son sus madres, quienes por enfrentarse a un mundo diferente al que soñaron, terminan descargando todas sus frustraciones en los seres que irónicamente más aman en el mundo, ocasionando con esto secuelas sicológicas negativas e importantes a estos niños, que no podrán entender jamás, como aquellas personas que debían protegerles, fueron quienes más les maltrataron.

Como padres que somos no debemos dejar a nadie la educación de nuestros hijos. Aunque seguramente cometeremos otros, no debemos incurrir en los mismos errores de nuestros padres que, tengamos presente, aun aceptando que cometieron errores en nuestra educación, debemos darle gracias a Dios que los tuvimos, porque a pesar de sus actos equivocados, en la gran mayoría de los casos, ellos son o fueron personas que nos amaron por sobre todas las cosas.

Índice

Editorial LibrosEnRed

LibrosEnRed es la Editorial Digital más completa en idioma español. Desde junio de 2000 trabajamos en la edición y venta de libros digitales e impresos bajo demanda.

Nuestra misión es facilitar a todos los autores la **edición** de sus obras y ofrecer a los lectores acceso rápido y económico a libros de todo tipo.

Editamos novelas, cuentos, poesías, tesis, investigaciones, manuales, monografías y toda variedad de contenidos. Brindamos la posibilidad de **comercializar** las obras desde Internet para millones de potenciales lectores. De este modo, intentamos fortalecer la difusión de los autores que escriben en español.

Ingrese a **www.librosenred.com** y conozca nuestro catálogo, compuesto por cientos de títulos clásicos y de autores contemporáneos.